LEENA LANDER

Die Insel der schwarzen Schmetterlinge

ROMAN

Aus dem Finnischen von Angela Plöger

btb

Die finnische Originalausgabe erschien 1991 unter dem Titel
Tummien perhosten koti bei Kirjayhtymä, Helsinki.

MIX
Papier aus verantwortungsvollen Quellen
FSC® C083411

Verlagsgruppe Random House FSC® N001967
Das für dieses Buch verwendete FSC®-zertifizierte
Papier Lux Cream liefert Stora Enso, Finnland.

1. Auflage
Taschenbuchausgabe Oktober 2014

Umschlaggestaltung: semper smile, München
Umschlagmotiv: Getty Images/Guy Edwardes
Satz: Uhl + Massopust, Aalen
Druck und Einband: CPI – Clausen & Bosse, Leck
MI · Herstellung: sc
Printed in Germany
ISBN 978-3-442-74776-4

www.btb-verlag.de
www.facebook.com/btbverlag
Besuchen Sie unseren LiteraturBlog www.transatlantik.de

1. Kapitel

POLIZEILICHES UNTERSUCHUNGSPROTOKOLL

Betreff: Todesfall Tyyne Amanda Koskinen;
Untersuchung der Todesursache

Am Donnerstag, dem 27. August 1969 um 7.20 Uhr, teilte der Direktor des Erziehungsheimes Olavi Markus Harjula dem Unterzeichneten telefonisch mit, dass er die Viehmagd Tyyne Amanda Koskinen am Morgen desselben Tages um 6.55 Uhr im Hühnerstall auf dem Gelände des Erziehungsheims N. auf der Insel X. tot auf dem Boden liegend vorgefunden habe. Unmittelbar nachdem er die Leiche gefunden hatte, rief Harjula telefonisch den Gemeindearzt Martti Hannu zur Stelle, der im Moment des Anrufs bei mir zum Fundort der Leiche unterwegs war.

Nachdem ich die Anzeige erhalten hatte, rief ich umgehend den Polizeichef des Kreises K. an, der den Unterzeichneten anwies, die Untersuchungen in der Sache zu führen. Unmittelbar darauf begab ich mich mit Polizeikonstabler Pertti Alinen auf die Insel X. und in den Hühnerstall, der zu den Gebäuden des o. g. Erziehungsheims gehört.

In dem Vorraum auf der Hofseite befindet sich die Tür zu einem Gang, von dem beidseits je eine Tür zu den Hühnerställen führt. Beide Türen waren geschlossen. Am entgegengesetzten Ende des Ganges befindet sich eine weitere Tür, die in eine kleine Kammer führt, in der gewöhnlich Eierpappen aufbewahrt werden.

Als wir den langen Gang durch den Vorraum betraten,

stellte ich fest, dass auf dem Fußboden die in der telefonischen Anzeige benannte Tyyne Amanda Koskinen tot auf dem Rücken lag. Die Leiche ruhte bei dem Fenster, das sich in der Mitte der Wand befindet, in einer Entfernung von etwa 1–2 Metern von dieser Wand, und zwar so, dass der Kopf in Richtung Außentür wies.

Als ich die Tote näher untersuchte, stellte ich fest, dass sich an ihrer Unterseite schon Flecke gebildet hatten und dass auch schon eine leichte Totenstarre eingetreten war. Aus Nase und Mund der Toten war Blut ausgetreten, jedoch so wenig, dass nichts davon auf den Fußboden und auch nichts auf das Gesicht geflossen war, abgesehen von dem Bereich des Mundes. Am Körper der Toten waren keine blauen Flecke zu erkennen und auch keine anderen Anzeichen äußerer Gewalteinwirkung, es gab lediglich ein paar Kotflecken, die offensichtlich von Hühnern stammten.

Die Tote war bekleidet mit einem langen Flanellnachthemd und einer braunen, handgestrickten Jacke, und an den Füßen trug sie Gummistiefel mit heruntergeklappten Schäften.

Vor der Abstellkammer befand sich neben einem kleinen Sprossenfenster ein umgekipptes Feldbett, vor dem ein Schlüsselbund lag, das der Toten gehört hatte. Andere Möbel befanden sich nicht in dem Gang, und auf dem Fußboden lag kein Teppich.

Als ich im Hühnerstall des Erziehungsheims eintraf, waren dort auch der Direktor Olavi Harjula, der Gemeindearzt Martti Hannu und Frau Anna Irene Harjula, die Ehefrau des Direktors, anwesend. Irene (der Rufname) Harjula wirkte sehr niedergeschlagen, und ihr Gang war schwankend, was offenbar daher rührte, dass der am Tatort anwesende Gemeindearzt Hannu ihr zuvor eine Beruhigungsspritze gegeben hatte.

Olavi Harjula, der die Leiche der Viehpflegerin Koskinen gefunden hatte, sagte mir, niemand habe aus Richtung des Hühnerstalls irgendetwas Ungewöhnliches gehört. Er selbst sei hineingegangen, um die Koskinen zu suchen, weil die Kühe so laut gebrüllt hätten. Daraus habe er geschlossen, dass sie nicht zur gewohnten Zeit, also etwa zwischen 5.30 Uhr und 6.30 Uhr, gemolken und gefüttert worden waren.

Als er die Tür zum Gang des Hühnerstalls öffnete, sei ihm als Erstes aufgefallen, dass der Gang voller Hühner war. Die eine der beiden Hühnerstalltüren habe offen gestanden, und von dort seien die Hühner in den Gang gelangt. Erst danach habe er die am Boden auf dem Rücken liegende Koskinen entdeckt, auf der ebenfalls einige Hühner herumspaziert seien.

Harjula sagte, als Erstes habe er versucht, die Koskinen zu sich zu bringen, von der er annahm, sie sei ausgerutscht und mit dem Kopf hart aufgeschlagen oder habe irgendeinen Anfall von Krankheit erlitten. Er habe versucht, die Koskinen an den Schultern aufzurichten, dann aber bemerkt, dass sie tot war. Danach habe er die Hühner zurück in den Stall gescheucht, die Tür geschlossen und sei eilig davongegangen, um den Arzt und die Polizei anzurufen. Weiterhin habe er das Vorgefallene auch seiner Frau Irene Harjula erzählt und sich u. a. darüber gewundert, warum Koskinen im Nachthemd in den Hühnerstall gegangen war.

Die Leiche der Koskinen wurde am selben Morgen in das Institut für Pathologie des Zentralen Universitätskrankenhauses von T. zur gerichtsmedizinischen Obduktion gebracht. Dessen Gutachten wird hier in Kopie beigefügt und lautet wie folgt:

Gutachten

Aus der vollständigen Obduktion der Tyyne Amanda Koskinen, die am 27. 8. 1969 in T. durchgeführt wurde, ergab sich, dass die Leiche keine äußeren Anzeichen von Gewaltanwendung aufwies. Am Hals befanden sich in Höhe des Kehlkopfes zu beiden Seiten der Mittellinie frische Blutergüsse im subkutanen Gewebe und in der Muskulatur.

An den anderen Organen wurde nichts Absonderliches festgestellt. Das Jungfernhäutchen ist völlig intakt. Eine dem Herzmuskel entnommene Gewebeprobe ergab, dass der Herzmuskel histologisch normal ist und keine Blutergüsse aufweist.

Aus den oben genannten Untersuchungsergebnissen kann man schließen, dass Koskinens Hals von einem stumpfen Stoß getroffen wurde. Die Todesursache lässt sich aufgrund des Obduktionsergebnisses nicht mit Sicherheit bestimmen; da aber sonst keine weiteren organischen Veränderungen feststellbar sind, muss man annehmen, dass der Tod durch einen Schlag gegen das Halsnervengeflecht und einen infolgedessen eingetretenen reflexartigen Herzstillstand verursacht wurde. Den Totenschein habe ich ausgestellt und als Todesursache einen dumpfen Stoß gegen den Hals (Contusio colli 920 M 8) angegeben.

Aufgrund des oben Gesagten lässt sich die Möglichkeit äußerer Gewalteinwirkung nicht ausschließen.

Ich versichere bei Ehre und Gewissen, dass das oben Gesagte richtig ist.

T., den 27. 8. 1969

Bezirksarzt des Bezirks K.
Asko Helkkä

2. Kapitel

Als Juhani Johansson das Meer zum ersten Mal sah, war es nicht so blau, wie er es sich vorgestellt hatte.

Seltsam, dass er jetzt daran denken muss, während er neben dem Geschäftsführer der Baugesellschaft steht und sein künftiges Arbeitszimmer in der obersten Etage in Augenschein nimmt.

Wie er da am Fenster steht, die Hände in den Taschen des Anzugs, den er in Brüssel gekauft hat, und auf das Meer hinausschaut, das da ebenso grau und melancholisch vor ihm wogt wie vor einem Vierteljahrhundert, erinnert er sich wieder an seine damalige Enttäuschung. Das Meer war nicht blau, und das schmerzte viel mehr als der Biss des in Panik geratenen Nerzes.

Auch an die Wut und die Angst erinnert er sich, an die Wut auf all die Menschen, die er traf, und an die Angst vor der halb im Nebel versunkenen Insel, aber die können ihm nicht mehr so wehtun wie die Enttäuschung, von der er jetzt, fünfundzwanzig Jahre später, weiß, dass sie umsonst war. Wenn er könnte, würde er seine Hand nach den mageren Schultern des Jungen ausstrecken, sie ermutigend drücken und sagen:

Du wirst noch sehen, wie es vor dir erglänzt, genauso atemberaubend blau, wie du es dir nur erträumen kannst! Hörst du, kleiner Bub, das Meer hat dich nicht betrogen!

Während Juhani Johansson die Havanna nimmt, die ihm der Geschäftsführer der Baugesellschaft anbietet, und sie routiniert befeuchtet, fällt ihm ein lächerliches Detail am Ärmel des

Beamten wieder ein. Da war ein Fleck. Und der sah genauso aus wie Blut. Der Fleck befand sich versteckt an der Unterseite des blauen Ärmels seiner Uniformjacke und wurde erst sichtbar, als der Beamte die Arme hob, um die Tasche von der Gepäckablage herunterzunehmen.

Aber konnten Beamte denn richtiges Blut verströmen? Sie waren doch immer so leblos. Leblos und peinlich sauber.

Erst jetzt, ein Vierteljahrhundert danach, wird er wirklich wütend auf den Beamten, der sich entgegen aller Wahrscheinlichkeit schnitt und auf diese Weise versuchte, als Mensch durchzugehen, der aber dennoch seine Hand kein einziges Mal auf die mageren Schultern des Jungen legte, um sie ermutigend zu drücken. Warum macht er dem unausstehlichen, bösen kleinen Juhani Johansson nicht ein wenig Mut? Diesem Jungen, der vom Meer enttäuscht ist, weil es keine große blaue Fläche ist und sich keine Nixen mit rosig schimmernden Brüsten über glitzernden Schuppen darin tummeln? Das Meer, in das man vom hohen Felsen hinabtauchen könnte, hinunter zu den von Wasserlilien bewachsenen, am Grunde wartenden Schätzen.

Die Fantasien eines Neunjährigen! Etwas Zerbrechlicheres gibt es gar nicht.

Der Mann lehnt sich gegen das kleine Lüftungsgitter, bedauert, dass es so schmal ist. Wie herrlich wäre es doch, hinauszutreten und die Seeluft tief in die Lungen zu saugen. Schade, dass zu dem Zimmer kein Balkon gehört, so wie zum Zimmer des Geschäftsführers. Das emsige Getöse der Gabelstapler und Kräne ist allerdings trotzdem zu hören.

Ob der Beamte wohl noch lebt?

Und wenn er ihn ausfindig machen und ihm endlich alles mit barer Münze heimzahlen würde?

»Du bist doch … hm … Waise?«, fragt der Geschäftsführer der Baugesellschaft, als Juhani Johansson vom Fenster hinter den großen Schreibtisch tritt und sich in den Stuhl mit den Rollen setzt, der zu niedrig für ihn ist.

»Waise?«

Darauf ist er nicht vorbereitet, dass man ihm plötzlich seinen Schutzschild stiehlt.

War es der Verteidiger der »Bärenjungen«? Irgendwann in den Sechzigerjahren, als sie noch auf der Eisbahn unter freiem Himmel spielten. Der Wind schaukelt sich in den Lampen. Der Verteidiger der Gäste gleitet ohne Helm unaufhaltsam einem Schmetterschlag entgegen. Er bekommt den Puck mitten ins Gesicht verpasst, sodass es kracht.

»Wie du siehst, wissen wir mehr von dir, als du denkst«, lacht der Geschäftsführer.

»Offensichtlich«, sagt der Mann und greift in die Tasche.

Der Geschäftsführer gibt ihm Feuer – wo sie jetzt doch fast gleichberechtigt sind.

Auf dem Tisch steht ein chinesischer Drache, der aus seinem steinernen Schlund eigentlich Feuer speien sollte, aber er tut es nicht.

»Der funktioniert schon seit zwanzig Jahren nicht mehr. Ich konnte mich nur nicht dazu entschließen, ihn wegzuwerfen, weil er doch so verflixt hübsch ist«, sagt der Geschäftsführer und berührt den grüngestreiften Schwanz des Drachen.

Der Geschäftsführer ist ein kleiner, aber für sein Alter eleganter Mann, und die Frauen finden sicherlich, dass er gut aussieht. Doch seine Stimme knarrt schon leicht, und das verrät sein wahres Alter. Sein Leben lang war er mit derselben Frau verheiratet, die es nicht geschafft hat, ihm auch nur ein einziges Kind zu gebären. Eine Scheidung kam nicht infrage, denn die Baugesellschaft ist ein Erbe vom Vater der Frau. Und die hält immer noch die Mehrheit der Aktien.

»Wenn ich so ein Ding hätte, würde ich keine Ruhe geben, bis es wieder in Ordnung wäre«, sagt Juhani Johansson.

»Ich weiß, deshalb haben wir dich ja auch eingestellt«, lacht der Geschäftsführer und legt ihm den Drachen in die Hand.

»Offensichtlich«, sagt der Mann wieder und wendet das Feuerzeug hin und her.

Jetzt durchschaue ich dich. Du täuschst mich nicht mehr. Du schacherst. Das ist dein Stil. Zuerst verletzt du einen. Dann tust du so, als wäre nichts gewesen. Und dann startest du einen neuen Angriff.

Durch den Spalt der offenen Tür ist zu sehen, wie die hagere Putzfrau im Korridor hinter der surrenden Bohnermaschine herschlurft. In den Duft der Zigarre mischt sich der stechende Geruch von Bohnerwachs.

»Du nimmst es uns doch nicht übel, dass wir uns für deine Herkunft interessiert haben? Du selbst sagst darüber ja nicht viel.« Der Geschäftsführer lächelt, um Entschuldigung bittend.

»Du kennst mich doch. Du kennst mich seit Jahren. Mir wäre es gar nicht in den Sinn gekommen, dass meine Kindheit irgendetwas mit der Sache zu tun haben könnte.«

»Natürlich hat sie nichts damit zu tun«, versichert der Geschäftsführer eilig. »Was du als Minderjähriger gemacht hast, hat keinen Einfluss auf die Wahrnehmung dieser Aufgabe. Im Gegenteil: entsprechende Erfahrungen sind nur von Vorteil.«

Der kameradschaftliche Ton des Geschäftsführers kann Juhani Johansson nicht mehr täuschen.

»Nimm es mir nicht übel – aber ich spreche nicht gern darüber.«

Dabei scherst du dich doch einen Dreck um meine Gefühle. Wenn du nur für dein Geld einen ordentlichen Gegenwert kriegst.

Er mag das Lächeln des Geschäftsführers nicht: es ist ebenso echt wie die Zähne des Oberkiefers, die es entblößt.

»Natürlich war das alles ziemlich überraschend. Es hat in mir eine neue Art von Mitgefühl für dich geweckt«, bemerkt der Geschäftsführer.

»Mitgefühl?«

»Oder eher Bewunderung. Nicht viele würden darauf wetten, dass man mit deiner Vergangenheit in so eine Position aufsteigt.«

Draußen, auf dem Fenstersims des zum Meer gehenden Zimmers des stellvertretenden Geschäftsführers, haben sich zwei perlgraue Tauben niedergelassen. Sie schubsen sich gegenseitig, als gäbe es dort nicht Platz genug für beide.

»Ich bin nicht der Einzige.«

»Nein. Das ist wahr.«

Die Antwort kommt zu schnell. Und wieder dieses allzu breite Lächeln, wo es nichts zu lächeln gibt.

Nur Ruhe! Nichts übereilen.

Es geht jetzt nur darum, auf die Eröffnung des Spiels richtig zu reagieren; vorauszuahnen, von welcher Seite der Gegner den Puck ins Tor zu bugsieren versucht.

»Dies ist keine Anklage«, präzisiert der Geschäftsführer mühsam. »Es kann ja keiner was dafür, dass er hm … Waise wird.«

»Früher oder später geht es uns allen so«, entgegnet Johansson mit schiefem Lächeln.

»Wie meinst du das?«

»Wir Waisen sollten zusammenhalten«, antwortet er. »Deine Eltern leben doch auch nicht mehr?«

Verblüffte Stille.

Dann bricht der Geschäftsführer in dröhnendes Gelächter aus.

»So ist es richtig, ich liebe schlagfertige Männer, und ich finde es bombig, dass wir hier schon ganz vertraut wie Vater und Sohn miteinander debattieren.«

Doch unvermittelt wird er ernst, legt Johansson die Hand auf die Schulter und sieht ihn forschend an:

»Du willst diese Stellung und dieses Zimmer. Und ich will, dass du sie auch bekommst. Aber zuerst musst du mir etwas erzählen. Es ist keine große Sache, aber ich muss sie wissen.«

»Was denn?«

»Nehmen wir einen Kognak? Schenk du ein. Du bist ja hier bald der Hausherr. Da im Schrank, ganz rechts.«

Das gedämpfte Klacken der Tür.

»Wieso sitzt der so fest? Ich war überzeugt, dass dein Vorgänger ihn mehrmals täglich geöffnet hat«, sagt der Geschäftsführer.

Der Korken rührt sich nicht vom Fleck. Schon mal geöffnet, und doch voll. Sie hätten die Flasche gegen eine neue austauschen sollen.

Die Gläser klingen, auf den gemeinsamen Erfolg!

Außerdem war ich keine solche Waise, wie du denkst: Meine einfältige Mutter hat mich nicht gleich nach der Geburt in die verrostete Mülltonne hinten auf dem Hof geworfen. Man hat mich nicht zwischen Monatsbinden aufgefunden und mit Eierschalen hinter den Ohren …

»Also«, fragt Juhani Johansson, »was willst du wissen?«

Der Geschäftsführer räuspert sich. Das ist keine Verstellung. Ihm steigt das Wasser in die Augen.

Ein Magengeschwür?

»Soweit ich weiß, gab es dort im Erziehungsheim einen Vorfall«, sagt der Geschäftsführer. Er hat sein Taschentuch hervorgeholt und betupft sich damit die Augen.

»Ja«, entgegnet Johansson, »wo passiert denn nichts.«

»Ich meine die Geschichte, über die auch die Zeitungen berichteten.«

»Die Zeitungen haben viel über uns berichtet.«

Einmal sogar mit Bild. Von Pontus, als er bei der Landwirtschaftsausstellung den ersten Preis bekommen hatte. Der stattlichste Zuchtbulle der Provinz! Und das war er wirklich, solche Klöten hatte man noch nicht gesehen.

Er hantiert mit dem Stuhl herum, will ihn zehn Zentimeter höher stellen.

»Ich meine den Todesfall Ende der Sechzigerjahre. Der mit den mysteriösen Umständen, wie es so schön heißt«, fügt der Geschäftsführer hinzu und lächelt verlegen.

Während Johansson den alten Mann betrachtet, der sich im lederbezogenen Drehstuhl unter dem Lüftungsgitter und der norwegischen Fjälllandschaft zurücklehnt, nimmt er im Atemgeräusch des Geschäftsführers der Baugesellschaft zum ersten Mal eine neue Nuance wahr, ein kleines, mühsames Pfeifen, das ihm die Entladung einer unterdrückten Spannung verrät.

Dieser Mensch, der sich seiner Macht so bewusst ist, hatte diesen Augenblick also gefürchtet und sich dazu zwingen müssen, die Sache zur Sprache zu bringen. Plötzlich erscheint ihm der Geschäftsführer klein und irgendwie hilflos.

»Ich erinnere mich an nichts dergleichen«, entgegnet er, forscher, als es nötig gewesen wäre.

»Seltsam. Dich hat man doch auch verhört. Und deinen Schwiegervater.«

Juhani Johansson kann sich eines Lächelns nicht erwehren. Es ist eines von der Sorte, von dem anderen das Wort im Halse steckenbleibt.

Jalonen kriegt den Puck bei der blauen Linie zu schnappen. Die Stürmer treiben das Spiel in die Ecken. Die beiden Verteidiger wissen nicht, was sie tun sollen, sie gleiten zur Seite. Jalonen gibt nicht ab, sondern beschließt, im Mittelfeld durchzubrechen. Die Verteidiger stürzen hinterher und rempeln ihn an. Jalonen schwankt, hält den Stock mit einer Hand, hat aber immer noch den Puck. Der Torhüter gleitet ihm entgegen, hinaus aufs Eis. Jalonen schlägt den Puck mit einer Hand. Er flattert wie ein Schmetterling ins Netz, haargenau in die Mitte.

»Ach, darum geht es? Hast du jetzt auch etwas gegen die Schriften meines Schwiegervaters?«

»Versteh mich nicht falsch, mein Freund«, sagt der Geschäftsführer. »Ich liebe das Meer auch und möchte nicht, dass es ihm schlecht ergeht ... Mensch, ich verbringe doch jedes freie Wochenende im Sommerhaus mit Fischen und Angeln! Aber es geht um die Leute. Du verstehst doch wohl, dass uns der Auftrag entgeht, wenn ein paar unzurechnungsfähige Spinner eine solche Hysterie entfachen, dass die ganze Fabrik ...«

»Ich bin nicht der Aufpasser meines Schwiegervaters.«

»Also, die Rezession steht vor der Tür. Wir können es uns nicht leisten, auch nur einen einzigen Auftrag zu verlieren. Und das wäre ja auch ein ausgesprochen schlechter Einstieg für dich, findest du nicht?«

»Wir wollen doch nicht übertreiben. Nenne mir nur eine einzige Fabrik in diesem Land, die wegen der Umweltschützer geschlossen worden wäre oder auch nur einen Nachteil erlitten hätte.«

Er zwingt sich, ruhig zu bleiben.

»Darum geht es nicht«, braust der Geschäftsführer auf und versetzt dem Drachen einen Stoß, dass er zum anderen Tischrand rutscht. »Das musst du dir mal vorstellen, die müssen dort Anlagen für Millionen einbauen, sodass sie von Erweiterungsbauten noch auf Jahre hinaus nur träumen können!«

»Das glaub ich nicht. Absolut nicht!«

Natürlich glaube ich es. Aber auch für die Wirtschaft ist es nicht sinnvoll, sich in Scheiße zu begraben. Kranke konsumieren nicht.

»Was soll das heißen, du bist nicht der Aufpasser deines Schwiegervaters? Was ist das für ein Kerl, der seine Verwandtschaft nicht zügeln kann? Oder seid ihr zerstritten?«

Stille. »Ich mach dir keine Vorwürfe. Der Mann ist doch total verrückt, nicht wahr?«

Elektroschocks hat man ihm noch nicht verordnet, falls du das meinst. Aber natürlich ist er seelisch erschüttert, paranoid. Und er ist der Mann, ohne den ich ein Nichts wäre.

»Für meine Arbeit ist dieser Aspekt ziemlich irrelevant«, sagt Juhani Johansson.

»Irrelevant? Verschon mich bloß mit deinem intellektuellen Quatsch, Junge. Du weißt, was ich meine. Ich pflege kein Blatt vor den Mund zu nehmen und erwarte das auch von anderen.«

»Mein Schwiegervater ist nur einer von denen, die gegen Abwassereinleitungen sind. Du kannst nicht alle Verwandten der Umweltschützer einstellen, damit sie ihre Angehörigen an die Kandare nehmen!«

»Aber er hat Fotos«, sagt der Geschäftsführer der Baugesellschaft und reckt den Zeigefinger triumphierend in die Höhe. »Er hat Fotos, und die werden in der Zeitung veröffentlicht. Da fragt man sich doch, ob in den Redaktionen nur Kommunisten sitzen oder was. Die haben doch überhaupt keinen Sinn für das, was man abdrucken sollte und was nicht. Und dann sehen die Leute sich diese aufgedunsenen Fische an und kriegen allerlei fantastische Ideen! Das Volk, weißt du, das ist so blöd, das begreift gar nicht, wie Bilder lügen können.«

Die Hand des Geschäftsführers hat sich zur Faust geballt. Am Zeigefinger prangt ein breiter Siegelring mit blauem Stein.

Juhani Johansson sieht nur die Kraft, die unter der angespannten, unbehaarten Haut spielt, das unsichtbare Netz von Beziehungen, die Macht des Geschäftsführers der Baugesellschaft. Es ist eine ungeheure Macht, die Menschen klein und ersetzlich und immer wieder käuflich und verkäuflich macht.

Johansson denkt an den großen Konferenztisch aus Nussbaumholz, an dem er nun endlich Platz nehmen kann. Er sieht, wie er sich noch stärker als bisher mit diesem Mann verbündet. Wie er ohne Bedauern die letzten Reste seines früheren Lebens zertritt, wie er unter kameradschaftlichem Geplauder mit dem Ellbogen die schweren Türen beiseiteschiebt, die in die Kabinetts des innersten Zirkels führen, wie er durch den Euroqualm hindurch die dort sitzenden Männer begrüßt, ohne sich um die faktische, aber mit Stillschweigen übergangene Anwesenheit ihrer stummen, hübschen Sekretärinnen zu kümmern, immer bereit, auf kultivierte Weise und scheinbar gelassen, aber gierig und zielstrebig, täglich sein Schäfchen ins Trockene zu bringen.

Das ist es doch, was ich immer gewollt habe, oder? Dafür hab ich all die Jahre geschuftet.

»Die Ergüsse eines einzelnen tragikomischen Irren beweisen ja nichts. Aber sie verursachen bedauerliche Missverständnisse«, sagt der Geschäftsführer.

»Ich verstehe«, sagt der künftige stellvertretende Geschäftsführer.

Und er versteht es ja auch.

Der alte Mann verbirgt nur mit Mühe seine Verwunderung. Dass er den anderen so mühelos zur Einsicht bringen würde, hatte er nicht erwartet.

»Versteh mich nicht falsch. Ich habe nichts gegen deine Familie. Persönlich. Aber ich muss in erster Linie an die Firma denken. Ich bin für die Arbeitsplätze unzähliger Leute verantwortlich. Und jetzt mach ich mir Sorgen. Ein bisschen so wie der Hirte um seine Herde. Ich habe keine anderen Kinder als die, die hier im Unternehmen arbeiten. Verstehst du, was ich meine? So wie dein Vater sich deinetwegen Sorgen machen würde, wenn er noch lebte.«

»Natürlich.«

»Ich bin kein schlechter Mensch. Ich liebe die Natur genauso wie alle anderen. Ich kann sogar sagen, dass einige dieser Vorher-nachher-Bilder mich zutiefst berührt haben. Zum Beispiel die mit diesen blauroten Blumen. Was waren das noch für welche?«

»Keine Ahnung.«

»Auf jeden Fall waren sie sehr schön.«

»Ja.«

»Ja, das sind sie, verdammt noch mal!«, beteuert der Geschäftsführer. »Es ist wirklich schade, wenn sie aussterben, aber das kann doch nicht meine Schuld sein. Lächerlich, so etwas zu behaupten.«

Juhani Johansson leert sein Glas und tritt wieder ans Fenster.

Ich kannte eine Frau, die sie züchtete. Diese und andere Blumen. Sie pflanzte Blumen und entzündete Feuer. In jedem von uns.

Die Fahnenschnüre peitschen die schwarz gewordenen Masten.

»Ein Sturm kommt auf«, sagt er mit dem Rücken zum Zimmer.

»Glaubst du?«, fragt der Geschäftsführer der Baugesellschaft. Er ist sich nicht sicher, ob Johansson gleichnishaft spricht.

»Ich weiß es.«

»So, so. Na dann, alle Mann an die Ruder«, probiert der Geschäftsführer es vorsichtig mit einem Scherz.

»Ganz recht.«

»Hör mal, noch ein Wörtchen zu diesem Todesfall. Du glaubst doch wohl nicht, dass ich im Ernst annehmen würde, du hättest etwas damit zu tun?«

»Natürlich nicht.«

Er hält mich für einen potenziellen Mörder, aber das stört ihn nicht weiter!

»Wusst ich's doch. Sonst hätte ich die Sache doch gar nicht zur Sprache gebracht. Wir zwei haben uns doch immer gut verstanden. Trinken wir darauf?«

Der Geschäftsführer der Baugesellschaft steht mitten im Zimmer und starrt auf das Glas in seiner Hand, als stünde dort geschrieben, was als Nächstes geschieht.

»Ich glaube, ich werde es bei dem einen belassen.«

»Ach was! Einen über den Durst zu trinken, tut verdammt

gut. Zum Kuckuck mit den fanatischen Abstinenzlern«, sagt der Geschäftsführer und zwinkert Johansson zu.

Widerlicher Typ!

Seine gekünstelten, weibischen Kraftausdrücke und sein teures Rasierwasser, sein protziger Siegelring, seine ständige Wachsamkeit, mit der er darauf achtet, dass ihm auch nicht die geringste Chance, aus einer Sache Nutzen zu schlagen, entgeht.

Und doch weiß Johansson nur allzu gut, dass der Alte auch seine menschenfreundlichen Seiten hat und dass er in uneigennütziger Weise hilfsbereit sein kann: Er hat selbst erlebt, wie der Geschäftsführer Selbstlosigkeit und Anteilnahme bewies, ohne dass er davon profitierte.

Er war dabei, als der Geschäftsführer, aufrichtig bewegt, einen alten, treuen Mitarbeiter mit wertvollen Geschenken in den Ruhestand verabschiedete. Und er war dabei, als der Geschäftsführer, nachdem er, außer sich vor Schreck, Zeuge eines Verkehrsunfalls geworden war, der verunglückten alten Frau ins Krankenhaus Blumen schickte.

Der Geschäftsführer war für ihn der wandelnde Beweis dafür, dass das Individuum im harten Geschäftsleben seine Menschlichkeit bewahren kann.

Jetzt aber steht der Geschäftsführer plötzlich auf der Gegenseite.

Juhani Johansson wundert sich im Stillen, wie plötzlich und aus wie geringem Anlass die Dinge sich in ihr Gegenteil verkehren können. Einige unerwartete Sätze, und ein nützlicher Verbündeter ist auf rätselhafte Weise aus einem von uns unwiederbringlich zu einem von ihnen geworden.

Das hindert Juhani Johansson freilich nicht daran, als nächster Untergebener dieses wohlhabenden und erfolgreichen Mannes zu arbeiten. Es hindert ihn auch nicht daran, sich diesem Mann gegenüber auf konventionelle Weise kameradschaftlich und loyal zu verhalten. Eigentlich hindert es ihn an nichts, was dieser Mann, der Geschäftsführer der Baugesellschaft, für wichtig hält. Denn eines Tages werden die Ärzte seine Haut zu blass finden, und er wird schnell an seiner Leberzirrhose oder an Dickdarmkrebs zugrunde gehen. Jedenfalls wird er eines selbst verschuldeten Wohlstandstodes sterben.

Und Juhani Johansson wird seinen Thron und vielleicht auch seine Krankheiten erben.

Was hat es da noch für eine Bedeutung, dass er ihm nicht mehr vertrauen will und kann? Er ist doch kein kleiner Junge mehr, der seine Hilflosigkeit durch Bettnässen, Schluckauf oder Fluchen zu erkennen gibt, er braucht nicht mehr die Männerhand, die sich auf seine Schultern legt, er bettelt um niemandes Zuneigung.

Das, was er verloren hat, ist völlig bedeutungslos. Den Respekt, die Möglichkeit, zu jemandem wenigstens ein wenig und hin und wieder aufzublicken. Aus Erfahrung hätte er wissen müssen, dass es immer so kommt. Früher oder später.

3. Kapitel

Sie beschließen, dass Baltazars Beerdigung trotz des Regens zur vereinbarten Zeit stattfinden soll. Der Vater hat eine Rede geschrieben und brennt nun darauf, sie zu verlesen.

Der Vater hat einen fast klaren Kopf, aber der Anblick von Baltazars kleinem steifen Körper am Boden des Kartons rührt ihn derart, dass er zur Toilette gehen muss, um sich zu schnäuzen und einen ordentlichen Schluck zu nehmen. Erst dann kann er weitermachen.

Der Sarg ist aus Pappe, und darauf steht: Del Monte – Kraft aus den Früchten des Südens. Der Junge findet, das passt zu Baltazar, der selbst aus irgendwelchen fernen Ländern stammte.

Baltazars vorquellende Pekinesenaugen sind mit einem gelben Tuch bedeckt. Die Mutter sagt, der Vater könne seinen vorwurfsvollen Blick nicht ertragen.

»Wieso vorwurfsvoll?«, fragt der Vater gekränkt.

»Ich hab dir doch gesagt, man müsste mit ihm zum Arzt gehen …«

»Sagen kann jeder alles Mögliche. Warum bist du denn nicht mit ihm hingegangen?«

»Du hast mir die Autoschlüssel nicht gegeben.«

»Ich hab sie nicht gefunden. Wir haben die Karre ja seit Monaten nicht benutzt. Wer weiß, ob da überhaupt noch Benzin drin ist.«

»Du hast ihn nicht gefunden, weil du ihn nicht finden wolltest.«

»Worauf willst du hinaus?«

»Auf nichts.«

»Das will ich aber auch meinen.«

»Wenn er geimpft gewesen wäre …«

»Er war es nun mal nicht. Er war es nicht. Er war nicht geimpft. Und ich würde auch nicht ausschließen, dass Kankaanpää ihm Gift gegeben hat. Weil Balti durch seinen Garten getobt ist und die kleinen Vögel erschreckt hat.«

»Kankaanpää ist ein Idiot, aber so was würde er nun doch nicht tun. Hier hat es ja Fälle von Hundestaupe gegeben. Das weißt du doch.«

Der Vater antwortet nicht. Er steht vor dem Spiegel und bindet sich die Krawatte.

»Ich habe diesen Hund geliebt«, sagt die Mutter und dreht den Wasserhahn auf, um eine Beruhigungspille zu nehmen.

»Ganz recht. Hab ich ihn vielleicht nicht geliebt? Hab ich vielleicht verboten, ihn zum Impfen zu bringen, was? Hab ich es verboten?«

Der Vater verdreht der Mutter den Arm. Die Mutter schüttelt den Vater ab, bindet ihm die Krawatte. Achtet darauf, dass sie im Nacken unter dem Kragen liegt.

»Du hast ihm einen Fußtritt gegeben!«

»Ich soll ihm einen Fußtritt gegeben haben? Was faselst du da? Wann hab ich ihm denn einen Fußtritt gegeben?«

»Mutti hat es mir erzählt. Als sie das letzte Mal hier war. ›Erik hat dem Hund einen Fußtritt versetzt‹, erzählte sie nachher am Telefon.«

»Und du glaubst dieser Verrückten? Hab ich Balti einen Fußtritt gegeben, Juhani? Juhani war dabei. Hab ich Balti einen Fußtritt gegeben, Juhani?«

»Vater hat ihm keinen Fußtritt gegeben …«

»So ist es. Es ist nicht meine Art, Hunden einen Fußtritt zu geben!«

»Warum sagt Mutti dann was von einem Fußtritt? Bist du jetzt wieder auf Vaters Seite, Juhani? Der himmlische Vater wird traurig, wenn kleine Jungen lügen.«

»Vater hat ihn ein wenig in die Küche geschubst, als Oma mit Vater geschimpft hat.«

»Geschubst! Schubsen ist kein Fußtritt.«

»Wenn man mit dem Fuß schubst, dann ist das ein Fußtritt, finde ich«, sagt die Mutter.

»Behaupte gefälligst nicht, ich hätte Balti einen Fußtritt gegeben. Ich bin auch immer mit ihm Gassi gegangen, wenn die andern hier unterm Tisch lagen!«

»Du bist mit ihm Gassi gegangen? Was war denn das für ein Gassigehen? Man brauchte doch nur die Tür aufzumachen und ihn rauszulassen.«

»Balti mochte lange Spaziergänge. Das habt ihr Faulpelze nie kapiert«, sagt der Vater.

»Nicht jeder verfügt über solche Geistesgaben wie du. Nicht jeder kann die Gedanken eines Hundes lesen und daraus entnehmen, dass er Spaziergänge braucht, die zufällig genauso lange dauern wie der Weg zur nächsten Kneipe.«

»Halt's Maul! Willst du, dass ich diese Zeremonie abhalte oder nicht? Musst du uns auch das hier verderben? Wenn du doch auch einmal an den Jungen denken wolltest! An die Gefühle deines Sohnes, verdammt noch mal, wo gerade sein Hund gestorben ist.«

»Ich hab an die Gefühle meines Sohnes schon zu dem Zeitpunkt gedacht, als ich sagte, dass der Hund geimpft werden muss. Aber du hast das Geld für was anderes ausgegeben«, stichelt die Mutter.

»Okay. Dann machen wir eben keine Beerdigung. Wenn du meinst, dass ich ihn umgebracht habe. Dann lassen wir die Beerdigung ausfallen, verflucht. Juhani, räum den Mozart weg!«

»Werd nicht dramatisch, Erik.«

»Hast du gehört, Juhani? Räum den verdammten Mozart weg. Mutter will keine Beerdigung. Mutter findet, Baltazar hat keine Beerdigung verdient.«

»Mutter, lass uns doch die Beerdigung machen«, sagt der Junge mit der Platte in der Hand.

»Bin ich vielleicht dagegen? Vater muss mal wieder seinen Auftritt haben. Wer hat sich denn hier schon in Schwarz gekleidet? Wer war denn auf dem Boden und hat alles runtergeholt, was wir für Papis Beerdigung gekauft haben, einschließlich der Pillendose? Ich soll es sein, die hier verhindert, dass der Köter anständig zu Grabe getragen wird, was?!«

Die Mutter spricht mit schriller, dünner Stimme. Die Brüche darin kündigen schon den Anfall an, der nicht mehr fern ist.

»Und ich kann dein ewiges Fluchen nicht ertragen. Warum musst du dauernd fluchen? Um mich zu kränken?«

»Ich hab nicht geflucht. Zum Deibel ist überhaupt kein Fluch.«

»Was ist es dann? Außerdem war es nicht zum Deibel …«

»Wenn es etwas war, dann zum Deibel!«

»Das war es nicht. Es war etwas anderes, Schlimmeres«, sagt die Mutter.

Der Vater nimmt eine längliche Pille aus der Packung und steckt sie ihr zwischen die Lippen. Auch das Trinkglas hält er ihr an den Mund.

»Maire, niemand behauptet, du wärst nicht tipptopp. Nicht Juhani und nicht ich. Dies ist ein schwerer Tag für uns alle. Unser lieber Baltazar ist gestorben. In dieser Verfassung sagt man leicht Dinge, die …«

»Gibst du zu, dass ich nichts verhindert habe?«

»Juhani, achte darauf, wie du die Platte hältst. Herrgott, wie oft soll ich dir noch sagen, dass man eine Schallplatte am Rand anfasst und nicht sonst wo!«

»Gibst du es zu? Ich zieh diese Kleider aus, wenn du es nicht zugibst.«

»Wenn ich was nicht zugebe?«

»Dass du im Unrecht warst. Dass du Scheiße geredet hast.«

»Okay. Ich hab Scheiße geredet. Ich geb es zu. Ich geb zu, dass ich Scheiße geredet hab.«

»Du brauchst es nicht zu wiederholen. Es genügt, dass du es zugibst.«

»Na, das hab ich ja nun getan.«

»Ja. Aber du brauchst dich nicht damit zu brüsten.«

»Ich brüste mich auch nicht damit. Das wäre das Letzte, was mir in den Sinn käme. Das Requiem, Juhani!«

»Was?«

»Die Nadel dahin, wo das Requiem anfängt!«

Der Vater runzelt die Stirn. Es will ihm nicht in den Sinn, dass der Junge noch nicht lesen kann, obwohl er schon fast fünf Jahre alt ist und man ihm die Buchstaben schon viele Male gezeigt hat. Der Vater selbst konnte schon mit vier Jahren lesen, obwohl ihm das niemand beigebracht hatte.

»So ein Schafskopf! Der breite Streifen da ist es! Du willst doch nicht alles vermasseln?«

»Nein«, sagt der Junge.

»Wenn Mutter und ich und Sauli mit Balti… mit Baltazar zur Tür hinaustreten, dann setzt du die Nadel auf und kommst uns nach. Kapiert?«

Der Junge nickt. Die Lautsprecher stehen im offenen Fenster. Hinter ihrem Rauschen hört man das eintönige Trommeln des Regens.

Die Mutter zieht die schwarzen, perforierten Handschuhe an und legt das in der Babywippe schlafende Kind im Samtanzug in den Wagen, der vor der Tür wartet. Das Kind weint kurz auf, schläft aber gleich wieder ein.

Der Vater greift in die Tasche. Die Rede ist da.

»Die Blumen!«, bemerkt der Vater an der Tür, gerade, als der Junge die Nadel auf die Platte gesetzt hat. Er zieht sie rasch und erschrocken wieder hoch. Es ertönt ein hässliches Ratschen.

»Junge, verflucht!«
»Es ist kein Kratzer draufgekommen.«
»Das will ich dir aber auch geraten haben!«

Die Mutter klappert mit ihren hochhackigen Schuhen zum Tisch, nimmt den dort liegenden Azaleenstrauß, zupft ihn mit ihren schwarzen Handschuhen ein wenig zurecht. Auf ihrem Gesicht erscheint ein breites, gequältes Lächeln, das auch dann noch auf ihren Lippen bleibt, als sie schon gar nicht mehr weiß, dass sie lächelt.

Der Vater setzt sich den schwarzen Hut auf den Kopf und hebt den Del-Monte-Karton auf. Von der Tür her nickt er feierlich und befehlend.

Die Nadel senkt sich erneut. Die Hand des Jungen zittert ein wenig. So wenig, dass es nichts schadet.

Die Musik erinnert den Jungen an die scharfen Steine in Juudits Land, an die schwarzen Schatten darüber

und an den zwischen den Steinen dahinströmenden dunklen Fluss, der sich bisweilen zu plätschernden kleinen Bächen wie zu leise pulsierenden Wurzeln verzweigt. Aber der Hauptstrom, der dunkle und unerbittliche Hauptstrom, bewegt sich in seinem tiefen Bett schwerfällig voran. Die Uferböschung entlang läuft ein Rudel blasser Hunde, Juudits Hundearmee, die sie aus toten Hunden aufgestellt hat. Sie heben ihre Schnauzen zu einem tonlosen Begrüßungsgeheul. Es sind keine richtigen Hunde, sondern Gespensterhunde, die Juudit zu ihrem Schutz schult. Und zu diesem Rudel ist Baltazar jetzt auf dem dunklen Fluss unterwegs, er wird Juudits Hund!

Der Junge rennt hinter den anderen her, zwischen dem Vater, der Baltazar im Del-Monte-Karton trägt, und der Mutter, die den kleinen Bruder im hellblauen Wagen schiebt.

Die Musik übertönt kraftvoll das Trommeln des Regens.

In feierlicher Prozession, ernst und stumm, gehen sie um die mit wildem Wein bewachsene Fassade herum in Richtung auf das Wirtschaftsgebäude aus weißen Ziegeln, an dessen einem Giebel ein ausgehobenes Grab wartet. Dahinter ragen die Säulen der Kiefern und Fichten gegen den grauen Himmel auf.

Die feuchten Zweige des zwischen die Nadelbäume geratenen Birnbaums sind wie grünes Glas.

Aber die Gespensterhunde rennen. Und Juudit an ihrer Spitze prahlt mit Baltazar, der jetzt nicht mehr dem Jungen gehört, sondern ganz und gar der Schwester.

Ich höre ihre Schritte. In der Nähe. Unter der Erde. Und sie rufen Baltazar in einer Sprache, die die Lebenden nicht hören können. Aber Baltazar will nicht zu dem schwarzen Fluss, er will bei uns bleiben, in diesem grünen Garten,

auf dessen Bäumen flüssiges Gold liegt und wo die Blätter wie grünes Glas sind. Er will im Becken schwimmen und sich in den Blättern vergraben und wie von Sinnen Spatzen und Eichhörnchen jagen.

Baltazar will nicht zu dem schwarzen Fluss.

Er hat Angst, verstehst du das nicht, du Miststück mit deiner behaarten Fratze!

Der Vater setzt Baltazar am Boden ab und holt die Rede aus der Tasche. Die Hackenschuhe der Mutter versinken im nassen Gras. Sie öffnet den Regenschirm und hält ihn dem Vater, der mit seiner Rede raschelt, über den Kopf.

»Meine Lieben. Wir haben uns hier heute aus einem traurigen Anlass versammelt. Am Grabe unseres Freundes Baltazar. Manch einer mag fragen, warum wir Baltazar so feierlich begraben wollen. Er ist doch nur ein Hund, wird manch einer sagen. Womit hat er ein richtiges Grab verdient, einen Gedenkstein zur Erinnerung daran, wo sein Körper begraben liegt? Warum werfen wir ihn nicht in irgendeine Grube und damit basta? So hat man es doch mit vielen Menschen getan und erst recht mit Hunden. So hat man es mit Amadeus Mozart gemacht, dessen unvollendetes Requiem wir heute hier im Hintergrund hören. Hat unser Baltazar also etwas Besseres verdient als der Meisterkomponist Mozart?«

Der Nachbar steht im gelben Regenmantel hinter der Hecke. In der einen Hand glänzende Zweige vom Apfelbaum, in der anderen eine große Gartenschere. Der Vater blickt in seine Richtung, spricht lauter.

»Hat Baltazar also mehr verdient als Amadeus Mozart, der namenlos in ein Gemeinschaftsgrab für Arme geworfen wurde und dessen Grabstelle auch heute noch unbekannt ist?«

Der Vater steht da und schweigt feierlich. Er blickt sich um, auf der Suche nach jemandem, der etwas zu sagen hat. Der schwarze Hut rutscht ihm aufs Ohr. Er richtet ihn gerade.

»Ja. Ich sage einfach: ja. Ja, Baltazar hat einen Grabstein verdient. Für Mozart brauchten die anderen kein Denkmal zu errichten. Das hat er selbst getan. Mit seiner Musik, wie wir alle wohl wissen.«

Der Vater betrachtet nachdenklich den Obstkarton.

»Aber Baltazar konnte nicht komponieren. Baltazar, Balti, wie wir ihn liebevoll nannten, konnte auch sonst nichts Ungewöhnliches. Baltazar konnte spazieren gehen. Er liebte Spaziergänge. Die nicht selten, wie meine Frau Maire so treffend bemerkte, zur nächsten Kneipe führten. Vor der Balti gehorsam sitzen blieb und über den Lauf der Welt nachdachte.«

Die Mutter klappt den Regenschirm zusammen und entfernt sich einige Schritte vom Vater. Aber der Vater ist in Schwung gekommen. Er ist nicht mehr zu bremsen. »Es geht nun um die

Frage, was Baltazar mir bedeutet. Liebe ich meinen Hund Baltazar? Oder liebte ich ihn? Der Tod zerstört die Liebe. Für einige Zeit. Der Tod ist ein einziges Chaos. Für Baltazar war er es in höchstem Maße. Niemand würde glauben, dass so viel Erbrochenes in einem so kleinen Körper Platz hat.«

Der Vater schließt die Augen, kratzt sich das schlecht rasierte Kinn, an dem noch immer ein Stück rot gefärbtes Toilettenpapier klebt:

»Ich kann gleich sagen, dass ich Baltazar nicht geliebt habe, wenn Liebe nur das ist, was ich für meine Frau Maire empfinde. Maire liebe ich. Ich liebe sie. Sie ist eine wunderbare Frau. Trotz ihrer Fehler. Das vergesse ich auch dann nicht, wenn sie mich bis zur Weißglut reizt.«

Die Schultern der Mutter sacken nach unten, sie zieht sich in ihr schwarzes Trauerkleid zurück wie eine Schildkröte in ihren Panzer.

»Der Alltag ist so«, predigt der Vater. »Er geht nicht im Gleichschritt mit der großen Liebe. Aber der Gedanke, sie könnte mich verlassen, ist unerträglich. Dafür könnte ich sie umbringen. Oder mich selbst. Oder uns beide.«

Der Vater berührt die Wange der Mutter. Die Mutter blickt mit verhangenen Augen zerstreut an ihm vorbei ins Leere. Der eine ihrer schwarzen Samtschuhe versinkt immer tiefer im Boden, und so steht sie eigentümlich schief da.

»Und ich liebte Baltazar nicht so, wie ich meinen Sohn Juhani liebe, meinen Erstgeborenen, der scheu ist wie ein Reh. Ich habe bemerkt, dass er immer aufhört zu spielen, wenn ich ins Zimmer trete. Er weiß nicht, dass er das tut. Aber so ist es, und das schmerzt mich. Er hört auf zu spielen. Ich habe ihn nie geschlagen, ich habe ihn nicht misshandelt, aber so ist er nun einmal. Das tut mir in der Seele weh. Ob er nun mein leiblicher Sohn ist oder nicht. Ich würde mir wünschen, dass er mutiger wäre, denn im Leben braucht man Mut. Das Leben ist sehr gefährlich, auch für die Mutigen. Für sensible Menschen muss es eine einzige Hölle sein. So glaube ich.«

Der Vater liest nicht mehr von seinem Zettel ab. Den hält er, klein zusammengefaltet, in der Hand.

»Aber es ist ja Balti, den wir hier begraben, sprechen wir also von ihm. Von dem Hund. Von dem Hund, der nichts konnte. Nichts als spazieren gehen. Und fressen. Fressen und spazieren gehen. Alles andere war ihm egal. Er war selbstlos. Er hatte alle gern. Er hatte mich gern. Er hörte nicht auf zu spielen, auch wenn ich auf der Bildfläche erschien. Na ja, vielleicht für den Augenblick, wo er mich beschnupperte, aber dann wedelte er mit dem Schwanz und machte weiter, womit er gerade beschäftigt war.«

Dem Jungen treten die Tränen in die Augen. Er denkt nicht mehr an den gelben Hundekot, der von den Falten des handgeknüpften Teppichs im Wohnzimmer in der Wurzelbürste hängen blieb, nicht an den Vater, der neben dem nach Erbrochenem stinkenden Kadaver des toten Hundes mit dem Glas in der Hand eingeschlafen war.

»Jemand hat behauptet, ich hätte Balti einen Fußtritt versetzt. Das ist nicht wahr. Ich habe ihn niemals getreten. Ich liebte ihn. Er war ein guter Hund. Selbstlos. Immer freundlich. Als ich sah, wie er starb, an Entkräftung ... wie alles, was ihn umgab, ihm gleichgültig wurde ... da habe ich ... ich ...«

Sein Satz bricht ab, schwebt in der feuchten Luft. Er kann das Zittern seiner Hände nicht mehr unterdrücken. Sie zittern so, dass auch der Zettel nicht mehr darin bleibt. Er bricht in Tränen aus, vergräbt sein Gesicht in der einen Hand, wendet sich von den anderen ab.

»Ein Hund«, murmelt er, »hat keine unsterbliche Seele, und er kann auch keine bekommen, wenn er nicht die Liebe des Menschen gewinnt. Das ewige Leben eines Tiers hängt davon ab, ob die Menschen, die es liebten, es in der Welt der Luftgeister erheben können. Dort und nur dort kann Baltazar durch gute Taten eine Seele erringen ähnlich der, wie Menschen sie haben.«

Er hebt, verzückt lächelnd, seine Hand den befreienden Höhen entgegen.

»Im vergeistigten Zustand kann er in die Entwicklungsländer fliegen, wo die verpestete Luft die Kinder sterben lässt. Dort kann er ihnen mit seinen Astralflügeln Kühlung zufächeln. Er kann Blumenduft verbreiten und Erfrischung und Trost schenken. Wenn er dreihundert Jahre lang Gutes getan hat, bekommt er eine unsterbliche Seele und wird der ewigen Seligkeit des Menschen teilhaftig.«

Der Junge zupft den Vater am Ärmel.

»Was ist eine Seele?«

Der Vater wendet sich ihm zu, starrt ihn verwundert an:

»Na so was. Die Seele ist die Eintrittskarte für den Himmel. In das Reich Gottes.«

»Müssen die Luftgeister dreihundert Jahre auf ihre Seele warten?«, fragt der Junge mit bebender Stimme.

Der Nachbar steht regungslos hinter der Hecke unter dem Apfelbaum, den er gerade beschnitten hat, und fixiert sie misstrauisch. Vom offenen Fenster her ertönt ein regelmäßiges Knacken, die Platte ist abgelaufen.

»Sollen wir schon Sand auf das Grab streuen?«, fragt die Mutter.

»Eine Seele kann man auch schon früher bekommen«, flüstert der Vater. »Die Luftgeister schweben unsichtbar in die Häuser, in denen es Kinder gibt. Gott verkürzt die Zeit der Prüfungen um jeden Tag, an dem die Geister ein gutes Kind finden. Eines, das seinen Eltern Freude macht und ihre Liebe verdient.«

Der Junge nickt.

»Aber ein unartiges und böses Kind«, sagt der Vater mit gerunzelter Stirn, »das bringt den Luftgeist zum Weinen, und jede Träne verlängert die Zeit der Prüfungen um einen Tag.«

Der Junge senkt seinen Blick zu Boden und sieht, wie schleimige, sich ringelnde Regenwürmer aus der Erde hervorgekrochen kommen. Der Vater nimmt den Spaten, der an der Wand lehnt, und reicht ihn weiter, wobei er seiner Familie noch immer den Rücken kehrt.

»Und die Blumen«, fragt die Mutter, »sollen wir auch die Blumen hineinlegen?«

Der Junge nimmt den Karton und setzt ihn in das ausgehobene Grab.

Der Vater dreht sich um, schnappt sich wieder den Spaten.

»Vom Staub bist du gekommen, Baltazar, und zu Staub sollst du wieder werden, wenn nicht …«

Der Vater lässt seinen rätselhaften Satz in der Luft schweben, er zwinkert dem Jungen, seinem heimlichen Verbündeten, zu. Die Mutter legt Baltazar die Blumen zwischen die steif gewordenen Pfoten.

Der Vater schaufelt Sand und Erde auf den Kadaver. Seine Stirn glänzt vor Schweiß. Schließlich beginnt er im Wechselschritt auf dem Grab zu tanzen, um den kleinen Verstorbenen möglichst fest mit Erde zu bedecken.

Plötzlich merkt er auf, hebt überrascht die Hand.

»Hört ihr …?«

Der Junge hört nichts. Auch die Mutter nicht.

Der Vater lässt sich vorsichtig neben dem zugeschaufelten Grab auf die Knie nieder.

»Nun sagt bloß, ihr hört dieses Geräusch nicht. Hier unter der Erde. Dieses Poltern …«

Er nimmt den Hut ab, presst das Ohr an den Boden. Dann beginnt er sich kriechend zurückzuziehen, Stück für Stück.

»Seht ihr ihn? Den Dunst?«, flüstert er.

Die Sonne bricht durch die Wolken. Ihre Strahlen treffen

mitten auf die todeskalte Erde. Das Gras lodert auf in gelben, lautlosen Flammen.

»Die Stimmen der Luftgeister sind wie Musik, aber so zart, dass das Menschenohr sie kaum wahrnehmen kann…«

Das Gras loht auf in grellgelben Flammen.

»Aber gerade in diesem Augenblick, durch die Kraft der Liebe… seht sie euch an, Hunderte von durchsichtigen Wesen…«

Der Junge blickt auf. Vor der Sonne schimmert ein spinnwebfeiner Schwarm funkelnder Gestalten.

Wie ein ungeheures, den Himmel bedeckendes Gewirr von Flügeln.

»Ich seh sie auch«, sagt er mit angehaltenem Atem.

»Sie sind gekommen, um Balti zu holen!«, verkündet der Vater triumphierend. »Seht mal, das Grab!«

Der Junge folgt seiner Hand, das Gewimmel der tanzenden Flammen noch vor Augen, aber durch sie hindurch sieht er, wie der gestampfte Boden sich allmählich einen Spaltbreit öffnet. Er öffnet sich einen Spaltbreit, und Baltazars schmaler Geist gleitet daraus hervor. Er schwimmt in dem hellen Licht durch die Luft wie ein stummer Fisch mit glänzenden Schuppen.

»Habt ihr bemerkt, dass eure Jauchegrube überläuft?«, fragt der Nachbar, der an den Zaun getreten ist, mit vorwurfsvoller Stimme. »Die ganze Brühe fließt auf mein Grundstück.«

Die Blicke von Vater und Sohn begegnen sich in heimlichem Einvernehmen: Noch einen kurzen, glückstrunkenen Augenblick lang feiern sie ihren Sieg.

»Habt ihr vor, etwas dagegen zu unternehmen?«, beharrt der Nachbar.

Der Vater richtet sich auf, mustert Kankaanpää wie der Oberfeldwebel einen schlecht ausgebildeten Rekruten.

»Gütiger Himmel, müssen wir aufhören zu scheißen, um dieses Ekel zufriedenzustellen?«, seufzt er.

Der Junge kichert. Die Mutter steht stocksteif da mit feuerrotem Gesicht und zupft an ihren Handschuhen. Sie weiß nicht, wo sie hinsehen soll.

»Wenn ihr die Grube nicht sofort abpumpen lasst, muss ich die Behörden benachrichtigen.«

»Was anderes ist von dir auch nicht zu erwarten, du Arsch«, murmelt der Vater verächtlich und ebnet Baltazars Grab.

»Häh?«, fragt der Nachbar und reckt den Hals.

»Ja, ja, wir lassen sie leeren«, schnauzt der Vater.

Sie wenden dem Nachbarn wie auf ein Wort den Rücken zu, nicht bereit, in jenen Zustand der Erniedrigung abzugleiten, in den der Nachbar sie mit seinem Gestänker versetzen will.

Schon möglich, dass sie ein wenig heruntergekommen sind, aber so tief sind sie noch nicht gesunken, dass sie sich darauf einlassen würden, das Gekeife eines Banausen zu erwidern.

»Ein armes Schwein, das den Sinn für die Realitäten verloren hat. Der hält wohl seine paar Strempel da hinter dem Zaun für den Garten Eden ...«

Der Vater hat beschlossen, sich seine Heiterkeit nicht nehmen zu lassen: Im Kampf ist die Aufrechterhaltung der Moral das A und O. Man darf nicht den Mut verlieren, und dafür gibt es auch gar keinen Grund. Das Leben ist wieder im Lot, wenn Balti in die wohltuende Gesellschaft der Luftgeister gekommen ist und wenn auch der Schnapsvorrat stimmt.

»Gute Reise, kleiner Baltazar«, sagt die Mutter und bückt sich, um ihren schwarzen Samtschuh herauszuziehen, dessen Absatz bis zur Sohle im Boden versunken ist.

In dieser Nacht weint der Bruder nicht. Es ist nicht Geschrei, wovon der Junge erwacht. Da ist kein Laut. Nur im Schlaf bewegt sich etwas unter ihm. So als wäre er auf dem Meer und nicht an Land in seinem stabilen Bett. So als wäre er auf dem Meer, auf dem unermesslichen blauen Meer zusammen mit seiner Schwester Juudit. So als befände er sich in jenem Buch, dessen Bilder ihm seine Oma gezeigt hat

wie schrecklich ist doch der Anblick des Schiffs
wie es zerschellte am felsigen Strand

ein Boot unterwegs zu einem Schiff mit dunklen Segeln und im Boot ein weinender Mann mit einer Pelerine.

Warum weint er, Juudit? Die Schwester hebt ihr dunkles, unfertiges Affengesicht flehentlich zu dem alten Mann, fuchtelt heftig mit ihren mageren Ärmchen, während sie versucht, dem Mann gegen den Wind in ihrer gemeinsamen, merkwürdig pfeifenden Sprache etwas zu erklären … Schaumköpfige Wellen stürzen auf sie herab …

Der Junge wendet den Kopf. Die Hand unter seiner Wange ist eingeschlafen

der Prinz steht verlassen im Bovbjerg-Land,
weint einsam dort am wüsten Strand,
ach, reicht mir denn niemand die rettende Hand

Nein, nein, er schläft nicht. Und hier gibt es kein Boot und auch kein Meer. Er ist wach. Und verspürt ein dringendes Bedürfnis.

Erst, als er von der Toilette zurückkommt, wo er den Rand des Beckens ein wenig bepinkelt, aber rasch wieder abgewischt hat, bemerkt er, dass der Bruder nicht im Zimmer ist.

Der Bruder liegt nicht in seinem Gitterbett unter den blauen Schafen und Glockenblumen. Und auch nicht in Juhanis Bett, wohin er ihn manchmal nehmen muss, wenn er zu laut und zu lange schreit.

Jetzt ist das Haus ganz still.

Der Junge geht in den Korridor, sieht, dass die Tür zu Vaters und Mutters Zimmer angelehnt ist. Barfuß, lautlos schleicht er zur Tür, schaut oberhalb der Türangel ins Zimmer, dort, wo man am besten sehen kann.

Der Vater liegt bäuchlings im Bett, in einem weißen Hemd, an dem einen Fuß eine Socke mit einem weißen und einem schwarzen Terrier. Aus seinem Mund ertönt bei jedem Ausatmen ein leises Pfeifen. Auf dem Kissen ist ein nasser Fleck.

Der Junge geht in sein Zimmer zurück, schiebt den Rotkäppchenschemel vor das Fenster und klettert hinauf.

Der Garten. Im Mondlicht. Voller unsichtbarer Geister.

Nachts geht der Junge nicht hinaus. Er fürchtet sich vor nächtlichen Räubern. Der Garten liegt still und unbeweglich da. Es ist eine angsteinflößende, lastende Stille, so wie in der Kirche, bevor die Orgel erdröhnt, um die Parade der himmlischen Heerscharen anzukündigen.

Zusammengekauert hockt er auf dem Fensterbrett und betrachtet den Rasen, der jetzt wie ein grauer Kunststoffteppich aussieht. Die erste Frostnacht des Herbstes hat die langen, vertrockneten Grashalme erstarren lassen und mit Reif überzogen.

Da bemerkt der Junge sie.

Die Mutter geht in ihrem langen, weißen Nachthemd ruhig und ohne Eile in Richtung Schwimmbecken, so als wäre es Tag und sie wollte sich ein wenig abkühlen.

Aber die Erde, sie schwankt wieder unter den Füßen des Jungen. Drohend, grauenerregend. Etwas, das sich nicht aufhalten lässt, bewegt sich auf ihn zu, um ihn mit sich fortzusaugen

der Prinz steht weinend am einsamen Strand,
o Gott, jetzt bin ich im Bovbjerg-Land…

Der Junge sieht, wie die Mutter sich vorbeugt, um das Schwimmbecken in Augenschein zu nehmen. Die zusammengekrümmten Eichenblätter am Grund und das auf der Seite liegende Fahrrad des Jungen, von dem der Vater am Mittsommertag die Stützräder entfernt hat.

Die Mutter dreht sich erstaunt um, so als wäre es für sie eine Überraschung, dass sich im Becken kein Wasser befindet, dass sie nicht hineinsteigen kann. Um sich ein wenig zu erfrischen, so wie sie es im Sommer gern tut, wenn kein Getränk den Durst löscht und sie sich von der Hitze verschwitzt und matt fühlt.

Das Nachthemd mit dem Spitzensaum flattert ihr um die Beine wie eine riesige Kerzenflamme. Ihre Gestalt schimmert im reinen Mondlicht, sie wirkt zerbrechlich und verloren.

Die Mutter gleitet fort vom Schwimmbecken, die hohe Wand neben dem Fenster entzieht sie den Blicken des Jungen. Aber während sie hinter den Bäumen und Sträuchern verschwindet, ertönt ein kleines, kaum wahrnehmbares Weinen, die erste Warnung des erwachenden Kindes, dass die Luft sich sogleich mit starken, gellenden Schreien erfüllen wird.

Nein! Vater schläft, Mutter, du brauchst dich nicht zu verstecken. Hörst du, Vater schläft, er ist überhaupt nicht böse auf dich. Geh nicht weg, Mutter, ich will nicht allein bleiben, hörst du!

Im Nu ist der Junge vom Stuhl gesprungen, der dabei umstürzt. Er läuft in den Vorraum, die mit einem grünen Läufer bedeckten Stufen hinab in den Flur und von dort durch die sperrangelweit offene Tür hinaus in den Garten.

Die weiße Gestalt gleitet entschlossen hinter die Fichtenhecke, ohne sich umzublicken.

Ein später Vogel zwitschert im Baum, beäugt die Mutter und ihn und das in den Armen der Mutter wimmernde Kind. Unter dem Baum liegen alte Apfelsinenschalen, dunkel und hart geworden wie die versteinerten Panzer von Tieren, die vor Urzeiten gestorben sind.

Hinter der Fichtenhecke fließt Wasser in einem Graben. Dort will der Junge die getrockneten Schalen als Schiffchen ins Wasser setzen, sie als seine Flotte um die Wette fahren lassen.

Jetzt steht die Mutter mit einer Ferse auf dem Flaggschiff und blickt schweigend, mit verzogenem Mund, auf den Graben.

Was jetzt? Meinst du, das alte Versteck ist nicht mehr sicher? Er wird nie auf die Idee kommen, euch im Erdkeller zu suchen, da können sie nicht sein, da ist es so kalt wie im Arsch eines Tiefkühlhuhns, hat er einmal gesagt, als…

Der Junge ist hinter der Mutter, die Mutter könnte ihn sehen, wenn sie wollte, wenn sie nur ein wenig den Kopf drehen würde, aber ihr ausdrucksloser, abwesender Blick ist auf das Wasser gerichtet, das langsam dahinfließt.

Auf das fließende Wasser, in dem runde Steine liegen, die

zurückstarren wie die Glotzaugen von Monstern, die dort am Grunde leben.

Das Kind in den Armen der Mutter beginnt zu schreien.

Es ist das wohlbekannte, unerträgliche, fordernde Kindergeschrei, das die Mutter nicht begreift. Das sie nicht ertragen kann. Das ihre Migräne auslöst, das sie veranlasst, den Inhalt ihrer Handtasche in Panik auf den Tisch zu kippen, um die Tabletten zu suchen, das sie dazu bringt, mit dem Kind um die Wette zu schreien.

Die Mutter fährt zusammen, einen erschrockenen Ausdruck im bleichen Gesicht. Sie ringt am Grabenrand mühsam um ihr Gleichgewicht. Mit knapper Not schafft sie es, trockene Füße zu behalten, als sie die Arme öffnet und das Kind ins Wasser gleiten lässt

ohne zu bemerken, dass auch Juudit dort ist und mit ihren mageren Armen durch die Luft fährt und versucht, den Bruder zu fassen. Juudit stopft ihr langes, an einen Schwanz erinnerndes dünnes Haar in den Mund, saugt daran wie immer, wenn sie ratlos ist, und stampft und springt hilflos hin und her …

Das Weinen des Kindes bricht ab.

Es bricht ab, hört auf zu existieren. Einfach so.

Die Mutter dreht sich um. Sie zuckt zusammen, als sie den Jungen da hinter sich stehen sieht. Schlägt die Hände vors Gesicht wie ein Kind, das man bei einer Unart ertappt hat.

Dann richtet sie sich auf, lächelt trotzig, ach, da ist ja Juhani, gehen wir rein, sonst erkälten wir uns, sagt sie und hebt die untersten Zweige der Fichte an, damit sie die Nadeln nicht ins Gesicht bekommen.

Während die Mutter weggeht, sich von dem Graben entfernt, streckt sie die Hand nach dem Jungen aus. Bleibt aber nicht stehen, obwohl der Junge ihr nicht folgt, die ausgestreckte Hand nicht ergreift.

»Siehst du«, murmelt die Mutter immer wieder, »siehst du, jetzt braucht sich niemand mehr aufzuregen deswegen.«

Der Junge beugt sich über das Wasser, sieht den Bruder mit offenen Augen am Grund des Grabens liegen und langsam die Arme bewegen, die Finger gespreizt, wie ein auf den Rücken gefallener Gummifrosch.

Das Mondlicht schimmert auf dem Wasser, in den schwächer werdenden Bewegungen der Wirbel, die der Bruder im Wasser erzeugt.

»Juhani, komm da weg«, sagt die Mutter mit quengeliger Stimme, der man die Kopfschmerzen anhört.

Der Junge schüttelt den Kopf. Er rutscht über die schlammige Böschung ins Wasser, es ist kalt, das Wasser reicht ihm bis an den Po, macht, dass die Pyjamahose ihm an den Beinen festklebt und die Hoden sich zu harten, strammen Kugeln zusammenziehen wie die Rohgummibälle, die er in der Buchhandlung befühlt hat.

Juudit ist hinter einen Baum geflohen. Pinke panke paus, und das Lied ist aus.

Der Junge holt tief Luft, beugt sich zur eisigen Wasserfläche hinunter.

Das Kind entgleitet seinen Händen. Es sinkt wieder auf den Grund des Grabens, diesmal auf die Seite, mit fest an die Brust gepressten Beinen. Rasch streckt es die Beine von sich und rührt dabei den Schlamm so heftig auf, dass der Junge mit den Händen nach ihm tasten und befürchten muss, gleich selbst den Halt zu verlieren.

Pinke panke paus …

Er hat den Bruder zu fassen bekommen, zerrt seinen strampelnden Körper aus dem Wasser und wirft ihn auf die Grabenböschung. Das Kind atmet die prickelnde Nachtluft tief in die Lungen ein. Gibt sie als schleimiges Erbrochenes und ohrenbetäubendes Geschrei wieder von sich.

»Still, die Nachbarn wachen auf…«

Der Junge schleppt seine nasse, strampelnde Last an der Mutter vorbei auf den Rasen, versucht, ihn besser zu fassen zu kriegen.

Die Mutter sitzt da, ohne sich zu rühren, die Handflächen auf den Boden gestützt, und sieht ihnen zu:

»Dummer Junge, du hättest ihn da nicht rausholen sollen.«

Der Junge will die Worte der Mutter nicht hören, der kleine Bruder schreit gellend, der Junge hat Schwierigkeiten, ihn so zu halten, dass er ihm nicht entgleitet und zu Boden fällt. Die Fersen des Kleinen trommeln ihm gegen die Knöchel, und er wird wütend, weil der kleine Bruder so stark und so dumm ist und sich sträubt, während er doch versucht, ihm zu helfen.

Die Mutter sitzt da, und das Haar hängt ihr über die Augen.

»Hättest du ihn doch nicht da rausgeholt, er hätte es gut gehabt. Wo Vater ihn doch nicht leiden kann. Vater sagt, dass es nicht sein Sohn ist und dass er seinen Namen von den Männern hat, die ihn gemacht haben, aber das ist nicht wahr, du weißt doch, Juhani, dass er seinen Namen von Vaters Freunden hat, weil Vater selbst es so wollte…«

Im Fenster des Nachbarhauses ist das Licht angegangen. Der Junge sieht neben den Vorhängen eine dunkle Gestalt stehen.

Er presst dem Kind die Hand auf den Mund, aber das Geschrei ist trotzdem zu hören.

»Hilf mir, Mutter, wir wollen Sauli reinbringen!«

Aber die Mutter sitzt mit hängendem Kopf auf dem Rasen und weint.

Dem Jungen bleibt nichts anderes übrig, als das Kind allein

ins Haus zu schleppen. Er denkt, die Mutter sollte in ihrem dünnen Nachthemd nicht dort auf dem kalten Rasen sitzen, aber der Bruder schreit wie verrückt.

Er bringt ihn in die Küche. An einem Nagel im Vorraum hängt ein Mantel, den irgendein Gast schon im Frühjahr dort vergessen hat. Er legt ihn auf den Boden und das Kind darauf, wickelt die Mantelschöße um das Kind.

Im Kühlschrank ist keine Milch.

Natürlich nicht, denn es war schon am Abend keine da.

Es gibt zwar Sauermilch, aber Juhani weiß aus Erfahrung, dass Sauli die nicht trinkt, sondern sie ausspuckt und dann nur umso lauter schreit.

Da fällt es ihm ein. Am Abend hat der Vater mit der Milchkanne in der Hand die Katze hereingerufen. Die Kanne steht immer noch in der Veranda.

Der Junge gießt den kleinen Rest Milch aus der Kanne in einen Topf, gibt auch die Milch aus der Katzenschüssel dazu und schaltet die Herdplatte ein.

Der Bruder schreit die ganze Zeit mit weit offenem Mund. Von seinem Zahnfleisch, aus dem erst drei Zähnchen herausragen, trieft die Spucke, während er mit gekrümmter, zitternder Zunge wütend brüllt. Der Junge zaust ihn am Haar, aber das nützt überhaupt nichts.

Er wartet nicht ab, bis die Milch warm genug ist. Aus dem Abtropfschrank holt er eine Flasche, schüttet eilig ein wenig Zucker hinein und gießt die Milch in die Flasche, wobei er einen Teil davon auf dem Herd verschüttet. Es zischt und riecht angebrannt.

Juhani kümmert sich nicht darum, schaltet nur den Herd aus und läuft mit der Flasche in sein Zimmer. Dann kommt er zurück, um den Bruder zu holen, hebt ihn mühsam auf, packt ihn in sein Bett und kuschelt sich, mit der Flasche in der Hand, daneben.

Als der Bruder die Flasche in den hungrigen Mund bekommt, versteift sich sein ganzer Körper. Er zieht die Knie eng an die Brust und beginnt mit der Hand einförmige Muster auf die Rippen des Jungen zu zeichnen.

Juhani streift die nassen Hosen von den Beinen. Sie fühlen sich zwar nicht mehr kalt an, aber es ist angenehmer, nackt zu sein. Er zieht die Decke über sie beide.

Als der kleine Bruder mit der leeren Nuckelflasche im Mund eingeschlafen ist, hört der Junge die Haustür gehen.

Morgens, als das Kind wieder laut und fordernd weint, tritt die Mutter ins Zimmer, in der Hand eine volle Nuckelflasche.

Der Mutter folgen eine Frau in grauem Kostüm und ein Polizist.

»Sieh an, Juhani, du hast Sauli schon zu dir geholt.«

Der Junge nickt, schaut auf die Besucher.

Die Mutter lächelt steif.

»Stell dir vor, jetzt ist unser Nachbar verrückt geworden. Er hat behauptet, wir hätten Sauli zur Nacht in den Garten gestellt! Und du hättest ihn wieder hereingeholt.«

Die Frau im grauen Kostüm schiebt sich an der Mutter vorbei, setzt sich an den Bettrand.

»Vielleicht rede ich mal mit dem Jungen.«

»Erzähl der Tante von der Polizei nun mal ehrlich, wie es ist«, bittet die Mutter ihn mit belegter Stimme.

Der Junge sieht die Mutter und die auf seinem Bett sitzende Frau ängstlich an. Was soll er sagen?

»Warst du nachts im Garten?«

Der Junge schweigt.

»Du bist doch schon ein großer Junge. Hast du ganz allein deinem kleinen Bruder etwas zu trinken gemacht?«

Der Junge nickt.

»Großartig. Wenn mein Fünfjähriger das doch auch schon könnte«, sagt die Frau und zwinkert dem Polizisten zu.

Der Junge sucht den Blick der Mutter, aber die Mutter ist auf einen Stuhl gesunken und stützt den Kopf in die Hand.

»Bist du ein so verständiger Junge, dass du ganz allein einkaufen gegangen bist?«

Der Junge schüttelt den Kopf.

»Ich hab die Milch aus der Kanne genommen.«

»Aus welcher Kanne?«

»Aus der Kanne im Vorraum. Und aus der Katzenschüssel.«

Die Mutter hebt den Kopf. Sie lächelt, aber klare Rinnsale tropfen ihr von den Wangen auf den Hals.

»Juhani, warum hast du …«

Der Vater ist in der Tür erschienen, steht da mit flammenden, blutunterlaufenen Augen.

»Der Junge redet, was ihm gerade einfällt. Er hat eine lebhafte Fantasie. Sie werden doch wohl, verdammich, das Gerede eines kleinen Jungen nicht für voll nehmen!«

»Ich war nicht im Garten«, kreischt der Junge und umklammert die Hand der Frau im grauen Kostüm, die etwas in einen Notizblock schreibt. »Ich war, ich war in der Nacht ganz bestimmt nicht im Garten!«

4. Kapitel

Das Meer ist gar nicht blau! Die Enttäuschung ist so groß und bitter, dass der Junge sich noch ein Vierteljahrhundert später daran erinnern wird, wenn er mit dem Geschäftsführer der Baugesellschaft an dem Fenster steht, das zum Meer geht.

Sie wird ihm den Duft des Meeres, den Geruch nach Petroleum und Fischkadavern in Erinnerung bringen, den nicht einmal das Aftershave des Geschäftsführers ganz zu überdecken vermag.

Der Junge wird sich mit der mitleidigen Sympathie des Erwachsenen an seine Rebellion erinnern, wird mit Sympathie den neunjährigen Juhani Johansson betrachten, so wie man ein erschrockenes Kind betrachtet, das wieder einmal zu seinem Glück gezwungen werden muss.

Aber das Kind, es steht verzweifelt neben dem ans Ufer gezogenen Steg für die Teppichwäsche, stößt mit dem Fuß gegen die zerbrochenen Bretter und hält Ausschau nach einem Fluchtweg. Es hört, wie der heulende Wind des vogellosen Himmels ihn beim Namen ruft, wie einen, auf den er schon lange gewartet hat

juu-haa-nii, juu-haa-nii, juu-haa-nii

aber das reicht nicht aus, um das Kind zu trösten. Das entschädigt ihn nicht dafür, dass das Meer weder blau ist noch funkelnd. Dieser Junge ist wie kein anderer darauf gefasst, betrogen zu werden. Vor jedem Menschen, dem er begegnet, weiß er sich in Acht zu nehmen, einer unentgeltlich dargebotenen Hand traut er nicht. So lange er denken kann, ist er bei jeder möglichen Gelegenheit enttäuscht worden. Aber das Meer war ihm von Anfang an zu groß erschienen, als dass es sich für einen Betrug hergegeben hätte.

Das Meer ist blau, funkelnd und uferlos!
So hast du es mir, verdammt noch mal, gesagt, und so hat es auch zu sein!

»Komm, gehen wir auf die Fähre!«

Der Junge wendet sich nach der Stimme um. Der Behördenvertreter lächelt gezwungen und schnippt die bis auf den Filter aufgerauchte Zigarettenkippe ins Wasser.

»Kann ich erst noch mal pinkeln gehen?«

»Nein. Die Fähre fährt jetzt ab. Und du warst ja gerade erst im Zug.«

Als der Behördenvertreter den Arm bewegt, bemerkt der Junge wieder den Fleck am Ärmel.

Ich mein es ja nicht böse, aber es sieht aus wie Blut. Natürlich verstehe ich, dass man in der Zugtoilette beim Rasieren leicht das Gleichgewicht verlieren und sich in die Hand schneiden kann. Aber wenn man nun in einem Abteil eine ermordete Frau findet …? Wenn du mich nicht zwingst, auf diese Insel zu gehen, dann verspreche ich dir, dass ich nichts gesehen habe …

Der Junge presst die festen, an den Knöcheln verschorften Fäuste in den Bauch und knetet die Angst, die dort sitzt, wie einen Butterklumpen im Teig.

Er löst sich auf, immer löst er sich auf. Er hat die Lage im Griff, wenn er sich nur nicht von Panik überwältigen lässt! Und während er die Insel betrachtet, die hinter den vom Regen durchlöcherten, zerfetzten Wellen aufragt, ist er überzeugt, dass es noch einen Ausweg, die Rettung in letzter Minute, gibt. Es muss ihm nur etwas einfallen, irgendetwas.

Doch erst, als die Schranken sich heben und der Behördenvertreter Juhani Johansson vor sich her auf die Fähre schubst, leistet er zum ersten Mal ernsthaften Widerstand. Entgegen seiner Gewohnheit war er nicht bockig geworden, als man ihn von der dritten und allerletzten Pflegefamilie abholte, hatte nicht rebelliert, als das Kinderheim sich weigerte, ihm seine Tür zu öffnen, deren Knarren ihm nur allzu gut bekannt war.

Als die Papiere ausgefüllt wurden, hatte er so bereitwillig und fügsam in manierlicher Sprache die Fragen beantwortet, dass er eher wie ein in schlechte Gesellschaft geratener Sohn aus guter Familie wirkte als wie ein verstockter Krimineller am Anfang seiner Laufbahn. Und im Zug hatte er die ganze lange Fahrt über aufrecht und schweigend dagesessen und die vorübergleitenden Landschaften mit solcher Ruhe betrachtet, dass der Behördenvertreter nicht weniger Mühe mit ihm hätte haben können.

Als sich aber nun die Schranken heben und warnend knarren

komm nicht auf dieses Schiff, kleiner Junge, komm nicht, komm nicht!

bricht es urplötzlich und ungebremst aus ihm heraus.

»Verfluchte, elende Scheiße, ich fahr da nicht hin!«

Das bewirkt natürlich überhaupt nichts. Der Behördenvertreter ist stärker als er und weiß, was er zu tun hat. Der Schiffer im Blaumann lehnt sich aus seinem Steuerhaus, dessen orangefarbener Anstrich abblättert, und starrt sie mit blutunterlaufenen, ausdruckslosen Augen an. Gewöhnt an derlei Auftritte. Wissend, dass nach der Überfahrt alles anders wird.

Dass es diesen Jungen so nicht mehr geben wird, wenn er auf die Insel gekommen ist.

Obgleich der Behördenvertreter kein Wort über das Vorgefallene verlauten lässt, erfährt Juhani Johansson sofort nach seiner Ankunft auf der Insel, dass er seinen ersten Fehler gemacht hat.

Während der Behördenvertreter wieder dem Ufer des Festlands und der Freiheit entgegensteuert, versetzt der Mann in dem hellen Mantel dem Jungen eine derart schallende Ohrfeige, dass dieser das Gleichgewicht und der Mann einen Knopf vom Mantel verliert.

»Das war das allerletzte Mal, dass ich solche Grobheiten von dir höre«, sagt der Mann mit leiser, tiefer Stimme und hebt behände den in eine Pfütze gefallenen Knopf auf.

»Nicht, weil mir das etwas ausmachen würde, aber ich will keinem Außenstehenden Veranlassung geben, sich über meine Jungs das Maul zu zerreißen. Verstehst du?«

Der Junge nickt. Nach diesem Schlag ist ihm nichts mehr unklar.

Wenn ihn jemand vor diesem Mann gewarnt hätte, dann hätte er natürlich seine Zunge im Zaum gehalten. Aber wie hätte er auch nur ahnen können, dass es einen so allmächtigen, alles sehenden Menschen gab, dessen Wahrnehmungsfähigkeit bis zur Fähre, ja sogar darüber hinaus reichte?

»Ich bin dazu da, euch die Gottesfurcht zu lehren, und du kannst dich darauf verlassen, dass ich das auch tue. Du musst wissen, ich bin hier Gott und Herr Zebaoth – wie die frommen Besitzer dieses Ortes den Allmächtigen so gern nennen –, und ich kann ein sehr unangenehmer Herr Zebaoth sein. Wenn du dir das hinter die Ohren schreibst, dann hast du keine Probleme. Unangenehm bin ich nur für diejenigen, die das so wollen. Aber ich kann auch anders sein. Nämlich zu denen, die das verdienen,«

Sagt Herr Zebaoth und lüpft den Hut gerade so viel, dass er die auf die Ohren gefallenen Haare zurechtstreichen kann.

»Zu den Guten bin ich gut, zu den Barmherzigen barmherzig. Mit einem Wort – gerecht, falls du den Ausdruck verstehst?«

»Ja«, beeilt der Junge sich zu antworten, »na klar, versteh ich den.«

»Ach, du verstehst ihn«, sagt Herr Zebaoth, »wieso glaubst du, dass du ihn jetzt schon kapiert hast?«

Und der Mann lacht leise auf, kopfschüttelnd. Aber sein Lachen muss, selbst wenn es leise ist, auf dieser Insel einen entsprechenden Klang haben, denn es lässt die Vögel, die unsichtbar in den nassen Bäumen gehockt haben, plötzlich auffliegen. Mit lautem Gezwitscher kreisen sie über seinem Kopf, und Herr Zebaoth nimmt wieder seinen Hut vom Kopf und schüttelt die Tropfen davon ab. Lange folgt er dem Flug der Vögel mit dem Blick, das Gesicht zu dem wolkenverhangenen Himmel erhoben. Dann streicht er die Haare wieder in die gewünschte Form und setzt den Hut auf.

Der Junge geht schweigend hinter ihm her, betrachtet den unter dem Regenmantel sichtbaren weißen Kragen, der sich in den gefurchten Nacken drückt. Dann kommt ihm der Gedanke, dass das Anstarren vielleicht nicht nach Herrn Zebaoths Geschmack ist, und er senkt den Blick nach unten, auf die Abdrücke, die Herrn Zebaoths schwarze Stiefel im Sand hinterlassen haben.

Der Mann dreht sich nicht um, er vergewissert sich nicht, ob der Junge ihm folgt. Das braucht er nicht. Er hat seine Augen überall.

»Für meine Freunde bin ich ein Freund. So einfach ist das. Um das zu lernen, braucht man nicht viel Verstand, oder was meinst du? Und bei dieser Gelegenheit kann ich dir gleich sagen, dass es noch keinen Schafskopf gegeben hat, der hierhergebracht worden wäre und eine so simple Sache nicht begriffen hätte. Und du wirkst auch nicht dümmer als die anderen.«

Sagt Herr Zebaoth, aber bei sich denkt er etwas anderes.

Du siehst ja nun wirklich jämmerlich aus. Bist zu schmächtig und zu jung. Die anderen sind immerhin Jungen, aber du bist ja noch ein kleines Kind, frech und ungezogen, du gehörst gar nicht hierher. Was haben die sich bloß dabei gedacht, dass sie so ein Kind hierherschicken? Was, zum Teufel, soll ich mit dir machen?

»Aus den Papieren ersehe ich, dass du nicht lange fackelst, wenn es darum geht, deinen Mitmenschen eins auszuwischen. Und man kann auch nicht behaupten, dass du an der Schule sonderlich Gefallen gefunden hättest. Offenbar bist du nur neun Monate und zwölf Tage zur Schule gegangen, und auch die nicht ganz. Mit dieser Bummelei ist jetzt Schluss, das ist dir hoffentlich klar.«

Herrn Zebaoths Rücken ist ernst.

»Du kannst wahrscheinlich nicht einmal lesen?«

»Doch.«

»Na gut. Denn lesen musst du. Das garantiere ich dir.«

Der Mann steigt die Steintreppe hinauf und drückt den vom Wind aufgebauschten Regenmantel an sich. Er will nicht, dass sein heller Anzug von dem rostigen Geländer Flecke bekommt. Der Junge folgt ein paar Schritte hinter ihm.

»Ich habe noch einen anderen Namen, aber den solltest du nicht ohne Grund aussprechen. Wenn ich dir etwas zu sagen habe, dann finde ich dich. Du hast mir nichts zu sagen. Zumindest jetzt noch nicht. Denn ich dulde keine Petzerei. Wenn du jemandem auf die Nerven gehst und dieser Jemand versucht, mit dir abzurechnen, dann höre ich davon. Und ich sehe es dir auch an, darauf kannst du dich verlassen!«

Der Mann bleibt auf der obersten Stufe stehen und dreht sich um. Der Regenmantel knattert und flattert im Wind.

»Auf dieser Insel geschieht nichts ohne mein Wissen«, sagt er. »Nichts, was ich nicht schon wüsste, bevor es geschieht.«

Ihre Blicke begegnen sich. Der Junge erwidert den Blick, ohne mit der Wimper zu zucken, obgleich er spürt, dass sich hinter seinen zusammengebissenen Zähnen eine Angst rührt, gegen die er nicht ankommt.

Komm nicht, ich weiß nicht, was dieser verrückte Herr Zebaoth tut, wenn du kommst!

Der Junge steht unbeweglich da. In der einen Hand trägt er seine Tasche, die andere presst er fest an den Körper. Ein Glühen wie bei einem wilden Tier erscheint in seinen Augen, als der erste unterdrückte Schluckauf seinen Brustkorb erschüttert. Der Junge holt tief Luft, sieht sich verstohlen nach einem Fluchtweg um, während Herrn Zebaoths schmale Hand sich über ihm erhebt. Er duckt sich, aber statt eines Schlages senkt sich die Hand auf seinen Scheitel, bewegt sich dort ungeschickt hin und her, und der Junge spürt, wie die glatte Oberfläche des Regenmantels gegen seine Wange flattert.

»Hickse du nur«, sagt die ruhige Stimme, »hier darfst du hicksen, wenn dir danach zumute ist!«

Wenn der Schluckauf dein einziges Problem ist, dann sind wir gut dran, denkt Herr Zebaoth. Du musst wissen, ich bin der König der Bettnässer, die nach ihrer Mutter weinen, der Hirte der Hosenscheißer, denn das sind sie, wenn sie in der Patsche sitzen, meine ach so harten Jungs!

»Und einmal im Monat fahren wir zu einem Eishockeyspiel in die Stadt, so wahr mir Gott helfe.«

Sollen doch diese bigotten Quatschköpfe dazu sagen, was sie wollen! Gott verdammich, aber aus den Jungs werden doch keine Männer, wenn man sie nur Psalmen singen lässt …

Der Junge steht da und sieht nichts im Dunkel des Regenmantels. In regelmäßigen Abständen erschüttert der Schluckauf seine Brust und erzeugt in seiner Kehle Töne, die wie

Schluchzer klingen. Von Herrn Zebaoth geht ein starker Duft nach Erde und Humus aus. Der Junge hört, wie er laut und tief aufseufzt, und das noch zweimal.

Dann hält die Hand inne.

»Du hast Läuse«, sagt der Mann. »Das hätte ich mir, Teufel noch mal, denken können, dass das auch noch auf uns zukommt. Was hast du mir sonst noch verheimlicht?«

»Nichts«, schluchzt der Junge, der erst jetzt begreift, warum ihn der Kopf immer so unerträglich gejuckt hat.

Herr Zebaoth fasst ihn bei der Hand, streift den Hemdsärmel hoch, fährt mit dem Zeigefinger langsam die Narbe entlang.

»Von Fensterglas?«

»Nein. Ein Nerz hat mich gebissen.«

Der Mann bricht in Gelächter aus.

»Ach ja! Die Nerze hab ich ganz vergessen. Zweitausend Nerze irgendwo in Mittelfinnland sind freigekommen durch das freundliche Mitwirken des Herrn Johansson! Eine tolle Tat, oder was meinst du selbst?«

Der Junge blickt auf seine Schuhe, er wagt überhaupt nichts zu meinen.

»Du musstest wohl deine neuen Eltern ein wenig schröpfen? Zum Dank dafür, dass sie dir ein Dach über dem Kopf geboten haben, ja?«

»Nein …«

»Ihnen beibringen, dass sie nicht auf Dankbarkeit zu hoffen brauchen?«

»Nein, ich wollte doch nur …«

»Und hast auch noch gedacht, dass diese Viecher dir für ihre Freiheit dankbar sein würden. Stattdessen sind sie über dich hergefallen. Haben ihre Zähne in die helfende Hand geschlagen! Genau wie du!«

Herr Zebaoth sieht ihn prüfend an. In seiner Stimme liegt

kein Mitgefühl mehr. Der Wald hinter ihm ragt dicht und grün auf wie eine undurchdringliche Wand.

Der Junge beißt die Zähne zusammen.

Über die Nerze will ich mit niemandem reden! Ich wollte nicht, dass Juudit sie kriegt… Juudit hatte schon meinen Hund, und ich wollte nicht, dass sie auch noch die Nerze kriegt!

»Zieh nicht solche Grimassen, du!«, sagt der Mann und packt ihn am Nackenhaar. »Ich kenne euch, ihr kleinen Bestien…«

Der Junge nickt, aber zugleich ist es, als verschließe sich sein Gesicht.

Willst du mir jetzt auch die Nerze um die Ohren hauen? Dafür, dass ich sie vor dem Ertrinken gerettet habe? Die äußerste Käfigreihe stand schon unter Wasser, ich sah ihre Augen oberhalb der Wasseroberfläche, sie schrien und kratzten, und niemand kümmerte sich um sie, nur um den Traktor und die Dreschmaschine und die Mopeds, und Juudit sprang auf den Käfigen herum und klatschte in die Hände…

»Ich hatte einen Nachtwächter, der hatte Mitleid mit einem Jungen in der Isolierzelle«, sagt der Mann. »Ich sagte ihm, er dürfe die Tür nicht öffnen. Aber er wollte dem Jungen etwas zu lesen geben, weil er so schön darum bat. Der Junge riss natürlich aus, aber zuerst zerschlug er dem Wächter das Gesicht so gründlich, dass es für ihn keine Freude mehr ist, sich an einem öffentlichen Ort zu zeigen! Güte haltet ihr für ein Zeichen von Schwäche, nicht wahr?«

Keine Antwort. Die Hand in den Nackenhaaren packt fester zu.

»Ein Zeichen von Schwäche, nicht wahr! Von Güte wisst ihr nichts.«

Oben, hinter den Bäumen, ertönt Glockengebimmel. Der Mann lässt los, nickt in Richtung des Tons.

»Essenszeit. Aber wir machen zuerst die Papiere fertig.«

Der Junge nickt mehrmals. Wie Herr Zebaoth es nur immer für richtig hält.

Als sie zu dem großen, von drei Gebäuden umstandenen Hofplatz kommen, erblickt der Junge hinter den Schaukeln zwei kleine Mädchen in roten Kleidern. Sie kichern miteinander.

Auf dem Balkon des gelblichen Hauses steht ein drittes Mädchen in einem kurzen Sommerkleid. Schneidet ihm schadenfrohe Grimassen, schlenkert mit den Beinen, sodass der Junge den hellen Schlüpfer aufblitzen sieht.

Der Junge wagt nicht, den Mann anzusehen und nach einer Erklärung für diese seltsamen Erscheinungen zu fragen.

»Warte hier«, befiehlt Herr Zebaoth, steigt die Steintreppe zu dem gelblichen Gebäude hinauf und verschwindet in der ersten Tür.

Der Junge bleibt mitten auf dem Hof stehen, die Arme verschränkt, und versucht, sein Gehör möglichst vor den kichernden Mädchen zu verschließen. Er hört, wie das Meer unten am Ufer klagt.

Wie es, vom Kummer gebrochen, sein tieftrauriges Lied singt.

Die Sonne strahlt über dem Schilf. Am Ufer wimmelt es von Möwen, Wildenten und Haubentauchern.

Tyyne schwenkt ihre Stiefel im Wasser, um Mist und Stroh von den Sohlen abzuspülen. Sie beobachtet, wie die Mistflatschen sich vom Absatz lösen und versinken.

Aus den Augenwinkeln sieht sie, wie der Direktor dem neuen Jungen die Leviten liest, mit der Hand zum Schlag ausholt.

Tyyne hat kein Mitleid. Sie weiß, wie die Jungen sind, wenn sie auf die Insel kommen.

Voll von giftiger Galle.

Tyyne vertraut darauf, dass der Direktor seine Sache versteht.

Als sie die Gestalt betrachtet, die hinter dem Direktor hertapert, muss sie sich eingestehen, dass sie schmächtiger ist als die Jungen sonst. Sie erinnert eher an ein gerade geschlüpftes Wasservogeljunges: Das oben glatt anliegende Haar steht am Hinterkopf lustig ab wie eine Bürste. Irgendwie ist der Kopf als Fortsetzung des mageren Halses und der schmalen Schultern eine Nummer zu groß.

Aber das Gesicht des Direktors gleicht dem eines erfolgreichen Entdeckungsreisenden. Klar und faltenlos wie immer, wenn er einen neuen Jungen zugewiesen bekommt, um ihn auf den rechten Weg zu führen.

Mit scharfem Blick erkennt Tyyne, dass es mit diesem Jungen noch Ärger geben wird, so wie mit allen anderen. Engel sind sie alle nicht, und daran wird sich auch in Zukunft nichts ändern.

Den da wird der Direktor noch durchbläuen müssen, ihn die Hosen runterziehen und den nackten Hintern versohlen so wie auch den anderen. Wird ihn verdreschen müssen, und wenn er sich auch noch so sehr windet und schluchzt und seine Unschuld beteuert!

Sonst werden aus ihnen keine Menschen.

Tyyne steckt ihre geschwollenen Füße, die in den Stiefeln geschwitzt haben, ins Wasser, so eisig kalt es auch sein mag.

Sauberkeitsliebend. So ist sie. Ordnung und Sauberkeit, ohne die kann sie nicht sein. Jeden Tag wäscht sie sich mit warmem Wasser und Seife, wechselt die Kleider, wäscht und bügelt sie jeden Tag.

Aber der Geruch.

Den Geruch wird sie auch durch Waschen nicht los. Jeden Tag schrubbt sie sich vom Scheitel bis zur Sohle, um den Stallgeruch zu vertreiben. Aber vergebens. Er haftet untilgbar an ihr, er folgt ihr überallhin.

Tyyne horcht auf das ferne, erstickte Gebrüll des Bullen, der im Viehstall darauf wartet, auf die Frühlingsweide zu kommen. Sie atmet den stehenden Geruch ihrer Haut ein, ihn, der jedem Entgegenkommenden verrät, dass Tyyne und die Tiere eins sind.

Ebenso wie der Direktor und die Jungen eins sind.

Tyyne erkennt das an der Art und Weise, wie der Direktor mit ihnen spricht und mit ihnen umgeht.

Bei den Mädchen ist das anders.

Der Direktor schlägt sie nie, seine fünf Töchter, bestraft sie niemals so, wie man Jungen bestraft.

Wenn der Direktor die Mädchen zurechtweist, bebt seine Stimme vor unterdrückter Unzufriedenheit. Er redet von den Pflichten der Gutsituierten gegenüber den Benachteiligten. Mit leiser, müder Stimme spricht er von der Demut, die der Besitz eines guten Zuhauses mit sich bringen sollte. Von freiwilligem Gehorsam. Von Dankbarkeit. Von Schamhaftigkeit.

Aus alldem erkennt man, dass sie für ihn Fremde sind, deren seltsame Sitten er überhaupt nicht versteht.

Und Tyyne sieht es den Mädchen am Gesicht an, dass sie es lieber hätten, wenn der Vater ihnen eins hinter die Ohren geben würde, als ihnen freiwilligen Gehorsam zu predigen. Tyyne sieht, dass sie gezwungen werden möchten, ohne Alternative zu gehorchen, ebenso wie die Jungen.

Wenn Tyyne an diese Blumenmädchen denkt, an Rose, Viola, Anemone und Iiris, denen die bösen Jungen mit ihren endlosen Problemen die lenkende Hand des Vaters rauben, erfasst sie grenzenloser Jammer.

Natürlich bleibt ihnen noch die Mutter, aber was für eine Mutter?

Eine Frau, die ihr einmal in der Milchküche, beim Entrahmen der Milch, anvertraut hat, dass sie diese Kinder niemals wirklich erwartet hat, dass sie nur so etwas wie das Gefäß war, durch das sie vom Himmel auf die Erde geglitten sind. Eine Art Fallrohr, das sich durch diesen Mädchenregen überhaupt nicht verändert hat.

Schlank und zierlich ist sie ja, das will Tyyne gerne zugeben, aber für eine vernünftige Frau schickt es sich nicht, in solcher Weise über das Kinderkriegen zu reden.

Und es schickt sich auch nicht zu rauchen! Für die Frau des Direktors!

Entrüstet reibt sich Tyyne ihre weißen, vom Übergewicht und von harter Arbeit geschwollenen Füße, während sie in ihrem abgetragenen, vom vielen Waschen ausgeblichenen Stallkittel fröstelt.

Ergrimmt und verwirrt denkt sie an die Frau des Direktors.

Die hört sogar Schallplatten! Schallplatten von früh bis spät. Wie ein Backfisch.

Tyyne hat es mit Befremden vermerkt, wenn sie bei ihren Verrichtungen am Haus des Direktors vorüberging und die

Fenster offen standen. Schwül-melancholische Melodien, leichtlebig, unerreichbar fern.

Ebenso wie die Frau, die sie auflegt.

Lange Zeit hat Tyyne versucht, tolerant zu sein. Immerhin handelt es sich um die Frau des Direktors. Es ist schließlich kein Verbrechen, Musik zu mögen. Besonders, wenn man jung und unerfahren ist. Aber als Mutter von fünf Töchtern? Genau da zeigt sich die tiefe Kluft. Ja, geradezu ein Abgrund.

Dennoch kann Tyyne keinen einzigen Fall nennen, wo die Frau ihre Pflichten den Kindern gegenüber tatsächlich vernachlässigt hätte. Dennoch: Die Töchter dürfen aufwachsen wie wilde Bäume, ohne dass irgendjemand sie besonders beaufsichtigt oder behütet. Nur sonntags bürstet man ihnen den langen, blonden Schopf, flicht ihn zu straffen Zöpfen, und sie gehen auf Geheiß ihrer Eltern in die Sonntagsschule, um das Wort Gottes zu hören.

Tyyne steht auf, blickt sich um, zieht die grauen Wollstrümpfe an, hebt die Schöße ihres Arbeitskittels und knipst die Strümpfe am Strumpfhaltergürtel fest. Sie zieht die Gummistiefel wieder an und stapft den Abhang hinauf.

Der Neuankömmling steht auf dem Hof vor dem Büro, die Arme an den Körper gepresst, hilflos und einsam. Wie ein Vogeljunges, das sich in der Schlinge verfangen hat und, starr vor Schrecken, auf das wartet, was da kommen muss.

Tyyne bleibt stehen und legt die Hand auf die Brust.

Aus irgendeinem Grund fällt ihr plötzlich der gellende Schrei ein, den ihr kleines Mädchen ausstieß, als die Leute, der Polizist und jene Frau, es ihr wegnahmen.

Sie erinnert sich, wie herzig das Mädchen die beiden zunächst angelächelt hatte, als es die Süßigkeiten in ihrer Hand sah. Wie es ihnen entgegenwackelte, die kleine Hand gierig ausgestreckt. Und wie es anfing zu schreien, als es begriff, dass es mit ihnen gehen sollte.

Tyyne sieht den Jungen an und blinzelt.

Nein, der Junge ist nicht so wie ihr kleines Mädchen, das sonnig war und voll strahlenden Lachens. Das immer auf ihren Schoß wollte, das seine Wange an ihrem Knie rieb, das entzückt auf ihre grobe Haut patschte und mit ihren winzigen Fingerchen danach griff.

Die reine Unschuld.

Doch diese Jungen, die sind von ganz anderer Sorte. Die versammeln sich auf dem Heuboden, entblößen voreinander ihr unnatürlich früh entwickeltes männliches Organ, beschmutzen mit ihrer klebrigen Körperflüssigkeit das Futter der Tiere. Sie sind alle gleich schlecht, unabhängig vom Alter oder von der Größe. Die Großen quälen die Kleineren, indem sie sie mit dem Kopf im Trinkbottich der Kühe untertauchen, und die Kleineren ertränken lebende Mäuse in den Milchkannen.

Tyyne konzentriert all ihren Hass auf diese verstockten Lümmel, um nicht an die Kleine zu denken, deren Weinen sie seit vielen Jahren im Wachen wie im Schlafen verfolgt.

Sie rief sie, die nach ihr rief, beim Namen, jahraus, jahrein, Nacht für Nacht.

Das war kein stilles Weinen, sondern lautes Schreien. Eine unbeherrschbare Stimme, die aus der Tiefe aufstieg, die klang wie das Heulen einer Wölfin, untröstlich, unversöhnlich gegenüber dieser barbarischen Welt. Der Welt, die zu Grausamkeit anspornte und Güte und Zärtlichkeit mit Füßen trat. Die den Bestien in Menschengestalt jedes beliebige Recht einräumte, wenn sie nur imstande waren, zu gebären und zu zeugen.

Im Krankenhaus ließen sie sie nicht lange weinen. Jeden Abend kamen sie und zwangen sie, Pillen zu schlucken, die ihr den Blick vernebelten und ihre Zunge dick machten und sie in Träume trieben, die ein einziger Albtraum waren und davon handelten, wie sie mit dem Mädchen zu fliehen versuchte und wie die gefühllosen Menschen, die legalen Eltern des Mädchens, ihr das Kind entrissen, um es zu misshandeln.

Aber als sie endlich gelernt hatte, tonlos zu schreien, entließen sie sie, und sie durfte ihre Qual und ihre Schreie behalten.

Und wieder schrie sie jede Nacht, unter Kissen und Decken, hinter ihren eigenen verschlossenen Türen.

Bis sie das Mädchen endlich wiedersah.

Sie sah ihr geliebtes Mädchen und begriff, dass es sich nicht mehr an sie erinnerte. Sie gar nicht erkannte. Und kein Kind mehr war.

Das war lange, nachdem sie aus dem Krankenhaus entlassen worden war und zum Erlöser gefunden hatte.

Sie hatte geschworen, den anderen und sich selbst, dass sie niemals wieder in jene Straße gehen würde, doch die Straße übte noch immer eine qualvolle Anziehungskraft auf sie aus. Davon erzählte sie niemandem, konnte es auch den Brüdern und Schwestern im Herrn nicht erzählen, die nur ihr Bestes wollten.

Sie bemerkte nur allmählich, wie sie die Straßen der Stadt auf und ab ging, ohne Ziel, immer engere Kreise um ein und dasselbe Viertel beschreibend. Dass sie ging und ging, ohne sich umzusehen, als suchte sie einen verlorenen Gegenstand.

Und an einem heißen Tag stand sie endlich da, vor den bekannten Fenstern, und war sich sicher, dass sie ihr kleines Mädchen wiedersehen würde. Dass das Mädchen sie da erwarten würde, all die Jahre darauf gewartet hatte, dass sie kommen und sie noch einmal retten würde.

Der Wagen mit der blauen, ausgefransten Paspelierung war nicht mehr zu sehen. Aber das Mädchen, das war immer noch da.

Sie stand an der Tür des Antiquariats ihres Vaters in einem kurzen Röckchen und lachte mit glühenden Wangen einem Jungen zu, der sich Comicstrips aussuchte, die direkt neben den Pornoheften lagen.

Da war das Mädchen. Stand lebendig vor ihr. Eigentümlich hoch aufgeschossen.

Und sah sie, ihre wirkliche Mutter, mit geheuchelter Gleichgültigkeit an. Wie eine x-beliebige Kundin, die sich nach dem Preis eines wertvollen mehrbändigen Lexikons erkundigt.

Stand da, an die Wand gelehnt, in hässlichen, höchst unziemlichen Kleidern. Die mageren Beine sahen unter dem allzu kurzen Rocksaum hervor, die Söckchen waren schmuddelig und hatten Flecke vom Waschen. Sie hatte das Mädchen immer wie eine Prinzessin gekleidet, sich von ihrem geringen Putzfrauenlohn etwas abgespart, um es in die besten Stoffe kleiden zu können, die man im Laden bekam.

Niemals steckte sie auch nur ein Stückchen der teuren Früchte in den Mund, die sie für die Kleine gekauft hatte. Für sie war es Lohn genug zu erleben, wie das Kind dann vor Freude gurgelnd lachte. Und sie ein ums andere Mal umarmte.

Niemals schimpfte sie auf das Mädchen, wurde niemals ungeduldig, auch wenn das Kind manchmal böse auf sie war, sich ohne ersichtlichen Grund auf den Fußboden warf, seinen ganzen rundlichen, bebenden Körper zu einem Bogen spannte und schrie. Ungehemmt und außer sich, kochend vor unbegreiflicher Wut.

Auch dann hatte Tyyne genügend Kraft und Liebe, das Kind in die Arme zu nehmen, den kräftigen Schlägen der kleinen Fäuste auszuweichen und es in den Schlaf zu singen.

Aber als sie das Mädchen wiedersah, in jenem schrecklichen Laden, wagte Tyyne nicht einmal mehr, sie anzusprechen. Sie fürchtete, der Vater oder die Mutter könnten im Hinterzimmer sein und ihre Stimme erkennen und anfangen zu schreien, da ist ja wieder diese verrückte Putzfrau, die anderer Leute Kinder entführt. Sie fürchtete, das Mädchen könnte sich nicht mehr an die Zeit erinnern, die sie so vollkommen glücklich miteinander verbracht hatten.

Nach dem Wiedersehen weinte Tyyne nicht mehr. Sie fand eine Art bitteren Frieden, der verhinderte, dass sich nachts über ihre dicken Wangen und die Kissen Tränen ergossen.

Sie dachte nicht mehr darüber nach, wie es dem Mädchen bei jenen Leuten ergehen mochte. Das Mädchen war schon zu groß, um darüber zu weinen, dass sie allein blieb, während der Vater mit seinen Kunden soff und die Mutter im Hinterzimmer ihre Gunst verschenkte. Sie war den Windeln entwachsen, in denen man sie früher, völlig durchnässt, hatte liegen und brüllen lassen; sie war alt genug, um sich selbst das Essen zu nehmen, das sie brauchte. Sicherlich schlugen sie sie nicht einmal mehr ins Gesicht oder hoben sie an den Haaren hoch, wenn sie mit ihrem kläglichen Geschrei das Lotterleben der Eltern störte.

Während Tyyne in Richtung Hühnerstall stapft, kann sie es sich nicht versagen, den neuen Jungen in Augenschein zu nehmen, seine hängenden Schultern, seine Wangen, die noch etwas von den kindlichen Rundungen bewahrt haben.

Eine der Töchter des Direktors steht breitbeinig auf dem Balkon, wirft mit Apfelsinenkernen nach dem Jungen, um seine Aufmerksamkeit zu erregen. Der Junge sieht nicht hin.

»Willst du ein Bonbon?«, ruft das Mädchen und schwenkt ihre geschlossene Faust in der Luft direkt auf ihn zu.

Keine Antwort.

»Wenn du schön bittest, kriegst du es«, sagt das Mädchen lockend.

Von Tyyne nimmt das Mädchen keine Notiz. Keines dieser Mädchen scheint sie mehr wahrzunehmen. Für sie ist Tyyne schon vor Zeiten mit der Landschaft verschmolzen, ebenso wie die Häuser und die Hühner, die in dem mit Maschendraht abgetrennten Garten herumlaufen.

»Hast du Angst, dass mein Vater auf dich böse wird, wenn du mit mir redest?«

Der Junge kneift die Augen zusammen. Fast scheint es Tyyne, als husche über seinen Mund eine Art Lächeln. Kaum merklich schüttelt er den Kopf.

»Na, willst du nun das Bonbon oder nicht?«

Eine unruhige Bewegung, verneinendes Kopfschütteln.

Das Mädchen, ein wahrer Quälgeist, lässt den geplagten Jungen noch immer nicht in Ruhe.

»Warum nicht?«

Der Junge schließt die Augen, als wäre er völlig erschöpft von diesem Disput.

Das Mädchen wirft mit dem Bonbon nach ihm. Ohne zu treffen. Der Junge reißt die Augen auf.

»Weil ich nichts von dir haben will, du Wattefotze!«

Das Mädchen sinkt in sich zusammen, droht gedemütigt:

»Das erzähl ich dem Vater, was du zu mir gesagt hast!«

»Tu's doch.«

Tyyne öffnet mit zitternder Hand die Tür zum Hühnerstall und geht hinein.

So eine Frechheit! Sie hat es doch gewusst, hat es ihm doch angesehen, so mitleiderregend und kläglich er auch wirkte. Der Junge ist genauso wie all die andern, die hierhergebracht werden: verdorben vom Scheitel bis zur Sohle, voller Bosheit und Schmutz.

Der Direktor sollte die Mädchen nicht hier in der Nähe der Jungen lassen. Wie ist es möglich, dass der Direktor das nicht begreift, nicht bemerkt, welche Gefahren seinen Töchtern drohen, von denen er meint, es gehe ihnen so beschämend gut?

Das Mädchen hat gelogen, als sie sagte, sie werde die Sache ihrem Vater erzählen. Tyyne weiß, dass diese Schlingel ihm nie etwas erzählen. Im Gegenteil, sie streiten sogar alles ab, lügen mit schamlos blanken Augen, so wie immer, wenn Tyyne zum Direktor geht und ihm erzählt, was sie mit eigenen Augen gesehen hat.

Eher lassen sie ihren Vater in dem Glauben, dass Tyyne wieder einmal spinnt, als ihm die Wahrheit zu sagen.

So sind sie, undankbar. Sie denken nicht mehr daran, wie Tyyne, als sie noch klein waren, sie hochgehoben hat, damit sie die Schweine und Kälber streicheln konnten, wie sie ihre aufgeplatzten Kleidernähte reparierte, Bonbons für sie hortete.

Warum muss die Unschuld in dieser Welt immer verdorben werden? Das ist für Tyyne so unerträglich schwer zu begreifen. Die kleinen, strahlendreinen Menschenkinder verändern sich gewöhnlich früher oder später unabänderlich, werden dunkel und befleckt. Lassen etwas in sich ein, was unerbittlich und furchterregend, ja gewalttätig ist.

Manchmal fühlt Tyyne sich auch selbst so unendlich schwer. Sie hat das Gefühl, ein kohlschwarzer, formloser Klumpen zu sein, den sie nur mit Mühe durch ihre Willenskraft zu den Arbeiten treibt, die darauf warten, getan zu werden.

In solchen Augenblicken gibt es keine andere Rettung als den zarten, feuchten Atem eines neugeborenen Lamms, das sich in ihre Arme drängt. Oder die taube Katze, die mit ihrem weißen Fell ihre Gummistiefel streift.

In solchen Augenblicken sucht Tyyne Zuflucht bei ihren Tieren, presst ihre breite Stirn an deren pulsierende Flanken, saugt aus ihnen den Balsam der Unschuld für all die Wunden, die die Menschen ihrem Innersten geschlagen haben.

Und so wird ihr allmählich leichter, der Schmerz lässt nach, die Schwärze und die Schwere strömen aus ihr heraus auf den Steinfußboden, in dieselben Rinnen, in die sie auch den übrigen Schmutz fegt.

Der Junge begreift schnell, dass die Gefangenen der Insel miteinander verwachsen sind, dass sie wie ein großes, gnadenloses Raubtier sind.

Dies ist ein Tier, das einen aufgespaltenen Körper hat, aber nur einen einzigen Kopf, und der Blick dieses Kopfes ist durchdringend. Es wittert die Andersartigkeit, es starrt und verurteilt, hasst und greift an. Nachdem die Erwachsenen es als untauglich in einen eigenen, abgesonderten Verschlag gestoßen haben, lechzt es zur Vergeltung nach Opfern. Nach immer neuen Opfern, um sie zu demütigen und zu verachten, so wie die Erwachsenen es gedemütigt und verachtet haben.

Und jetzt hat es als Opfer ihn erwählt, Juhani Johansson, der sich von Anfang an wie ein Schuldiger verhalten hat.

Wenn das Raubtier sein Opfer ausersehen hat, wird sein Blick träge und gleichgültig wie bei einer Katze, die einen lahmen Vogel erspäht hat, aber der Junge wittert, wie der Körper der Bestie zuckt, angespannt in Erwartung der Jagdbeute.

Während der Arbeitstage weiß der Junge, dass er sich weitgehend in Sicherheit befindet, denn alles Schreckliche geschieht bei Nacht.

Er lässt sich absichtlich beim Fluchen erwischen, um zur Strafe zu den Zementarbeiten am Fundament des Viehstalls abgestellt zu werden. Das ist zur Zeit die schwerste Arbeit auf der Insel – ohne Ende Sand zu schaufeln und die Schubkarre zu schieben, sodass ihn bis spät in die Nacht hinein Arme und Rücken schmerzen. Das Beste an der Zementarbeit ist, dass da immer mindestens eine Aufsicht und der Arbeitsleiter dabei sind. Und Herr Zebaoth verfolgt die Zementarbeiten besonders aufmerksam, weil das Fundament der wichtigste Teil eines Gebäudes ist.

Aber während er die vollbeladene Schubkarre von der Grube hinauf zu den Betongießstellen schiebt, spürt er auch dort den Blick des Raubtiers im Nacken.

Er sieht nicht die Jungen, die sich bei der Arbeit abplagen, die schnelleren und die langsameren, die starken und die schwachen, die unter ihrer Last ächzen. Er sieht nur, dass jede Bewegung unter der Kontrolle eines einzigen Kopfes geschieht, jenes Kopfes, der im Handumdrehen den unabhängig voneinander handelnden Körperteilen Einhalt gebietet, jenes Kopfes, der allein durch einen Gedanken die durch unsichtbare Nervenstränge mit ihm verbundenen Gliedmaßen zucken lässt. Wenn der Kopf in Gelächter ausbricht, bedeutet dies, dass auch die anderen unermüdliche Heiterkeit bezeigen. Wenn der Kopf das Lachen unterbricht, herrscht vollkommene Stille.

Der Kopf gehört demjenigen, der am stärksten und grausamsten ist. Dem, der über genügend Hass verfügt, um alle vorwärts strebenden Köpfe zu zermalmen.

Anfangs nimmt der Junge irrtümlich an, Pup sei der Anführer. Pup Simola tritt von Anfang an so lautstark auf, dass der Junge sich täuschen lässt. Erst nach einigen Tagen begreift er, dass Pup nur ein ängstlicher Faxenmacher ist, der sich seinem Anführer zu Gefallen produziert.

Der Junge bemerkt, dass Pup nicht einmal boshaft ist. Er prahlt und lärmt, um mit sich selbst zurechtzukommen.

Den Jungen macht es Spaß, in Pups Geschichte zu schwelgen. Sie wird dem Neuankömmling als Allererstes erzählt, und Pup selbst lacht darüber am allerlautesten, obwohl er in seinem tiefsten Inneren immer noch zittern muss.

Die Geschichte geht so, dass Pup, damals noch schlicht Pekka, das siebte und jüngste Kind der Familie Simola war. Sie lebten irgendwo, wo Fuchs und Hase sich gute Nacht sagen, in einem Häuschen, das allein durch die Willenskraft der Mutter stehen blieb. Der Vater kochte Sprit, trank und verkaufte ihn, um sich am Leben zu erhalten. Die Mutter ihrerseits versuchte, die restliche Familie irgendwie durchzubringen.

Einmal erwachte Pup nachts in seinem Verschlag, den er sich oberhalb der Zwischendecke gezimmert hatte, davon, dass die Katze laut miaute. Als er über die Stufen an der Außenwand hinuntergeklettert war, stellte er fest, dass das ganze Haus in Rauch gehüllt war. Als er die anderen beim Namen rief, antwortete niemand.

Pup strampelte mit seinem klapprigen Fahrrad zum Nachbarn, der in vier Kilometer Entfernung wohnte. Der Hausherr, ein Postangestellter, ließ gerade auf dem Hof sein Auto an. Pup erinnerte sich daran, wie grimmig der Postmann die Mutter angewiesen hatte, die Zwangsvollstreckungsbescheide des Polizeichefs zu unterschreiben.

Schüchtern, wie er war, stand der Junge auf dem Hof herum und beobachtete, wie der Mann seinen Wagen startete und verschwand. Dann erst ging Pup in die Stube, setzte sich neben die Tür und wartete, dass die Hausfrau ihn nach seinem Wohlergehen fragen würde.

»Ich glaub, unser Haus brennt, weil die nich geantwortet haben, und der Rauch kam auch schon zur Tür raus …«

Die Hausfrau sah den Jungen an wie einen Geisteskranken und begriff nicht, warum er erst jetzt den Mund auftat. Pup konnte ihr ja nicht erklären, dass er es nicht gewagt hatte, einen so bedeutenden Herrn wie den Briefträger zu stören.

Pup hatte alles verloren, außer dem versoffenen Vater, der dem Jungen gründlich klarmachte, welcher Dummkopf an dem ganzen verdammten Unglück schuld war.

Juhanis erster Fehler ist, dass er über Pups Lebensgeschichte nicht lacht.

Die Bestie findet, dass alle die Geschichte hören und sich darüber amüsieren müssen.

Das stumme und abwehrende Schweigen des neuen Jungen ist wie ein Schlag ins Gesicht des Anführers.

Das wäre ja noch schöner. Was bildet sich dieser aufgeblasene Kerl eigentlich ein? Was ist in ihn gefahren, dass er die anderen in dieser Weise kränkt?

Der Junge weiß, was man von ihm erwartet. Er sucht in sich nach Gelächter, aber er bringt keins zustande. Etwas in seinem Innersten bebt und zittert, wenn er an Pups Wut auf sich selbst denkt. Wenn er sich den großen, plumpen Jungen vorstellt, wie er zusammen mit seinem verkaterten, zornigen Vater in den Ruinen des völlig abgebrannten Hauses herumwühlt.

Er weiß, dass er durch Lachen den anderen einen Schritt näher käme, Zugang zu ihrem Kreis fände, in Sicherheit wäre. Und dennoch kann er nicht lachen.

Und die blutrünstige Bestie belauert ihn mit zunehmender Wut. Starrt ihn an, dieses armselige Bürschchen, das auch nicht einen einzigen Lacher über die Lippen bringt und sich so selbst dazu verurteilt, ein Opfer zu werden.

Es wäre so leicht für den Jungen, der Opferrolle zu entgehen. Er hat nicht das Problem, zu dick zu sein, er hat keine Segelohren und näselt nicht. Er hat andere, unsichtbare Mängel.

Das ausgebliebene Lachen ist nicht sein einziger Fehler. Noch schlimmer wiegt, dass er nicht bereit ist, seine eigene Geschichte zu erzählen. Dass er trotz mehrerer, nahezu kameradschaftlicher Fragen nicht bereit ist, die Jungen mit den sinnlosen Schweinereien seiner betrunkenen Eltern zu unterhalten, dass er nicht erzählt, wie er misshandelt wurde und wie er aus Rache beschloss, dass die ganze Welt ihm gestohlen bleiben kann.

Als der Junge seinen Mund nicht aufbekommt, beginnt in

seinem Inneren die Angst zu vibrieren. Dennoch macht er noch mehr solcher Fehler. Er macht sie geradezu aus Trotz, bevor er überhaupt weiß, auf wessen Schultern der Kopf dieser erbarmungslosen Bestie sitzt, die über sein Schicksal entscheidet.

Manchmal vermutet er, es sei Sulkava, die Bohnenstange, der nach dem Schnüffeln von Modellbauleim die Hälfte seines Verstandes in die Papiertüten ausgekotzt hat, dann wieder hat er Zwielicht im Verdacht, der sich damit brüstet, mit eigenen Augen gesehen zu haben, dass es sogar in den offiziellen Akten des Sozialausschusses heißt, er sei ein Scheißkerl durch und durch.

Juhani Johanssons falsche Vermutungen rühren wahrscheinlich daher, dass Maschine so erstaunlich klein ist. Er wirkt introvertiert und still.

Maschine Sjöblom hat Hunderte von Autodiebstählen auf dem Kerbholz. Bei einem davon kamen zwei andere Jungen ums Leben, und ein Mädchen, das auf dem Bürgersteig gespielt hatte, ist jetzt für den Rest ihres Lebens gelähmt. Als Spitzenleistung seiner langen Liste von Meriten hat er dem Polizisten, der ihn festnehmen wollte, ein Auge ausgestochen. Das hat er mit einer Waffe gemacht, die er sich selbst aus Glasscherben und Autoblech zusammengebastelt hatte.

Mit der Zeit wird es dem Jungen klar, dass Maschine als Anführer dieser Bande bestens geeignet ist. Er ist genau das, was sein Spitzname ausdrückt: eine Maschine, in der die Impulse immer in eine einzige Richtung gehen. Sie springt nur dann an, wenn der Impuls den eigenen Wünschen entspricht, die Außenwelt ist für ihn nur ein Hindernis, das beseitigt werden muss, oder ein Genuss, den man bis zur Neige auskosten muss.

Ihn umgibt ein Zaun, errichtet von Leuten, die stärker sind als er, aber innerhalb dieses Zauns ist er der alleinige Herrscher.

Und da er nun will, dass Juhani Johansson leidet, weiß der Junge, dass das Urteil über ihn gefällt ist.

Tagsüber ist er in Sicherheit. Alles Böse geschieht bei Nacht.

Nachts erwacht der Kopf aus dem Halbschlaf, den die eintönige Arbeit ihm beschert, und verlangt nach Belustigung.

Die Nacht ist die Zeit des Bösen.

Die Nacht verlangt ein Opfer, das zum Weinen neigt. Das man zuerst ein wenig piesacken kann und dann immer ein bisschen mehr und mehr, bis es bereit ist, alles zu tun, was die Bestie verlangt. Und die willig ist, es dem Kopf, Maschine Sjöblom, um jeden Preis recht zu machen.

Wenn Nachtruhe angesagt ist, beginnt die Verdichtung der Dunkelheit mit flüsternd erzählten Geschichten. Mit selbst erlebten. Nur sie haben in diesem Kreis einen Wert.

»Habt ihr schon einmal gesehen, Jungs, wie fünf Nutten auf einmal gehobelt werden?«

Das ist Sulkava, der König der Pornogeschichten.

»Drei ja, aber nich fümf…«

»Mein Alter und ich, wir gingen auf 'ne Fete. Ich hab mich mächtig gewundert, wieso die Kerle da nacheinander im Nebenraum verschwanden, wo es doch auch in der Küche Stoff gab…«

»War'n die da, die Schlampen?«

»Ja, zum Teufel. Fünf nackichte Nutten, mit den Ellenbogen auf den Tisch gestützt. Mein Vater und noch 'n paar andere vögelten die von hinten, was das Zeug hielt.«

»Scheiße, du spinnst dir doch was zusammen. Deinem Alten steht er doch seit Jahren nich mehr. Schon gar nich, als deine Mammi dich gemacht hat.«

»Schnauze, Zwielicht, lass ihn erzählen!«

Das ist Maschine, mit leiser, kaum hörbarer Stimme.

»Mein lieber Scholli. Das war 'n toller Anblick, wie der große Kerl der Mieze seine Stange in den Hintern stieß…«

Sulkava darf die Geschichte drei, vier Mal erzählen, so ausführlich er kann, aber Juhani Johansson weiß, dass sie letztlich nicht ausreicht, um den Hunger der Bestie zu stillen.

Dass sie nur den Appetit anregt.

Denn jedes Mal, wenn die Geschichte ihren Höhepunkt erreicht hat, richtet sich ein unheilverkündender Blick auf den Jungen, der wieder nicht lacht. Ja, nicht einmal lächelt.

Der kalte, harte Blick der Bestie taxiert den neuen Jungen, der starr vor Angst in seinem eisernen Bett liegt, das anstaltsgrüne Oberlaken militärisch korrekt über die Decke gefaltet. Das ist ein Junge, der sich in diesem Augenblick nichts sehnlicher wünscht, als lachen zu können.

Er weiß, dass die Situation sich schon hoffnungslos zugespitzt hat, dass sie schon zu weit gediehen ist, als dass er sich ihr mit einem Trick noch entziehen könnte.

Er hat das Gesetz der Insel schon verstanden: verhöhne, sonst wirst du verhöhnt. Eine andere Alternative gibt es nicht.

Als die Jungen endlich aus ihren Betten aufstehen, sich um ihn herum versammeln, mischt sich in sein Entsetzen die Erleichterung darüber, dass sein unausweichliches Schicksal sich nun erfüllt.

Aber so auf einen Ritt soll sich das gar nicht erledigen, o nein.

Beim ersten Mal halten sie ihn an Armen und Beinen, Maschine beugt sich über ihn, ohne ein Wort zu sagen, zieht im Mund eine Portion Rotz zusammen und spuckt ihm den ins Gesicht, von wo er ihm über die Wangen und hinunter zum Hals läuft.

»Wenn unsere Geschichten dir nicht passen, dann rat ich dir, verkrümel dich hier besser …«

Weiter nichts. Den Rest der Nacht verbringt der Junge teils wach und auf die Geräusche ringsum horchend, teils mit grässlichen Albträumen.

Der zweite Teil folgt nicht in der nächsten Nacht. Die Bestie genießt es, dass er wach liegt und wartet – obgleich nichts geschieht. Sie genießt jedes Gähnen, das den Jungen am Tage überkommt, wenn er die schwere Sandkarre schiebt, jedes Zusammenzucken, mit dem er einer plötzlichen Bewegung ausweicht.

»Die Nerven liegen blank, was …?«

Zum nächsten Mal kommt es, als er schon fast erschöpft ist vor Angst, müde vom Warten auf die Fortsetzung.

In dieser Nacht fällt leiser Nieselregen. Die Geschichten sind erzählt, es ist still und finster.

Der Junge schreckt aus dem Halbschlaf auf. Es ist zu still, aus keinem einzigen Bett hört man das übliche gleichmäßige Atmen, Zwielicht schnarcht nicht.

Grauen wälzt sich dem Jungen auf die Brust. Er zittert von Kopf bis Fuß. Der Schmerz im Bauch wird immer stärker.

Nein! Nicht jetzt, nicht in dieser Nacht!

Von Maschines Bett her ertönt ein Poltern.

Der Junge fährt hoch, arbeitet sich zitternd unter der Decke hervor und knetet sich den Bauch.

Aber er schafft es nicht, auch nur einen Schritt zu tun.

Wieder wird er festgehalten, und er kann nur hilflos zusehen, wie Sjöblom mit hartem, unbeweglichem Blick den Schlitz seiner Pyjamahose öffnet.

Noch ehe die Bestie all den Widerwillen und die Verachtung, die sie für den Jungen empfindet, in heißem, dampfendem Strahl auf ihn entleert, spürt der Junge die rhythmischen Wellen der Übelkeit im Bauch und im Mund den Geschmack von Galle.

Er erbricht sich nicht.

Diese Freude gönn ich dir nicht!

Die ganze Nacht liegt er unbeweglich da, während der nasse Pyjama ihm an Bauch und Beinen klebt, und presst mit den Händen den eisernen Bettrand, aber er übergibt sich nicht.

Am Morgen gerät die Aufsicht in Rage:

»Was soll das denn heißen? Harjula hat gesagt, dass du kein Bettnässer bist. Warum, zum Donnerwetter, hast du ihn belogen? Wir hätten dir eine Plastikfolie ins Bett gelegt. Warte, wenn Harjula das erfährt! Glaubst du denn, dass du Ehre einlegst damit, dass du das Vermögen des Fördervereins zerstörst?«

»Das war ich nicht.«

»Ganz bestimmt nicht. Ein anderer ist gekommen und hat nachts in dein Bett gepinkelt.«

»Ja.«

»Weil er sein eigenes nicht nassmachen wollte, ja? Was meinst du eigentlich, wer solchen Blödsinn glauben soll?«

Die Aufsicht holt eine Kunststoffunterlage, legt sie unters Laken.

Während die Jungen einmütig kichern, versucht der Junge vergebens zu erklären, dass er so etwas nicht braucht.

»Die Hälfte der Jungs hier hat so eine Unterlage«, sagt die Aufsicht lakonisch.

Damit muss der Junge sich abfinden, aber wie hasst er das demütigende Knistern des Kunststoffs, das jedes Mal ertönt, wenn er sich auch nur ein wenig rührt. Es erinnert ihn an den Augenblick, als Maschine seinen Hosenschlitz öffnete und sein Gift auf ihn pladdern ließ. Ständig erinnert es ihn daran, dass das mit Sicherheit nur der Anfang war.

Wenn er mittags von den Betonarbeiten kommt, seine Stiefel im Bach abspült und das helle Gelächter der Mädchen hört, die im Wäldchen spielen, ist er überzeugt, dass sie über ihn und seine schmachvolle Bettunterlage lachen.

Und wenn erst Herrn Zebaoths Töchter davon wissen, dann wissen es alle!

Manchmal versucht er trotzig, die Blicke der Mädchen zu erhaschen, aber sie weichen ihm aus wie scheue Waldtiere, fliehen mit ihren Puppen und Mutter-und-Kind-Spielen in eine sichere Umgebung.

Am Saunabadetag untersucht der Junge am Ufer jedes einzelne Ruderboot, aber es ist keines dabei, an dem die Eisenkette vergessen worden wäre.

»Kommst du, Johansson, oder sollen wir dich ins Meer schubsen? Hier müssen alle auf einmal ins Wasser.«

Eine Lachsalve zerschneidet die Luft. Seine vor Kälte zitternden Beine werden nass gespritzt.

Der Junge nickt eilig, springt hinter der Schar dampfender Jungen her ins Meer. Aber während die anderen wieder aus dem Wasser steigen und lärmend in die Sauna zurückkehren, wendet er nicht, sondern schwimmt weiter.

Er schwimmt und schätzt die vor ihm liegende grau-starre Meeresfläche ab, schwimmt, ohne die Kälte zu spüren.

Er schafft das, es besteht kein Grund, aufzugeben.

Alles ist wässrig grau. Die Felsen am gegenüberliegenden Ufer zeichnen sich schwarz und scharf vor ihm ab, und unter den Wellen gibt es Fäuste, die ihn mit Riesenkraft in die Tiefe ziehen wollen, doch er ist schneller als sie, immer wieder strampelt er sich los aus ihrer glitschigen, eiskalten Berührung.

Dies ist die Strafe, ich weiß, aber trotzdem hätte Mutter den Bruder nicht ins Wasser legen sollen, sie hätte nicht …

Allmählich kann er den Kopf nicht mehr wenden bei jedem Zug, und er kriegt Salzwasser in Mund und Nase.

Erschreckt und erschöpft dreht er sich um und blickt auf die Insel zurück.

Sie ist weit weg. Zu weit weg.

Dies ist die Strafe, jetzt verstehe ich, das Wasser muss jemanden bekommen …

Da erst bemerkt er, dass er nicht allein ist. Aus den Wellen, einige Meter hinter ihm, ragt ein nasser Kopf.

»Schwimmen wir zurück?«, fragt Herr Zebaoth.

Der Junge erwidert nichts. Er hat nicht die Kraft dazu.

»Du bist ein guter Schwimmer, aber diesmal hast du dir etwas zu viel vorgenommen«, sagt der Direktor, selbst außer Atem.

Dem Jungen kommt es so vor, als könne er nicht einmal dem Direktor zuliebe an der Oberfläche bleiben, nicht mehr den kalten Fäusten widerstehen, die ihn gierig nach unten ziehen.

»Leg die Arme um meinen Hals«, sagt Herr Zebaoth.

Auf dem Rückweg hängt der Junge an dem Mann wie ein Lappen, er ist zu schwach, um auch nur ein Wort des Dankes zu sagen.

Beim Steg angekommen, wankt auch der Mann, als er die Stufen hinaufklettert.

»Jedermann darf seine Kräfte einmal falsch einschätzen. Beim zweiten Mal ist es schon Dummheit, und das dulde ich nicht«, sagt der Direktor an der Tür zur Sauna.

Der Junge nickt, während der Schluckauf ihn beutelt. Der Direktor sieht ihn an, will noch etwas sagen, überlegt es sich aber anders und öffnet seufzend die Tür.

In dieser Nacht ist der Junge zu müde, um Angst zu haben, aber plötzlich weiß er, dass es ein drittes Mal geben und dass dies das schlimmste von allen sein wird.

Seitdem er mit der Plastikunterlage schlafen muss, hat sich zu seiner Angst der Hass gesellt. Der Hass hat sich in seinem Innersten festgesetzt wie ein klebriger Klumpen, von dem er sich nicht befreien kann. Er spürt, wie er in seinem Innersten aufgeht wie Teig, jeden Tag und jede Nacht.

Als er das leise Patschen der nackten Fußsohlen hört, seufzt er kaum hörbar, versucht aber nicht, Widerstand zu leisten. Und es geschieht ein Wunder: Zum ersten Mal drückt Maschines Gesicht etwas aus.

Unzufriedenheit. Leichte Verwunderung.

Maschine hat es wahrhaftig nicht gern, dass das Opfer keine Angst hat, dass es sich nicht sträubt, dass es nicht um Gnade winseln will. Dass ihm nicht einmal eine Träne der Verzweiflung in den Augenwinkel tritt.

»Den Herrn interessieren unsere Geschichten nicht… Bedauerlicherweise muss der Herr unsere Gesellschaft trotzdem ertragen…«

Der Junge liegt, ohne sich zu rühren, starrt ein Astloch an der Decke an.

Da fasst Maschine seinen Entschluss. Nicht mit kalter Berechnung, wie sonst, sondern in rasender Wut, plötzlich und unwiderruflich.

Das soll diesen eingebildeten Kerl teuer zu stehen kommen!

Maschine zerrt das Kissen unter dem Kopf des Jungen hervor und drückt es mit aller Kraft auf das trotzige Gesicht. Legt sich selbst mit der ganzen Kraft seines mageren Körpers auf das Kissen, um zu spüren, wie das Opfer vergeblich versucht, nach Luft zu schnappen.

Jetzt zappeln die Beine und Arme des Jungen wirklich. Niemals hat ihm etwas so wehgetan, wie es ihm jetzt wehtut. Das Kissen in seinem Mund und in seiner Nase wird nass und reißt ihn in die roten Strudel von Schmerz und Entsetzen. Er gräbt seine Nägel in die Arme, die ihn festhalten, um sie mit sich zu ziehen in diese fürchterliche Qual.

»Mutter, Mutter, Mutter…!«

In dem Augenblick, als das Gebet sich von bloßem Gemurmel zu einem gellenden Hilfeschrei auswächst, begreift der Junge, dass das Kissen sich nicht mehr auf seinem Gesicht befindet. Dass niemand ihn festhält und dass er auf seinem Bett liegt und mit Armen und Beinen in der Luft zappelt.

Er schweigt, öffnet die Augen.

Herrn Zebaoths Gesicht beugt sich über ihn.

»Die Stimmbänder funktionieren jedenfalls noch. Das ist gut.«

Der Direktor streicht ihm über die verschwitzten Haare, richtet sich auf.

Die Jungen stehen als schweigende Gruppe neben der Wand.

»Euch ist ja wohl klar, dass es hier mit einer bloßen Entschuldigung nicht getan ist?«

Sie nicken demütig und ängstlich.

»Dies hier ist eine sehr ernste Sache.«

Die Jungen senken die Köpfe.

»Eine todernste.«

Auf den gesenkten Gesichtern zuckt die Angst.

»Besonders für Sjöblom.«

Ein Seufzer der Erleichterung. Natürlich für Sjöblom. Der hat sich das ausgedacht. Der hat zum Kissen gegriffen. Der muss dafür büßen.

»Aber auch für die andern. Denn ihr habt mitgemacht.«

Juhani Johansson liegt im Bett und kämpft gegen die Übelkeit an. Es kann nicht sein, dass diese gewaltige, unersättliche Bestie durch irgendetwas zu bändigen sein sollte. Er will keine Entschuldigungen, die für ihn nur umso schrecklichere Racheakte zur Folge hätten!

»Es war nichts, ich hatte nur einen bösen Traum«, sagt er.

Der Direktor setzt sich zu dem Jungen auf den Bettrand, seufzt.

»Das ist es ja. du hattest einen wirklich schlimmen Albtraum. Was meint ihr, Jungs?«

Die ganze Bande steht da mit reuevoll herabzogenen Mundwinkeln.

»Ich hatte von euch etwas mehr Verstand erwartet.«

Fast eifriges Nicken. Sie hätten ja niemals damit angefangen, aber wo Maschine sie doch gezwungen hat…

»Ein bisschen mehr Mitleid mit euresgleichen.«

Der Junge spürt Herrn Zebaoths schweres Gewicht an seinem Körper.

»Was soll ich bloß mit euch machen?«

Die Jungen betrachten die Fußbodenbretter, ihre nackten Füße.

»Wie soll ich aus euch Menschen machen, sagt es mir!«

»Mit der Peitsche«, schlägt Pup speichelleckerisch demütig vor.

»Kein schlechter Vorschlag. Man kann euch ja nicht alle in den Karzer stecken. Aber ob das ausreicht?«

Die Jungen schweigen verschreckt und kämpfen mit den Tränen. Herr Zebaoth wendet sich Juhani Johansson zu, aber im Kopf des Jungen hämmert nur ein einziger Gedanke:

Ich muss hier weg! Hinaus! Fort von hier! Egal wie, nur weg von alldem hier.

»Na gut, die Peitsche also«, sagt Herr Zebaoth, und seine Stirn glättet sich wie immer, wenn er seine Entscheidung getroffen hat.

Das Urteil wird noch in derselben Nacht vollstreckt. Der Direktor glaubt nicht, dass es sinnvoll wäre, die Sache hinauszuzögern.

Erst bitten sie alle zusammen das Opfer um Verzeihung, dann bekommt jeder von ihnen zehnmal die Peitsche übergezogen. Der Direktor vollzieht die Bestrafung hinter verschlossenen Türen.

Die Strafe für Kalle Sjöblom ist noch schlimmer, es ist die härteste von allen.

Jeder Junge bekommt eine Peitsche in die Hand, und zwar jene, mit der sein eigenes Hinterteil bearbeitet worden ist.

»Nicht oberhalb der Gürtellinie und nicht auf die Eier«, sagt Herr Zebaoth und befiehlt ihnen, dem Anführer das Fell zu gerben.

Herr Zebaoth steht daneben, achtet darauf, dass das Urteil gebührend vollstreckt wird.

Alle sind sich gewiss, dass Maschine nicht weinen wird, ja, dass er überhaupt nicht weinen kann. Sie glauben, dass Maschine die Fähigkeit besitzt, sich nach innen in seine eigene schwarze Maschinenwelt zurückzuziehen, die Fähigkeit, dort so lange in Sicherheit zu verweilen, wie sein verurteilter Körper gezüchtigt wird.

Doch Maschine verliert fast sofort die Fassung, schreit gellend wie ein Tier im Todeskampf. Die ganze Insel erwacht von seinem Geheul, und seine Stimme klingt so, dass man das nie mehr vergessen wird.

Und mit jedem Schlag wird sein Weinen lauter. Es wird so laut, dass es sich einen Weg durch die Nachtluft bahnt bis hin zum Festland, wo die anständigen Familien für einen Augenblick aus dem Schlaf hochschrecken, im Ohr den markerschütternden Schrei des ausgestoßenen Missetäters, der so klingt, als zwinge man ihn, seine von bösen Taten befleckten Eingeweide aus sich herauszuspeien.

Und möglicherweise finden sie nicht sofort wieder in den Schlaf, während sie auf den alles durchdringenden Schrei horchen und überlegen, wie es wohl sein mag, wenn das Böse wirklich seinen Lohn bekommt.

Schließlich muss Herr Zebaoth den für sein Alter schmächtigen Kalle Maschine Sjöblom auch noch festhalten, damit die Bestrafung wenigstens einigermaßen in der gehörigen Form ausgeführt werden kann.

Juhani Johansson ist zu mager. Das geht Herrn Zebaoth nicht aus dem Kopf. Es beunruhigt und beschäftigt ihn besonders an den Saunaabenden, wenn er den dampfenden, gebeugten Nacken des Jungen sieht, der vor der Dusche Schlange steht. Oder wenn er bemerkt, wie Johansson über eine vereiste Pfütze springt, in einer scharfen Kurve ausrutscht und auf der steinigen Böschung auf dem Rücken landet.

Kein Schrei. Kein Jammern.

Obwohl er so zart ist. So völlig anders als die andern.

Der Mann streckt ihm die Hand hin, die breite und starke, hilft dem Jungen auf die Beine. Entsetzt sich über dessen geringes Gewicht.

Wird dieser Junge jemals so sein wie die anderen, ausdauernd und tüchtig?

Der Mann ist stolz auf das, was er auf der Insel geschaffen hat. Er ist stolz auf seine Errungenschaften, darauf, dass es ihm gelungen ist, auch aus den verstocktesten Herumtreibern, Kettenrauchern und angehenden Kriminellen wirkliche Arbeiter zu machen, obwohl sie sich eingebildet haben, dass die einzige physische Anstrengung, die sie zu lernen hätten, das Krümmen des Zeigefingers sei, um den Geldspielautomaten zu leeren.

Er hat sie so stark gemacht wie Maultiere, indem er dafür sorgte, dass sie jeden Tag draußen etwas zu tun hatten, sommers wie winters. Richtige Arbeit, die starke Muskeln erfordert.

Er will, dass sie sich ihrer Kraft bewusst werden. Sowohl der körperlichen als auch der geistigen, wobei Letzteres schon viel schwieriger ist.

Manchmal ist er selbst überrascht, wie stark sie geworden sind.

Einmal, als sie mit sechs Jungen von einem Eishockeyspiel heimkehren, sehen sie ein Auto, das in den Graben gerutscht ist.

»Brauchst du Hilfe?«, fragt der Direktor und kurbelt die Scheibe herunter.

»Ja, hol das Auto aus dem Graben«, knurrt der Mann verbittert.

Der Direktor dreht sich zu seiner Herde um. Die Jungen steigen ohne viel Federlesens aus und verteilen sich um das Auto herum.

Der fremde Mann betrachtet die täuschend mageren Gestalten mit einem ungläubigen Lächeln, lacht sogar laut.

Aber das Auto kommt wieder auf die Fahrbahn. Ebenso schweigsam, wie sie aufgetaucht sind, kehren die Jungen ins Auto zurück. Der Mann, dem sie geholfen haben und der es kaum schafft, ein Dankeschön zu stammeln, starrt ihnen verblüfft nach.

Aber Juhani Johansson will einfach nicht kräftiger werden.

Wenn der Mann ihm seine Hand auf den Nacken legt, um ihn zu ermutigen oder ihm zu zeigen, dass er auf ein falsches Gleis geraten ist, erschrickt er immer darüber, wie zart dieser Nacken ist.

Johansson wirkt nicht mehr so selbstzerstörerisch und unglücklich wie früher. Seit jener Nacht, als der Mann seine Peiniger abstrafte und den respektheischend hochgewachsenen und starken Salmi aus der Gruppe der großen Jungs in Johanssons Schlafsaal als Aufpasser abstellte, hat der Junge seine Ruhe.

Der wortkarge, aber gutmütige Salmi hat Johansson unter seinen besonderen Schutz genommen, spielt abends mit ihm Billard und Tischtennis, manchmal Karten, Dame, auch Schach.

Harjula hat bemerkt, dass Johanssons abweisendes Wesen in Salmis friedfertiger Gesellschaft etwas gelöster wird.

Natürlich verliert Johansson gegen Salmi in allen Spielen außer beim Schach, worin er ihm nach einigen Monaten Übung klar überlegen ist.

Einmal bleibt der Direktor mit der Kaffeetasse in der Hand stehen und beobachtet die Jungen, wie sie am Gartentisch sitzen und die Figuren rücken.

Johansson ist entspannt und heiter. Er weiß, dass es für ihn ein Leichtes ist, Salmi zu besiegen, der die Schachfiguren anstarrt, die Stirn in Falten gelegt.

Johansson tut, als bedränge er seinen Gegner, nimmt ihm aber dann den Läufer doch nicht weg, obwohl Salmi ihm den direkt vor seinen Springer gesetzt hat. Salmi bemerkt das gar nicht, und so setzen sie das Spiel in gut gelaunter Stille fort.

Weiter geschieht nichts, aber das, was er gesehen hat, stimmt den Mann viele Stunden lang froh.

Jegliche Entwicklung braucht ihre Zeit. Man muss nur geduldig sein. Ein Jahr oder drei Jahre. Zeit spielt hier auf der Insel keine Rolle. Auch dieser Junge wird stark werden, auf die eine oder andere Art.

Der Mann hat bemerkt, dass Johansson Mannschaftsspiele nicht mag. Aber in diesem Punkt will Harjula nicht nachgeben: das, was bei Salmi klappt, wird eines Tages auch in der Gruppe klappen.

Der Junge muss sich lösen von seinem Hass und seinem Misstrauen. Er muss es, oder alles andere, was der Mann ihn sonst noch lehrt, ist vergeblich.

Und so spielt auch Juhani Johansson Volleyball und Eishockey, ob er will oder nicht, hebt Gewichte wie die anderen, trainiert seine Kondition.

Aber dennoch oder gerade deshalb unterscheidet sich der Junge von den anderen. Lebt in seiner eigenen Welt.

Nicht in der Weise unangepasst wie die hoffnungslos verhaltensgestörten Fälle, sondern hartnäckig abwesend.

Er tut alles, was man ihm aufträgt. Sogar mehr. Ihn braucht man nicht dazu zu zwingen, seine Hausaufgaben zu erledigen, schneller zu machen. Er wirkt nicht unglücklich, aber doch weit davon entfernt, zufrieden zu sein.

Der Direktor ist gekränkt, als seine Frau ihm sagt, dass Juhani Johansson sich vielleicht einfach nicht an die Gefangenschaft gewöhnen könne.

Gefangenschaft?

Die Jungen sind doch keine Gefangenen, eher Auserwählte. Privilegierte wie die Sondertruppen der Armee. Sie haben Schweres erlebt, aber nachdem sie auf die Insel gekommen sind, hat sich für sie das Blatt gewendet. Durch den Erziehungsplan, den der Mann sorgfältig erarbeitet hat und an dem er ständig feilt, bieten sich ihnen die Chancen, die Elternhaus und Gesellschaft nicht bereit waren, ihnen zu gewähren.

Natürlich kann man nicht erwarten, dass die Frau diese Dinge versteht. Überspannte mütterliche Gefühle beherrschen die Frau, der jeglicher Rationalismus und unparteiische Beobachtung völlig fremd sind. Seine Frau wird nicht müde, vor allem das Schicksal der kleineren Jungen zu beklagen, die Tatsache, dass sie in diese unnatürliche Umgebung geraten sind.

Der Mann hat seine Frau nie danach gefragt, aber er hat den Verdacht, dass auch sie sich irgendwie als Gefangene fühlt. Seine Frau beklagt sich nicht. Sie ist nicht der Typ, der von sich viel Aufhebens macht. In dieser Hinsicht ist sie nicht so wie die anderen Frauen. Seit sie nicht mehr ins Kino oder einkaufen gehen kann oder sich im Café anhören, wie die Freundinnen sich über die schlechten Angewohnheiten ihrer Männer beklagen, lässt sie sich Blumenkataloge schicken, blättert sie durch, bestellt Pflanzen und setzt sie überall auf der Insel ein.

Mit ganz besonderem Eifer rückt sie der Natur dort zu

Leibe, wo sie am rauesten ist. Sie bevorzugt Felsenlandschaften, melancholische Geröllhalden und steinige Hänge, wo sie im Laufe der Jahre neben einheimischen und europäischen Pflanzen exotische Berggewächse aus den Pyrenäen, den Karpaten und vom Himalaja zum Blühen und Gedeihen gebracht hat.

Anfangs konnte er diesem Enthusiasmus keine große Wertschätzung entgegenbringen. Er vermutete, er werde sich ebenso legen wie all die anderen Hobbys, für die seine Frau sich so schnell begeisterte. Sprachkurse per Fernstudium. Nähen, wofür eine teure Nähmaschine mit allen möglichen Spezialfunktionen und ein großer Stapel Schnittmuster angeschafft wurden. Kreuzworträtsel. Landschaftspuzzles. Gitarrespielen. Bettdecken häkeln.

Auch als sich herausstellte, dass Samentüten und Harken nicht auf dem Boden bei den blauen, aus Fischergarn gehäkelten Flecken für die Bettdecke und den halb fertigen, auf Pappe geklebten europäischen Brücken landeten, fiel es dem Mann schwer, ein Hobby zu würdigen, das keinen wirklichen Nutzen brachte. Es plagte ihn eher, wie viel Kraft unnütz vertan wurde, als er sah, wie seine Frau sich abmühte. Wie sie Muttererde und Sand in schwer zugängliche Felsenlöcher karrte, unendliche Mengen von kleinen Steinen zusammensuchte und zu Drainageschichten stapelte, Samen in kleinen Bechern aussäte, die bald sämtliche Fensterbretter bedeckten, Setzlinge pikierte, Hunderte von Litern Wasser zu den Anpflanzungen schleppte, Steine mit einem Gemisch von Kuhdung und Sauermilch bestrich, damit sie bemoosten. Wie sie jätete und die Pflanzen teilte, manchmal bis zum Sonnenuntergang.

Mit den Jahren musste der Mann seine Meinung ändern. Wenn er frühmorgens zur Arbeit geht, dann muss er widerwillig zugeben, dass die Blumen, sachkundig platziert, auf seinen Geist ebenso aufbauend wirken wie ein gut zusammengestelltes Essen auf seinen Körper. Dann kommt er vorbei an Gruppen zartblauer Träubelchen, saftigen Moosblüten und rosa glühenden Lewisien, die wunderschöne Schmetterlinge anlocken. Und im Herbst begleitet ihn das leuchtende Orange eines Mongolischen Ahorns.

Aber tief im Innersten denkt der Mann auch dann noch, dass es letztlich doch nur Blumen sind. Pflanzen, die ihr kurzes, vorherbestimmtes Leben nur dann leben, wenn der Frost aus dem Boden gewichen ist.

Bei den Jungen ist das anders. Bei den Jungen kann alles Mögliche passieren. Bei den Jungen kann und muss es Überraschungen geben, die letztlich die Umgebung und sie selbst in Erstaunen versetzen.

Sie müssen nur wollen.

Der Mann empfindet eine mit Freude versetzte Angst, wenn er an die Verantwortung denkt, die ihm übertragen wurde. Wenn er an die Mittel denkt, mit denen er aus dem einzelnen Jungen den Menschen herausschält.

Er hat viele Pläne. Sie schießen ihm morgens als Erstes durch den Kopf, und als Letztes setzt er sich abends an die Berechnungen und grafischen Darstellungen. Nachts vermischen sich die neuen Pläne und die schon in Angriff genommenen Erneuerungen zu grandiosen Vehikeln waghalsiger Erfindungen, an denen er, berauscht von seiner Kühnheit, wie ein Trapezkünstler unter der Zirkuskuppel schwingt.

Durchschnittswerte, Ersatzpläne, Korrekturen. Nichts kann, nichts darf schiefgehen.

Seiner Frau erzählt er selten von seinen Plänen. Nicht, dass er denkt, sie würde sie nicht verstehen, aber er glaubt, dass sie die Frau nicht genauso faszinieren wie ihn. Und er möchte nicht, dass sie in die Lage gerät, ein Interesse heucheln zu müssen, das sie nicht verspürt. Genauso, wie er sich anstrengen müsste, wenn die Frau von ihren Bepflanzungsplänen erzählen würde. Seine Begeisterung würde erheblich gedämpft, wenn er durch ihr höfliches Anspornen hindurch den Zweifel verspüren würde.

Außerdem hat die Frau ihre Töchter. Sie muss sich auf die Mädchen konzentrieren, die der Mann in keiner Weise in den Griff bekommt, mit denen er nicht so reden kann, dass daraus ein Kontakt entstünde.

Manchmal, wenn die Mädchen schon schlafen, geht er in ihr Zimmer und legt jedem der Reihe nach die Hand auf die Wange. Aber er ist froh, dass sie schlafen oder zumindest so tun, als ob. So muss er sich keine Gesprächsthemen ausdenken, die für junge Mädchen interessant und schicklich wären.

Die Jungen sind anders. Mit ihnen spricht er lange und ausführlich über jeden neuen Gedanken, sogar über den Keim eines Gedankens.

»Was meint ihr, ob in der Nutzung der Windkraft die Antwort auf unsere Energieprobleme liegt?«

Er steht auf dem schon frostfreien, kraftstrotzenden Erdboden, redet, während sie einen Graben ausheben, weist mit der Hand auf die Felsen an der Südspitze der Insel, sieht vor sich schon Dutzende stattlicher Windkraftanlagen, deren Flügel sich rasch drehen.

»Ich hab ein wenig nachgedacht und herumgerechnet. Wenn wir das Sumpfgelände trockenlegen und urbar machen, gewinnen wir ein Drittel mehr Anbaufläche ... Ich weiß, dass wir Schwierigkeiten mit dem Saatgetreide hatten, aber auch dazu habe ich mir meine Gedanken gemacht ... Es gibt neuerdings starke und zuverlässige Mittel auf dem Markt ... Was hindert uns daran, das gesamte Saatgetreide zu beizen?«

Zu den gebeugten Rücken der Jungen redet der Mann von beheizten Gewächshäusern mit Glaswänden, die auch bei Schneestürmen tropische Bedingungen für Südfrüchte schaffen, von umwälzenden Dungreservoiren, aus denen der kostbare Schlamm direkt seiner Nutzung zugeführt wird, von Bienenvölkern, die Unmengen von goldwertem gelben Honig produzieren. Er redet über Dutzende von Möglichkeiten, über Wunder, die sie gemeinsam vollbringen können, wenn sie all ihre Kräfte vereinen.

Die Jungen äußern nicht den geringsten Zweifel, jedenfalls nicht laut. Wenn sie einen Zweifel verspüren, dann bedeutet das für den Mann lediglich eine Herausforderung. Die Jungen sollen lernen, dass das Unmögliche möglich wird, wenn man sich mit einer Sache nur ausführlich genug beschäftigt und daran glaubt.

Im Laufe der Jahre werden sie, der Mann und die Jungen, gemeinsam viele unglaubliche Pläne verwirklichen. Sumpf verwandelt sich in Ackerland, hinter den Wirtschaftsgebäuden am Westhang der Anhöhen entsteht eine stattliche Anzahl von Gewächshäusern, am Rand des Birkenwaldes ein Garten mit zwanzigtausend Arbeitsbienen.

Von den Windrädern lässt der Förderverein sich nicht überzeugen. Auch über die Gewächshäuser gibt es eine lange und ermüdende Diskussion, in der das Hauptargument lautet, die Jungen würden die Glaswände sowieso mit Steinen zerschmeißen. Den Direktor kränken nicht nur die Zweifel an seiner Fähigkeit, Disziplin zu halten, ihn erschüttert auch, dass der Förderverein nicht willens ist, einen Gewinn zu erwirtschaften: Wer sagt denn, dass Erziehungsheime lediglich auf Selbstversorgerbasis arbeiten sollten; warum sollten sie nicht auch Gewinn bringen?

Der Faden, an dem er gezogen hat, erweist sich als richtig. Er bekommt seine Finanzmittel unter der Bedingung, dass der Plan in drei Stufen umgesetzt wird und dass die darauffolgenden Schritte erst dann unternommen werden, wenn sich die ersten Investitionen als rentabel erwiesen haben.

Einer der alten Knasterbärte im Vorstand wagt es, die heimliche Sorge aller laut auszusprechen: Sie möchten nicht, dass auch nur der geringste Verdacht aufkommt, die Jungen könnten wirtschaftlich ausgenutzt werden. Wenn man diese unglücklichen Kinder arbeiten lässt, dann muss diese Arbeit ihrem Charakter nach therapeutisch und erzieherisch sein und nicht auf einen wirtschaftlichen Nutzen für den Förderverein abzielen.

Der Mann, der Direktor des Erziehungsheims, versteht solche Bedenken nicht. Seine Aufgabe ist es, diese Jungen auf die Gesellschaft vorzubereiten, wie sie außerhalb der Insel existiert. Wenn die Jungen im Leben zurechtkommen sollen, müssen sie die Regeln lernen, nach denen man dort erfolgreich ist. Sie müssen lernen, dass auch sie Erfolg haben können. Auch wenn der Nutzen ihrer Arbeit jetzt der Umstände halber auf das Konto des Fördervereins geht, haben sie doch erleben dürfen, wie durch ihre eigenen Anstrengungen tatsächlich ein Gewinn entsteht.

Dem haben die Herren des Fördervereins nichts entgegenzusetzen. Dieser Mann, den sie seinerzeit in Ermangelung besserer Bewerber trotz starker Bedenken zum Leiter der Insel gewählt haben, weiß offenbar wirklich, was er tut.

Freilich haben sie Gerüchte gehört. Doch über wen würde man nicht reden? Die menschliche Natur ist so. Sie will andere beschmutzen.

Sie haben Gerüchte gehört, wonach er übermäßig streng sein soll, sie haben von Erziehungsmethoden gehört, die nicht abgesprochen wurden und die nicht hinnehmbar sind. Da sich die Jungen oder deren Verwandte aber nicht beschwert haben und da das Verhalten der Jungen auch sonst einwandfrei ist, besteht keine Veranlassung, diesen Gerüchten weiter nachzugehen.

Sie haben von sonntäglichen Fahrten zu Eishockeyspielen gehört, aber da die Buchhaltung nichts dergleichen ausweist, beschließen sie, auch in diesem Punkt den Gerüchten keinen Glauben zu schenken.

Aus der Buchhaltung sind nur Warenlieferungen für die Sonntagskonvente der Gemeinde ersichtlich. Bei einer solchen Fahrt fällt natürlich ein Mehraufwand an Verpflegungskosten an, denn zum Be- und Entladen braucht man ja eine gewisse Anzahl von Jungen. Der Gedanke, dass die für die Verpflegung bestimmten Mittel zum Beispiel für Eishockeykarten ausgegeben werden könnten, erscheint den Herren des Fördervereins allzu unglaublich.

Sie sind mit dem Erziehungsheim und seiner Leitung zufrieden. Sie sind davon überzeugt, dass die Leitung voll die Aufgabe erfüllt, die ihr seinerzeit feierlich und im Gedanken an den Gemeinnutz gestellt worden ist.

Der einzige nicht ganz Zufriedene ist der Mann selbst, der Direktor des Erziehungsheims, für den kleine Siege ewig kleine Siege bleiben werden.

Er hat in Gedanken einen Heimleitereid geschworen, der ihn dazu verpflichtet, die Ziele nicht nur zu erreichen, sondern sie zu übertreffen, etwas zu tun, das die Jungen nie vergessen werden, egal, wohin sie später im Leben geraten und was ihnen widerfahren wird. Sie sollen erleben, dass man sich selbst übertreffen kann.

Gewöhnliche Kinder brauchen eine solche Kraftprobe nicht. Aber diese hier brauchen sie. Um in der Welt zurechtzukommen, in die er sie früher oder später zurückschicken muss. In der Welt, die sie schon so oft gedemütigt hat.

Sie brauchen den Beweis. Eine noch nie dagewesene Herausforderung. Unmöglich und doch möglich.

Denn der Mann glaubt, über ihre innerste ungeheure Empfindsamkeit Bescheid zu wissen. Er hat oft genug ihr männliches Gehabe beobachtet, ihre Prügeleien, die sie nach Art von Erziehungsheiminsassen schweigend vollziehen, ohne zu klagen, ohne zu weinen. Er weiß, wie sehr sie sich fürchten. Ständig. Er sieht es an kleinen Gesten, wenn die Jungen nicht auf der Hut sind. Wenn sie sich unbeobachtet glauben. An der Art, mit der die Hand dem Schnabel einer brütenden Henne ausweicht, die Seufzer und Schreie, mit denen sie nachts die Schlafsäle erfüllen, daran, wie sie auch der kleinsten, in ihre Richtung weisenden Geste ausweichen.

Deshalb braucht er eine Tat. Eine Tat, die er und die Jungen als Erste vollbringen. Eine Tat, mit der sie zeigen, dass sie nicht nur den anderen ebenbürtig, sondern auch härter, flinker, geschickter, stärker sind als sie.

Aber immer, wenn der Mann etwas sieht, was nicht in seine Berechnungen passt, ist er irritiert. Er ist irritiert, wenn er über den mageren Nacken des in der Duschschlange anstehenden Jungen streicht, der zu mager und zu sehr in sich gekehrt ist. Dann verspürt der Mann die seltsame Unruhe des großen Entdeckers. Er hat alles berechnet, bis ins letzte Detail, aber ist dabei nicht irgendetwas übersehen worden? Etwas, das ebenso viel Aufmerksamkeit verlangen würde wie seine anderen hochfliegenden Pläne?

Der Mann betrachtet den Jungen, der wie eine Biene am liebsten allein durch Felder und Wälder schwirrt. Aus dem Wald bringt er immer eine Menge unterschiedlicher Sachen mit. Tyyne, die die Betreuerin der Wäscherei vertritt, beklagt seine vollen Taschen, die Grasflecke auf seinen Hosen, sie räsoniert über die Zweigstückchen und Flaschenkorken, die den Abflussschlauch der neuen Waschmaschine verstopfen. Der seltsame Vogel, das von einem Nerz gebissene, aus drei Gemeinden verjagte Problemkind, der Junge, der hier auf der Insel niemals so wie die anderen »bei schändlichen Neigungen« erwischt worden ist oder als Streithammel aufgefallen wäre, lässt den Mann zum ersten Mal an seinen eigenen Erziehungsmethoden zweifeln.

»Vielleicht sehnt er sich nach seinen Eltern?«, mutmaßt die Frau des Direktors, während sie Hemden bügelt.

»Kaum, er ist doch schon so lange von ihnen getrennt. Ein Fall von Inobhutnahme. Die Eltern besuchen ihn nicht einmal.«

»Niemals?« Die Frau hält inne, bleibt mit dem Eisen in der Hand stehen und blinzelt.

»Nie. «

»Na so was. Sie werden ihm doch aber wohl schreiben?«

»Das ja. Sie versprechen, ihn zu besuchen, aber dann kommt immer etwas dazwischen. Ich glaube, der Junge macht sich schon lange auch aus den Briefen nichts mehr.«

»Mit anderen Worten, er steht völlig allein da?«, fragt die Frau und spuckt auf das Eisen, während in ihren Augen Tränen brennen.

Der Mann ärgert sich. Er weiß nicht, was ihn mehr ärgert, die Worte oder die von den Tränen geröteten Augen.

»Er steht nicht allein da. Ich kümmere mich doch um ihn. Wir alle tun das.«

»Alle?«, fragt die Frau in überraschend spöttischem Ton. »Indem wir ihn mit dem eigenen Kissen ersticken?«

»Ich sollte dir diese Sachen nicht erzählen«, sagt der Mann. »Du scheinst überhaupt nicht zu begreifen, worum es geht.«

»Worum geht es denn? Was verstehe ich nicht?«

Da liegt ein neuartiger Trotz in Augen und Stimme. Der Mann ist verblüfft. Die Frau ist immer so gefügig und einfühlsam gewesen. Für den Mann ist es ungewohnt, jetzt fast wie ein Angeklagter dazustehen.

»Du weißt doch, ich habe mir für ihn … für sie alle vielerlei interessante Herausforderungen ausgedacht. Wenn sie damit zurechtkommen …«

»Ich weiß, was du getan hast. Aber bist du sicher, dass sie alle genau das brauchen, was du ihnen bietest? Bist du sicher, dass dieser Juhani Johansson nicht von etwas ganz anderem träumt?«

Der Mann hebt überrascht die breiten Schultern. Er weiß den scharfen Ton in der Stimme der Frau nicht zu deuten.

»Zum Beispiel?«

»Von etwas, was dir überhaupt noch nicht in den Sinn gekommen ist. Fragst du sie jemals, wovon sie träumen?«

Der Mann lacht.

»Das weiß ich auch ohne zu fragen: vom schnell verdienten Geld. Aber das ist kein Traum, sondern etwas, was ich ihnen gründlich austreiben werde.«

Die Frau zieht den Stecker des Bügeleisens aus der Wand, obwohl im Korb noch ein großer Stapel zerknitterter Hemden liegt.

»Aber hast du den Jungen danach gefragt? Juhani Johansson. Vielleicht ist er anders. Anders gewesen von Anfang an.«

Die starken Augenbrauen des Mannes heben sich bis zum Haaransatz.

»Worauf willst du eigentlich hinaus?«

»Die Menschen sind verschieden«, sagt die Frau. »Manchmal will mir scheinen, als hättest du keine Ahnung davon. Du denkst, alle sind genauso wie du.«

Der Mann blickt der Frau ins Gesicht, dreht sich um und verlässt das Zimmer.

Es hat keinen Sinn, mit Frauen zu reden. Die sind so. Leben durch ihre Gefühle. Sind unsachlich. Legen geheime Bedeutungen in Dinge hinein, die für Männer gerade und klar sind.

Also?

Also muss der Mann sich jetzt doppelt anstrengen, um herauszufinden, wie er Juhani Johansson mitziehen kann, damit er ihnen für seinen Teil beweist, dass der Mann, ihr Direktor, weiß, was er tut.

Der Besuch von Doktor Erik Johansson versetzt alle in Erstaunen. Abgesehen davon, dass er nicht zur üblichen Besuchszeit stattfindet und insofern regelwidrig ist, zeigt er, dass dieser Mann in jeder Weise völlig anders ist als die Väter, die man gemeinhin auf der Insel zu sehen bekommt.

Erik Johansson ist tadellos gekleidet. Er trägt einen gutsitzenden Tweed-Anzug, eine mattgrüne Krawatte und blankgeputzte Lederschuhe. Er hat sogar für alle Fälle einen Regenschirm dabei! Und er bietet dem Direktor Zigarren an. Für die »entzückende Frau« des Direktors bringt er Blumen mit, und zwar nicht irgendwelche ledern gewordenen Nelken, Gott behüte, nein, sondern prachtvolle, taufrische Rosen – zu dieser Jahreszeit!

Die Frau eilt mit glühenden Wangen davon, um für den Überraschungsgast Kaffee zu kochen, während ihr Mann noch ungehalten und zutiefst misstrauisch den auf der Treppe stehenden Mann mustert.

Doktor Johansson ist gekommen, um Angelegenheiten zu besprechen, die seinen Sohn Juhani betreffen, aber das sei keinesfalls eilig, der Direktor und seine Familie mögen sich doch ja nicht bei ihren Sonntagsbeschäftigungen stören lassen.

»Ja, heute ist tatsächlich kein Besuchstag für Eltern«, bemerkt der Direktor kühl.

»Nein, ich weiß, aber es hat überraschende Ereignisse gegeben. Die Mutter meiner Frau ist gestorben – Friede ihrer Asche –, und das hat die Situation radikal verändert.«

»Mein herzliches Beileid. Natürlich darf der Junge zur Beerdigung gehen. Wann findet sie statt?«

Der Doktor nimmt den Hut mit dem schwarzen Trauerband vom Kopf.

»Sie ist in aller Stille beigesetzt worden. Sie selbst wollte es so. Nicht einmal die Verwandten waren dabei. Vielleicht ihr schlechtes Gewissen. Von den Toten soll man ja nicht schlecht reden, aber die Wahrheit ist, dass sie hinter all dem steckte …«

»Wohinter?«

Der Doktor schlüpft zwischen den Mädchen hindurch in den Flur.

»Hinter Juhanis traurigen Erfahrungen«, sagt er. »Aber lassen Sie uns doch später davon sprechen, wenn Sie Zeit haben, sich richtig hinzusetzen …«

Für die Mädchen, die am Türrahmen des Korridors lehnen, hat er gleich Süßigkeiten parat – nehmt doch auch etwas für das zweite Bein! –, und zum endgültigen Durchbruch kommt es, als der Gast das Gesicht und die Rotznase der kleinen heulenden Viola mit seinem Taschentuch trocknet, in das sein Monogramm eingestickt ist.

Am Kaffeetisch gibt er allerlei nette Plaudereien zum Besten. Kein Zweifel, er ist ein Mann von Welt, und doch so bescheiden und häuslich.

Die Reserviertheit des Direktors gegenüber Johansson legt sich erst, als sie auf die landwirtschaftlichen Arbeiten auf der Insel und deren spezifische Einzelheiten zu sprechen kommen.

Doktor Johansson ist aufrichtig begeistert von dem, was er hört und sieht. Er findet die Pläne des Direktors großartig, teilweise geradezu sensationell. In manchen Punkten beweist er überraschende Sachkenntnis, indem er kleine, aber sinnvolle Tipps zur Lösung bodenpflegerischer Probleme gibt.

Indem er ihm hemmungslos schmeichelt, bringt er Direktor Harjula tatsächlich dazu, einige wichtige Aktenordner herbeizuholen, aus denen anschaulich hervorgeht, welche Pläne bereits verwirklicht sind.

Er holt die Brille aus der Tasche, geht ohne Eile eine Spalte nach der anderen durch und nickt nachdenklich und beifällig mit dem Kopf.

»Der Unterschied zwischen den einzelnen Jungenerziehungsanstalten wird aus diesen Unterlagen nur allzu deutlich«, resümiert er schließlich rätselhaft und lässt den Ordner geöffnet auf seinen Knien liegen.

Der Direktor nickt und weiß nicht, ob er das Material schon an sich nehmen soll oder nicht.

»Abgesehen davon, dass Sie es geschafft haben, gleich in mehreren Bereichen zu erstaunlichen Spitzenleistungen zu kommen, haben Sie – wenn ich das so sagen darf – eine Arbeit von unschätzbarem Wert geleistet, indem Sie all die Daten auch aufgezeichnet haben.«

Welch wohlwollende Einschätzung! Der Direktor strahlt über das ganze Gesicht. Aber der Doktor legt noch einmal nach.

»Hier haben wir doch, Teufel noch mal, eine vergleichende Untersuchung, die alle Kriterien einer wissenschaftlichen Arbeit erfüllt!«

»Na, das ja nun wohl nicht …«

»Ich sehe da keinen anderen Unterschied«, erklärt der Gast, während er seine Brille abnimmt und dem Hausherrn ernst in die Augen blickt, »als den, dass man Ihnen die verdiente finanzielle Unterstützung und Ehre verweigert.

Es ist völlig unglaublich«, fährt Doktor Johansson nach einer ehrerbietigen Pause fort, »dass Sie das neben Ihrer eigentlichen Arbeit leisten!«

Er nimmt eine Zigarre aus der Tasche, kaut ein paarmal darauf herum, aber weigert sich standhaft, sie in Gegenwart der Frauen anzuzünden.

»Das ist nur so eine eingefleischte Gewohnheit«, verteidigt er sich und legt die Zigarre auf den Tisch, um abzuwarten, bis die Frau die Kinder eingesammelt hat und die Männer allein lässt.

Aber die Frau ist allzu verzaubert von dem in jeder Hinsicht imponierenden Gast und der gerade entdeckten Genialität ihres Mannes, als dass sie den Wink verstünde.

»Sie haben selbst bei der Produktentwicklung dieser Marke mitgewirkt, ja?«, wagt der tief ergriffene Direktor zu fragen.

»Zuletzt bei der AB Casco. Sagt Ihnen vielleicht der Name Panogen etwas?«

Der Direktor überlegt, muss dann aber schließlich verlegen den Kopf schütteln.

»Tatsächlich nicht? Panogen. Ich hätte gewettet: bei Ihrer Sachkenntnis …«

»Irgendwie kommt es mir bekannt vor, aber im Augenblick verbinde ich nichts damit«, verteidigt sich der Hausherr.

»Ein Beizmittel. Schwedisches Unternehmen. Verkauft flächendeckend auch in Finnland.«

Alle seine Zuhörer nicken.

»Wussten Sie«, beginnt er und beugt sich geheimnisvoll vor, als wollte er ein großes Geheimnis preisgeben, »dass das Methylquecksilber im Panogen zwei- bis dreimal so wirksam ist wie das in den einheimischen Produkten verwendete Metoxethylquecksilber?«

Nein, das haben sie tatsächlich nicht gewusst.

Doktor Johansson lehnt sich zurück in den einzigen, weichgepolsterten Ohrensessel, den es im Zimmer gibt, und wirft liebenswerte Blicke nach allen Seiten:

»Und ich muss Ihnen gestehen, dass der hier Anwesende ganz wesentlich an der Entwicklung des Produkts beteiligt war.«

Diese Nachricht hinterlässt bei allen großen Eindruck. Den Direktor entmutigen die unbestreitbaren Verdienste des Gastes keineswegs. Vielmehr will ihm scheinen, dass diese Verdienste dem Lob, das der Gast ihm vorhin gezollt hat, noch größeren Nachdruck verleihen.

Die anderen haben das Gefühl, als habe der Atem hoher Bildung nie zuvor in ihrer Stube in dem Maße geweht wie heute. Und sei es auch, dass diesem Atem noch etwas anderes anhaftet, was ein wenig stört, ein Böswilliger könnte es als den Gestank nach altem Schnaps bezeichnen, aber davon wollen sie jetzt nichts wissen.

»Panogen. Merken Sie sich den Namen. Der kann Ihnen irgendwann ungeheuer von Nutzen sein.«

Der Direktor schnippt mit den Fingern, die Mädchen laufen und bringen ihm ein Notizbuch und einen Bleistiftstummel.

»Ich kann Ihnen gern ausführlichere Angaben schicken, wenn es Sie interessiert.«

»Wenn Ihnen das nicht zu viel Mühe macht ...«

»Aber keineswegs. Ich helfe Ihnen doch gern bei der bahnbrechenden Arbeit, die Sie sich vorgenommen haben.«

Direktor Harjula ist so zufrieden, dass er nicht weiß, wie er sitzen soll.

Das Leben kann doch manchmal merkwürdig sein: Die Laune des Zufalls spielt ihm goldwerte Informationen zu. Hat er sich nicht gerade die neueste Fachliteratur zu dem Thema bestellen wollen? Hat er sich nicht gerade den Kopf darüber zerbrochen, wie er an wirksame Mittel zur Abwehr der Pflanzenkrankheiten gelangen könnte, die drohen, die Arbeit der Jungen zunichtezumachen? Die Fantasie des Direktors gaukelt ihm schon grünende, üppig blühende, fruchtbare Gärten inmitten der herbstlichen Finsternis vor ...

»Auch als Bienenzüchter haben wir ganz erstaunliche Ergebnisse erzielt ...«

Und so lässt der Direktor sich in seiner Begeisterung dazu hinreißen, dem Gast alles Mögliche, im Nachhinein besehen auch Unnötige, zu erzählen, zum Beispiel über den Austausch der Bienenköniginnen, die Beschaffung von Arbeitsbienen, die Vereinigung von Völkern ohne Königin und schwache Völker, über die Reduzierung des Futters, den Ausbau des Brutbereichs, die Erneuerung des Futters, die Drohnenrahmen, das Schwärmen und alles Mögliche andere, von dem man annehmen sollte, dass es einen Uneingeweihten zu Tode langweilt, aber nein, Doktor Johansson ist ganz Ohr.

»Unglaublich! Ich wundere mich über gar nichts mehr. Auch dann nicht, wenn Sie mir als Nächstes gestehen würde, dass Sie Seidenraupenzucht betreiben.«

»Seidenraupenzucht?«

Der Direktor wird rot. Treibt der Gast nicht doch seinen Spott mit ihm?

Der Doktor lächelt schalkhaft wie ein junger Bursche.

»Seidenspinner. Na, Sie wissen doch. Die die Seide machen. Ich hab in Frankreich welche gesehen. Und ich weiß, dass es auch in Schweden an einigen Orten gelungen ist, sie zu züchten. In Finnland ist es wahrscheinlich zu kalt, denn hier habe ich von solchen Versuchen noch nichts gehört. Aber wenn ich mir ansehe, was Sie schon alles zustande gebracht haben, dann würde ich mich überhaupt nicht wundern, wenn Sie…«

Der schwere, ein wenig plumpe Körper des Gastes beugt sich vor, die Hände gestikulieren in der Luft.

Nein, er spottet nicht. Das ist seine warme, scherzhafte Art, aufrichtige Wertschätzung zu bekunden.

Der Direktor lächelt, er reagiert auf die Freundlichkeit, indem er sich noch eingehender nach der Arbeit des Doktors erkundet.

»Sagten Sie Casco? Wenn ich mich recht erinnere, dann…«

»Ich würde dort immer noch arbeiten, wenn meine Schwiegermutter meinem Arbeitgeber nicht unwahre Gerüchte über mich zugetragen hätte«, seufzt der Doktor. »Sie war eine völlig neurotische Frau. Eine Nestbeschmutzerin. Dasselbe hat sie auch ihrem Mann angetan.«

Die Schwiegermutter?

Der Direktor setzt ein künstliches Lächeln auf.

Ahaa. Natürlich, das stand zu erwarten. Irgendeinen dunklen Punkt musste es ja geben. Sonst wäre der Junge nicht hier.

Er nickt seiner Frau bedeutungsvoll zu. Diese Themen sind für die Ohren der Mädchen nicht geeignet.

Die Töchter stehen widerwillig auf, trollen sich flehenden Blickes in Richtung Tür, aber ihr Vater bleibt unerbittlich.

»Ständig terrorisierte sie die Unternehmensleitung mit Anrufen. Sehr ärgerlich. Sicherlich verstehen Sie, dass mir als Ehrenmann nichts anderes übrig blieb, als zu kündigen.«

Die Frau treibt die Mädchen energisch aus dem Zimmer.

»Aber das war der Frau noch nicht genug. Sie konnte mir einfach nicht verzeihen, dass ich ihre Tochter geheiratet hatte. Sie musste alles zerstören. Meine Ehe … meine Kinder …«

In brennender Neugier klammern die Mädchen sich an ihre Mutter, die aber kennt die Regeln der Insel: Die Familienangelegenheiten der Jungen sind nicht für die Ohren Außenstehender bestimmt.

Sie schiebt den Mädchen einen Stapel Wäsche hin, die sie sortieren und in die Sauna bringen sollen, und schafft es so, sie in den dunkelnden Herbstabend hinauszuschieben.

Die Mädchen tun, was man ihnen aufgetragen hat, und fangen dann in den leeren, hallenden Waschräumen an zu spielen. Sie schleichen um das Wohnhaus der Jungen herum und registrieren genau, wie in dem kleineren Aufenthaltsraum das Licht angeht. Hinter den Fenstervorhängen sehen sie die Schatten des Vaters und von Dr. Johansson.

Nach den Vorschriften dürfen die Eltern sich mit ihrem Sohn nur in Gegenwart eines Beamten unterhalten, und auch Doktor Johansson muss sich damit abfinden.

Der Direktor zeigt sich aber insofern flexibel, als er dem Jungen erlaubt, seinen Vater zur letzten Fähre zu begleiten. Natürlich folgt er ihnen ans Ufer, hält aber einige Hundert Meter Abstand und unterhält sich mit dem Fährmann über dieses und jenes, wobei er zwischendurch das etwas abseits stehende Paar beobachtet.

Zwei der Töchter des Direktors haben einen noch besseren Beobachtungsposten im Bootsschuppen, wo sie gut hören können, was Vater und Sohn miteinander bereden.

Der Tod der Großmutter beeindruckt den Jungen kaum.

»Aha«, sagt Juhani, und sein Gesicht ähnelt nicht dem eines Jungen, der gerade eine Trauernachricht erhalten hat. Es ist ein Gesicht, das dem unbeholfen forschenden Blick des Vaters nicht begegnen will.

»Mutter und ich haben gedacht, dass es für dich und Sauli Zeit wäre, nach Hause zurückzukehren. Du verstehst doch, dass es die Oma war, die …

»Wo ist Mutter?«

»Mutter? Sie ist … Mutter ist ins Krankenhaus gekommen, aber es ist wirklich nichts Ernstes.«

»Was hat sie?«

»Mutter«, verbessert der Mann.

»Was?«

»Du sprichst von deiner Mutter. Was hat *Mutter.*«

Die Stimme des Jungen wird eine Idee schärfer.

»Was hat Mutter?«

»Irgendwelche Frauenleiden. Nichts Ernstes. Du weißt doch, dass Mutter niemals besonders stark war.«

»Was für Leiden?«

»Das solltest du besser Mutter fragen, wenn du sie triffst.«

»Wann?«

»Dann, wenn ich diese Typen hier davon überzeugt habe, dass wir für dich die volle Verantwortung übernehmen und …«

»Was hat sie... was hat Mutter? Muss sie operiert werden?«

»Irgendeine Kleinigkeit. Um die Wahrheit zu sagen, werden Mutters Eileiter durchtrennt. Das ist keine große Operation. Ein kleiner Schnitt hier im Bauch.«

»Warum werden sie durchtrennt?«

»Die Ärzte sind der Ansicht, dass Mutter keine Kinder mehr bekommen sollte. Sie ist zu schwach dafür. Du weißt doch. Ich träume zwar von einer großen Familie, aber... Das Wort des Arztes ist für mich Gesetz, wenn es um Mutters Gesundheit geht...«

Ein kalter Wind fegt heulend über die dämmrige Bucht. Die Sturmlichter am Ufer schaukeln unruhig an ihren Trossen.

Doktor Johansson presst seine Stirn gegen den Laternenpfahl, verbirgt seinen an den Schläfen grau gewordenen Kopf.

Weint er?

Der Junge hebt seine Hand hinter dem Rücken des Mannes, aber letztlich berühren die Finger den Mantel nicht.

Nach einer Weile, die dem Jungen wie eine Ewigkeit vorkommt, richtet Doktor Johansson sich auf und putzt sich mit demselben gestickten Taschentuch die Nase, mit dem er die grünen Rotzlichter unter Violas Nase weggewischt hat.

»Weißt du«, sagt er mit überraschend fröhlicher Stimme, »weißt du, als ich deine und meine Kinderfotos miteinander verglich, fand ich eine Menge Ähnlichkeiten.«

»Ja?«

Die Stimme des Jungen klingt belegt, was die im Dämmer des Bootsschuppens kauernden Mädchen nicht verstehen.

Der Mann schnaubt die Nase leer und steckt das Tuch in die Tasche seines dunkelgrünen Lodenmantels.

Die Spitze des Regenschirms beginnt, Muster in den Sand zu zeichnen.

»Ja, ja, in ganz ermutigendem Maße. Weißt du, Juhani, das

hat mich sehr gefreut. Die Nase der Johanssons … lass mich dich anschauen … ja, die wird immer markanter …«

Diesmal antwortet der Junge nicht einmal. Die Mädchen nehmen ihm seine Schweigsamkeit übel.

Sie selbst würden es schmeichelhaft finden, wenn ihr Vater manchmal ihre Fotos betrachten und darauf seine eigenen Züge wiedererkennen wollte.

Der Mann löst seinen Griff vom schmalen Gesicht seines Sohnes, seufzt laut auf.

»Mal sehen, wenn Sauli ein bisschen größer wird …«

»Wo ist er?«

»Sauli? Bei einer Pflegefamilie, aber es ist nur eine Frage der Zeit, wann wir es schaffen, dass der Beschluss des Bezirksgerichts aufgehoben wird.«

Er sieht sich nach dem Direktor um, der sich mit dem Fährmann unterhält.

»Ich weiß nicht recht. Die Art, wie dieser Mann dich angefasst hat. Der versucht doch hoffentlich nicht, sich euch homosexuell zu nähern?«

»Nein …! Nein.«

Die Stimme des Jungen ist heiser vor blankem Entsetzen.

Sein Vater lacht bitter auf.

»Ob du armer Kerl einen Schwulen überhaupt erkennst, wenn er dir begegnet?«

»Ich weiß Bescheid. Wirklich. In dem Dorf, wo ich zuletzt war … da war so ein alter Mann, ein Schrotthändler, den sie als Schwulen beschimpft haben. Die Jungs haben mit Steinen nach dem geschmissen«, erklärt der Junge eilig.

Das Mädchen im Bootsschuppen stößt ihre große Schwester in die Rippen: »Was ist denn ein Schwuler?«

Die Schwester schiebt die Hände tiefer in die Taschen ihres roten Steppanoraks, schüttelt den Kopf.

»O verdammt, es ist einfach nicht richtig, dass ich dich nicht beschützen darf. Du verstehst doch, dass Mutter und ich ungeheuer besorgt sind um dich?«

Der Direktor neben der Fähre winkt, sichtlich zur großen Erleichterung des Jungen.

Für seinen Vater ist es Zeit zu gehen. Aber etwas ist noch nicht gesagt worden.

Etwas sehr Wichtiges.

»Wir sind nicht mehr böse auf dich. Verstehst du? Mutter wollte, dass ich dir das sage. Wir sind nicht böse auf dich, dass du die Familie verraten hast. Im Leben geht es manchmal so. Das kann jedem passieren.«

Der Junge tritt einen Schritt näher, um besser zu hören. Er sieht seinen Vater an. Liegt da in den Augen des Vaters ein neuer Schimmer, oder sind das nur die Reflexe des regennassen Herbstabends?

»Sei nicht traurig. Du kommst hier weg. So bald wie möglich …«

Doktor Johansson beugt sich herab, um seinen Sohn zu umarmen.

Aber der Junge kann die Umarmung seines Vaters nicht erwidern.

Die Töchter des Direktors sehen sich in der flimmernden Dunkelheit des Bootsschuppens verschämt an.

»Wir sind nicht mehr böse«, wiederholt der Mann, während er zur Fähre geht.

»Wir holen dich hier weg, und dann reden wir nie wieder davon«, ruft er, als die Schranke sich gesenkt hat, und schwenkt zum Abschied den Regenschirm hoch über dem Kopf.

In den Winternächten ist es in den Schlafsälen unangenehm kalt. Der Direktor hat sowohl die Erneuerung des Heizungssystems als auch neue Fenster beantragt, aber der durch die Bauinvestitionen verarmte Förderverein hält das für unbegründet. Nach kurzem, aber heftigem Papierkrieg kann der Direktor wenigstens einen Beschluss über die Anschaffung weiterer Decken durchsetzen.

Trotzdem zittern die Jungen vor Kälte, besonders in den Nächten, wenn der Wind vom Meer her bläst.

Sie versuchen, sich durch Geschichtenerzählen wach zu halten, aber alle Geschichten sind schon zu oft erzählt, sie sind abgedroschen.

Überhaupt hat das abendliche Schwatzen seinen früheren Reiz verloren. Es ist weniger und weniger geworden, seitdem Kalle Sjöbloms Macht allmählich auf ein Minimum geschrumpft ist. Tagsüber schafft Maschine es noch, den einen oder anderen Jungen in kleine Streiche zu verwickeln oder Juhani Johansson mit dem Tag der Rache zu drohen, der da kommen wird, aber der Schlafsaal ist nicht mehr Schauplatz seiner Taten, und seien sie noch so klein.

Maschine selbst beeilt sich, als Erster einzuschlafen, wobei er das blaue Tuch, das er tagsüber um den Hals trägt, über sein Gesicht breitet. Die Jungen vermeiden es, ihn anzusehen, sie sind peinlich berührt von der Beobachtung, dass Maschine, während er zusammengekauert mit dem blauen Tuch auf dem Gesicht daliegt, eher einem überdimensionalen Baby ähnelt als einem Bandenkönig.

Es gibt keinen ordentlichen Zeremonienmeister mehr.

Es gibt Salmi, den dunklen Riesen, den Maschine noch mehr hasst als Juhani Johansson, aber er achtet sorgfältig darauf, ihm nicht in die Quere zu kommen. Zur Enttäuschung der Jungen macht Salmi keine Anstalten, sich zum neuen Chef aufzuschwingen. Er ist zu alt dafür. Seine Gleichgültigkeit gegenüber den Rotznasen, die er gezwungenermaßen beaufsichtigen muss, ist allzu erdrückend, als dass sie die Jungen zu übermütigem Geschichtenerzählen animieren könnte.

Allerdings empfinden die Jungen ihm gegenüber einen gesunden Respekt. Ist er doch stark wie nur was. Und bekannt ist auch, dass er ins Erziehungsheim gekommen ist, weil er seinen Stiefvater seinerzeit so zusammengeschlagen hat, dass der bis an sein Lebensende im Rollstuhl sitzen muss.

Ilkka Salmi ist ungewöhnlich dunkel und hat so lockiges Haar, dass man gar nicht anders gekonnt hätte, als ihm den Spitznamen Zigeuner zu geben, wenn er nicht gleich am Ankunftstag mit einem vielsagenden Faustschlag klargemacht hätte, dass er mit seinem Taufnamen durchaus zufrieden ist.

Außerdem ist seine Mutter, die regelmäßig am Besuchstag mit Thermoskanne und Kuchentüte auf der Insel erscheint, ganz hellblond, vom harten Leben vorzeitig gealtert, aber äußerliche Merkmale einer Zigeunerin weist sie ganz bestimmt nicht auf.

Salmi spricht nicht über seine Angelegenheiten. Überhaupt spricht er sehr wenig. Wenn die Dinge nicht so laufen, wie er es für richtig hält, genügt es, dass er kurz knurrt oder die Stirn runzelt. Die Jungen wollen ihn nicht zum Feind haben.

Sie wären bereit, ihm zu Gefallen manches zu tun, aber offenbar will Ilkka Salmi nichts von ihnen.

Keine Dienste, keine Sachen, keine Geschichten.

Deshalb liegen sie in der dunklen Winternacht und lauschen auf das Heulen des Schneesturms. Grenzenlos einsam. Enttäuscht und verlassen. Die Nacht ist endlos, voll von gnadenlosem Hass. Finster und kalt wie die Tiefe des Meeres.

Manchmal, selten, geschieht dann doch etwas, was sie für einen Augenblick so wie in alter Zeit verbindet.

In einem anderen Schlafsaal wird Radau gemacht. Ein Junge greift mit einer selbstgebastelten Waffe einen neuen Nachtwächter an. Versucht zu fliehen. Irgendwo beginnt jemand aus vollem Halse zu schreien.

Dann kommt der langersehnte Augenblick, wo die Nacht zum Tage wird.

Überall geht das Licht an, ein Raum nach dem andern wird durchkämmt. Die Jungen stehen neben der Wand stramm, die Bettdecken werden zusammengerollt.

Und als wieder Stille eintritt, ist sie voller Mutmaßungen darüber, was eigentlich geschehen ist und was vor Tagesanbruch noch geschehen wird.

Dann breitet sich für lange Zeit wieder die Dunkelheit aus, in der alles stillzustehen scheint, in fahlgrauer Erstarrung.

Bis endlich etwas passiert.

Alles beginnt gleichsam verstohlen, ohne Lärm und Gepolter wie sonst.

Die Familie des Direktors geht später als gewöhnlich in die Sauna.

Das kommt dann und wann vor, aber diesmal geschieht es in einer sternklaren Vollmondnacht, in der man alles fast so deutlich sieht wie am Tag.

Die ganze fünfköpfige Mädchenschar und die Frau gemeinsam auf dem Weg in die Sauna.

Nur in ihre Bademäntel gehüllt. Auch die Frau.

Inmitten des nassen Schnees strahlen sie ferne Wärme aus, eine Horde halb nackter Weibchen, hellblütig und ohne den Direktor irgendwie schutzlos.

Die Körper, die nacheinander den vereisten Pfad entlanggleiten, spiegeln sich als biegsame Schatten wie unwirkliche Luftspiegelungen auf der Schneefläche.

Den Jungen glühen die Wangen. Mit steifen Knöcheln halten sie sich am Fensterbrett fest, unterdrücken ihre Seufzer.

Und dann, gleichsam als Antwort auf ihr innerstes Flehen, fällt die Puppe zu Boden.

Eine Mädchenpuppe mit schimmernden Haaren.

Sie entgleitet den Händen der Kleinsten, als sie bei ihrer Mutter auf den Armen zappelt.

Und sie bemerkt es nicht. Niemand von ihnen bemerkt es.

Die Jungen sehen sich an.

»Ich geh«, sagt Pup und öffnet schon den Fensterriegel.

»Wie?«, fragt Maschine spöttisch.

»Egal, wie.«

»Wenn du auf deinen fetten Arsch fallen willst, dann man los!«

»Maschine hat recht. Durchs Fenster kannst du nich gehen. Verdammte Scheiße!«

»Kannst du nich hören? Ich sag dir, du schaffst das nich.«

»Keiner schafft das«, sagt Zwielicht.

Sie sehen sich nach Ilkka Salmis Bett um. Die breite Brust hebt und senkt sich in gleichmäßigem Takt.

»Ich schaff das.«

Maschines Stimme ist dick und fremd.

Alle drehen sich nach Sjöblom um. Was soll das heißen? Versucht Maschine, seine alte Position wiederzugewinnen? Hat er nur auf diese Gelegenheit gewartet?

Bevor irgendjemand etwas sagen kann, hat Maschine das Fenster aufgestoßen und ist so flink wie ein Wiesel auf das Fensterbrett gesprungen.

Die Jungen verfolgen mit angehaltenem Atem, wie Maschine sich über einen Mauervorsprung auf den verschneiten wilden Wein zubewegt.

Es ist windig.

Der Atem des Meeres ist eisiger denn je, aber Maschine

scheint das nicht zu bemerken. Er rückt, nur im Schlafanzug, immer weiter vor. Der wilde Wein bestäubt ihn über und über mit Schnee, aber er kämpft sich daran entlang in Richtung auf das eisüberzogene Fallrohr.

Daran lässt er sich rasch und geübt hinunter, schnappt sich die halb im Schnee versunkene Puppe und kehrt behände auf demselben Weg zurück.

Die vollkommene Stille des Schlafsaals wird von aufgeregtem, schallendem Gelächter abgelöst.

Die Jungen werfen die Puppe einander zu, zerren ihr die Kleider herunter.

Niemand denkt mehr daran, vor Ilkka Salmi Angst zu haben, der mit geschlossenen Augen in seinem Bett liegt. Maschine ist der Held, er hat wieder einmal bewiesen, wie ein richtig harter Bursche vorgeht.

»He, das is Beschiss«, sagt Zwielicht, nachdem er der Puppe den rosa Schlüpfer heruntergerissen hat. »Die hat ja gar keine Fotze.«

Die Jungen brechen in wildes, dunkles Gelächter aus.

Maschine packt die Puppe, kramt eine Klinge hervor, die an ein Klappmesser erinnert. Er drückt es zwischen die prallen Beine des Puppenmädchens, macht einen Schnitt.

»Jetz hat sie eine«, sagt er und hält die Puppe triumphierend hoch über seinen Kopf.

Die ganze Schar wird still.

Die Stille ist so vollkommen, dass es scheint, als setze sie sich fort bis in die kalte Nacht hinaus. Nur der Wind holt tief Luft.

Das bleiche Gesicht von Pup verzieht sich als erstes zu einem entzückten Grinsen. Er greift sich von seinem Nachttisch einen Bleistift, steckt ihn in das Loch.

Im selben Augenblick liegt er mit blutender Nase am Boden. Ilkka Salmi steht hinter ihm, wendet sich an Maschine Sjöblom.

»Zieh sie an.«

»Was?«

»Zieh die verdammte Puppe an, und zwar sofort.«

»Ich hab sie nich ausgezogen.«

Maschine starrt Salmi ernst an, die Arme wie ein Schild vor dem Körper: Soll er mich umbringen, aber diesmal lass ich mich nicht demütigen!

»Wer hat sie ausgezogen?«

Die Jungen sind voller Diensteifer. Sie haben sie ausgezogen. Und sie werden sie auch wieder anziehen. Das ist doch klar. Juhani Johansson steht mit in der Runde, überreicht mit den Fingerspitzen den ihm zu Füßen geflogenen winzigen Schlüpfer. Maschine wirft ihm einen unmissverständlichen Blick zu. Dafür wirst du mir noch büßen, du kleine Kröte, du entkommst mir nicht!

»Klarer Fall«, sagt Salmi und mustert Sjöblom. »Du hast sie geholt, und du bringst sie auch wieder zurück.«

Maschine nimmt die Puppe widerwillig in die Hand.

»Ich kann sie ja jetz rauswerfen, wenn dir das solchen Spaß macht. Ich hatte nich vor, die zu heiraten.«

Salmi legt seine Pranke auf den kalten Fensterriegel.

»Du bringst sie weg. An dieselbe Stelle, von der du sie geholt hast.«

»Das kannst du nich im Ernst meinen. Das Mädchen weiß doch gar nich, wo sie hingefallen is.«

»Du bringst sie weg. So, wie du sie geholt hast.«

»Verdammt, kapierst du denn nich, Mann. Ich bin völlig erfroren.«

Ilkka Salmi sagt nichts mehr, aber er sieht Sjöblom in einer Art an, die keine Deutungsmöglichkeit zulässt.

»Es is verdammt glatt da. Ich werd runterfallen.«

»Du bist auch vorhin nich runtergefallen.«

Maschine steckt die Puppe in die Tasche des Pyjamas, öffnet das Fenster.

»Wenn ich krepiere, geht es dir schlecht«, murmelt er.

»Nich halb so schlecht wie dir.«

Salmi schließt das Fenster.

Juhani Johansson sieht ihm ins Gesicht. Es ist fast fremd. Es ist nicht das Gesicht, in das er gewöhnlich von der anderen Seite des Tisches her blickt.

Der Junge denkt dasselbe wie Salmi. Er ist sich sicher, dass sie dasselbe denken: Ein zweites Mal schafft Maschine das nicht. Mit froststarren Fingern erst runter und dann wieder rauf. Beim ersten Mal hat ihn der Zauber des Risikos beflügelt, aber jetzt lähmt ihn die Schande, gehorchen zu müssen.

Juhani Johansson sieht Ilkka Salmi an und begreift: Salmi will seinen Tod. Salmi will, dass Maschine stürzt und stirbt. Und nie wieder seinen Nachtschlaf stört.

Denn auf seinen Nachtschlaf achtet Ilkka Salmi wie sonst auf nichts: Morgen braucht er wieder frische Kräfte. So und soviel. Ohne Schlaf fehlen sie ihm.

Das hat er unendlich viele Male gesagt.

Salmi will ein guter Arbeiter sein. Der beste von allen. Ilkka Salmi will den besten Arbeitsplatz, irgendwann, wenn er so weit ist, von hier wegzugehen. Und Salmi kann niemals wissen, was Maschine im Schilde führt. Was er ausbrütet da unter seinem blauen Tuch und mit dem aus einer Feile gemachten Dolch unter dem Kissen. Maschines lautloser, gezügelter Hass stört Salmis verdiente Nachtruhe, wird sogar zu einer Belastung.

Juhani Johansson blickt seinen Freund an und sieht nur Schwärze in seinen Augen.

Seltsam, wie ein Mensch plötzlich so völlig fremd, ja furchterregend werden kann. Und unvernünftig.

Denn Ilkka Salmi muss doch begreifen, dass diese Jungen nicht den Mund halten werden, wenn man sie in die Enge treibt. Sie werden im Chor singen, jeder Einzelne wird den Mund auftun und singen.

Sie tun den Mund auf. Sie singen. Petzen. Melden. Verpfeifen. Oder, wie der Vater gesagt hat: verraten.

So handelt der Mensch, wenn er wirklich Angst hat. So handeln zumindest diejenigen, die hierhergeraten sind. Die niemandem mehr etwas schuldig bleiben wollen.

Vom Meer weht eisige Finsternis herüber, die alles erstarren lässt. Der Mond verbirgt sich hinter Wolken.

Die Jungen sitzen steif auf ihren Betten, Ilkka steht vor dem geschlossenen Fenster.

Und Maschines Ausflug dauert lange. Zu lange.

Salmi öffnet das Fenster, späht hinaus. Die Jungen schleichen sich geräuschlos hinter ihn, beugen sich vor.

Dort ist er. Am Boden. Nicht auf dem Rücken mit gebrochenem Hals, sondern mit nackten Füßen hockt er unter dem Fallrohr. Die Puppe liegt im Schnee, an derselben Stelle, wo das Mädchen sie hatte fallen lassen. »Warum kommst du nich rauf?«, fragt Salmi, ohne die Stimme zu erheben.

Maschine antwortet nicht, schwankt nur mit hängendem Kopf auf seinen nackten Füßen.

»Hast du gehört, du Scheißhaufen? Man redet mit dir.«

Maschine hebt den Kopf, die Haare vom Schnee weiß und nass. »Ich kann nich.«

»Du kannst nich?«

»Ich schaffs nich.«

»Du solltest es wenigstens versuchen, du Bandwurm.«

»Ich habs versucht.«

»Du Scheißkerl hast überhaupt nichts versucht.«

Entsetzt schauen die Jungen auf Maschine hinab. Der hat vor, da unten zu erfrieren. In allem Ernst. Und Salmi wird keinen Finger rühren, um ihn zu retten.

Wer sich die Suppe einbrockt.

»Bald wird er gehen und an die Tür bullern«, vermutet Zwielicht. »Er wird so lange an die Tür bullern, bis der Nachtwächter ihm aufmacht.«

»Der bullert nich an die Tür«, sagt Pup. »Das macht der garantiert nich.«

Die Jungen wenden sich Simola zu. Wie kann der das so genau wissen?

»Wenn die Puppe nich wär, würd er vielleicht gehn. Aber da is diese Puppe … das hält der nich noch mal durch«, sagt Pup.

»Na verdammt, Mensch, dann wird er doch …«

Salmi öffnet das Fenster zum zweiten Mal:

»Kommst du oder kommst du nich? Ich mach sonst hier dicht.«

Aber Maschine antwortet nicht einmal mehr. Er will, oder er kann nicht antworten.

Ilkka Salmi zieht das Fenster zu und verriegelt es.

»Das wars dann.«

Der Junge sieht Salmi an. Dessen Augen sind ausdruckslos und dunkel, Mitgefühl ist darin nicht zu erkennen.

Frag ihn! Dir tut er nichts. Dich mag er. Vielleicht tut er es sogar deinetwegen.

»Ich kann Türen öffnen«, sagt der Junge.

»Du kannst was?«

»Türen öffnen. Wenn ich ein Klappmesser hab.«

»Na und? Das kann jeder hier. Deshalb sind wir hier«, gähnt Salmi, hebt eine Ecke seiner Decke an, um sich in deren Wärme zu verkriechen.

»Ich geh und mach die Haustür auf«, sagt Juhani Johansson.

»Geh nur, dann verprügeln sie dich genauso.«

Der Junge geht zu Maschines Bett, holt die Klinge hervor. Er handelt wie ein Schlafwandler, ohne zu wissen, warum er das tut. Er hasst Maschine Sjöblom doch, hasst und verabscheut und fürchtet ihn mehr als jeden anderen.

Und ist doch so völlig hilflos gegenüber dieser Stimme, die ihm befiehlt, die Klinge in die Hand zu nehmen und sich durch die geschlossenen Türen hindurch zu seinem Peiniger vorzuarbeiten, der da draußen im Schnee kauert.

Vor dem Nachtwächter hat er keine Angst, er ist sich sicher, dass sein Glück ihn jetzt zu Maschine und wieder zurück gelangen lässt.

Er denkt nicht an die Peitschen an der Wand des Direktors, nicht an die Einsamkeit der Isolierzelle.

Die schweren Türen knarren ziemlich laut, wenn er sie einen Spaltbreit öffnet, aber von einer Tür zur nächsten zu gelangen, ist ein Kinderspiel. Mit nackten Füßen kann man sich so bewegen, dass niemand etwas hört.

In den Korridoren brennt das Nachtlicht, gleichsam für ihn: Er braucht sich seinen Weg nicht mit den Händen zu ertasten.

Das letzte Stück bis zur Haustür ist am schwierigsten. Um dorthin zu gelangen, muss er am Aufenthaltsraum vorbeihuschen, dessen Tür nur angelehnt ist.

Der Nachtwächter ist nicht zu sehen.

Ich wette, du schläfst, schnarchst auf dem Sofa,
du fauler Sack!

Der Schnäpper gleitet beiseite wie von selbst, kaum dass die Klinge ihn berührt hat.

Der Schnee knirscht unter den Füßen. Vom Meer treibt der Wind Schneeflocken heran, die durch seinen dünnen Schlafanzug dringen.

Maschine hat sich nicht von seinem Platz unterhalb des

Fallrohrs gerührt, aber er liegt jetzt auf der Seite. Seine Beine sind schneeweiß.

»Die Haustür ist offen.«

Sjöblom hebt den Kopf. Er hat geweint. In Juhani Johansson regt sich Verachtung.

Er weint! Dabei ist er schon dreizehn.

»Kommst du oder nicht?«, sagt er schroff, tippt den am Boden zusammengekrümmten Sjöblom mit dem Fuß an.

Maschine versucht aufzustehen, aber seine Füße tragen ihn nicht.

»Verdammt und zugenäht, tragen werd ich dich nicht.«

Maschines Lippen zittern hilflos, er bekommt keinen Ton heraus. Juhani Johansson zerrt ihn hoch, schleift und schleppt ihn hinter sich her. Vor der Haustür sackt Maschine zusammen und landet auf allen vieren im Schnee.

Juhani Johansson verliert endgültig die Geduld, bearbeitet Maschine mit Fußtritten und Faustschlägen.

»Steh auf, du Blödmann!«

Hinter der Tür ertönt Gepolter. Vor Schreck taumelt Maschine gegen die Treppe.

Der Nachtwächter steht auf der Schwelle. Ein kleiner, gedunsener Mann mit eben geöffnetem Hosenschlitz.

»Teufel auch. Woher kommen die Herren?«

Juhani Johansson steht vor ihm, starrt auf den geöffneten Reißverschluss, aus dem der Hemdsaum hervorleuchtet.

Er hat nichts gehört. Er wollte gerade pinkeln gehen.

Der Nachtwächter hält den Jungen die Tür auf wie der Portier in einem besseren Restaurant.

»Wartet einen Moment, ich verschwinde mal kurz …«

Als der kleine, runde Mann wiederkommt, sich die Hände warm reibt und den Schnee von den Schuhen abtrampelt, ist Maschine der Länge nach zu Boden gefallen.

»Was hat er? Was macht ihr hier überhaupt? Im Schlafanzug auf nächtlichen Abenteuern?«

»Er ist Schlafwandler«, erklärt Juhani. »So einer ist das.«

»Er geht im Schlaf durch die Türen, ja?«

»Nein, durchs Fenster. Das hab ich zufällig gesehen.«

Der Nachtwächter sieht sie misstrauisch an.

»Kann er auch fliegen?«

»Nee, er ist das Fallrohr entlang. Und dann hat er sich im Schnee schlafen gelegt. Ich hab das gesehen und gedacht, wenn ich das jetzt melde, dann denken die, der wollte stiften gehen.«

»Mit nackten Füßen? Mitten im Winter? Ist das irgend so eine blöde Mutprobe oder was?«

Der Junge steht da mit klappernden Zähnen, aber er sieht den Nachtwächter mit klaren Kulleraugen an.

»Nee.«

»Begreifst du armer Junge überhaupt, was dir blüht, wenn ich dem Direktor von euerm Ausflug erzähle?«

Armer Junge! Er hat Mitleid mit uns, der weichherzige Dicke hat Mitleid mit uns!

Der Junge lässt seinen Blick sinken, seine Schultern zusammensacken.

»Ja, ich verstehe. Dann gibts ne Tracht Prügel. Und was für eine.«

Der Nachtwächter wischt sich die Brotkrümel vom Mundwinkel ab. Als er näher tritt, spürt Juhani den stechenden Geruch von starkem Schweiß und ungewaschenen Kleidern.

»Wenn ihr schwört, dass dies das letzte Mal war …«

Lieber Gott, gib, dass er nicht an das denkt, was Herr Zebaoth über das Weichwerden gesagt hat. Ich werde nie wieder fluchen, wenn du machst, dass er nicht daran denkt!

»Ich schwör es. Aber Sjöblom schläft so fest, dass er nicht schwören kann.«

»Was sollen wir denn mit ihm machen?«, überlegt der Nachtwächter.

Der Kerl stinkt. Er stinkt unerträglich.

»Wenn Sie ihn tragen könnten, Onkel. Ich hab es draußen versucht, aber er ist zu schwer für mich.«

»Ach, tragen soll ich ihn auch noch! Also, ich weiß nicht recht. Es wird wohl das beste sein, Harjula zu fragen, was er von alldem hält.«

Da richtet Sjöblom sich auf, greift sich jammernd an die Beine.

Der Nachtwächter bemerkt erst jetzt, wie weiß sie sind. Er packt die Beine mit beiden Händen, beginnt sie kraftvoll zu massieren. Maschine reißt die Augen auf, heult laut auf.

Der Mann schüttelt den Kopf, knetet die Zehen zwischen seinen schwarzbehaarten Händen.

»Sei froh, dass es wehtut. Das ist ein gutes Zeichen. Wenn es nicht wehtäte, würden alle Schlauköpfe barfuß durch den Schnee laufen.«

Juhani Johansson sieht sich das Schauspiel an und friert bis ins Mark. Er versucht, sich so unsichtbar zu machen wie möglich, sich wie ein wenig Schmutz in den groben Teppich der Halle zu drücken.

»Anscheinend hat der Junge tatsächlich in der Schneewehe geschlafen. Er ist ja klatschnass.«

Und plötzlich hört der kleine, hässliche Mann auf zu massieren, stellt den Jungen mit freundlichem Überdruss auf die Beine und weist in Richtung Treppe.

»Jetzt wird der Blutkreislauf wohl genügend in Schwung gekommen sein, um einen so dürren Bengel wie dich in Gang zu halten. Für mich wird das wohl üble Folgen haben, aber geht ihr jetzt mal in die Falle. Euch mag ein Erwachsener ja nicht mal für Geld ansehen.«

So steigen sie die Treppe hinauf, ohne zu sprechen und ohne einander anzusehen.

Noch als sie die Tür zum Schlafsaal öffnen und sich darauf vorbereiten, den Jungs zu erzählen, was geschehen ist, denkt Juhani Johansson, dass es solche Menschen wie diesen dicken, stinkenden Nachtwächter auf der Welt gar nicht geben dürfte.

Was will er eigentlich von ihnen? Es muss so sein, dass er irgendetwas will.

»Ich dachte, ich werd nicht wieder, als Johansson mit unbewegter Miene kräht: ›Könnten Sie ihn vielleicht tragen, Onkel …‹«

Natürlich wiehern die Jungen vor Lachen, auch noch Wochen später. Und keiner denkt mehr daran, dass Maschine und Johansson einmal Erzfeinde waren.

Und die Puppe, die gerät durch das nächtliche Schneetreiben so tief unter den Schnee, dass sie erst im Frühling bei der Schneeschmelze wieder auftaucht.

Und auch wenn Herrn Zebaoths Töchter dann etwas Seltsames an ihr bemerken, werden sie das niemals den Erwachsenen melden.

5. Kapitel

Der Frau kommt es allmählich so vor, als mache ihr Mann das, um sie zu ärgern.

Sie liegt da mit geschlossenen Lidern, die Hände auf der Brust gefaltet, wie eine Tote. Sie horcht auf die Geräusche aus der Küche. Das Poltern des Stuhls, das Aufdrehen des Gasherdes, das Klirren der Kaffeekanne auf dem Kacheluntersatz, den Anemone in der Schule getöpfert hat.

Es ist erst fünf Uhr, vielleicht noch nicht einmal.

Niemand sonst steht am Sonntagmorgen um diese Zeit auf, niemand sonst.

Der Mann weiß sehr wohl, dass das heftigste Verlangen die Frau am Morgen überkommt, dass sie noch im Traum den Saum ihres Nachthemds hochgezogen, ihre schlafwarmen Beine geöffnet hat. Im Traum hat sie schon gespürt, wie die Hand des Mannes auf ihre schutzlose Scham gleitet.

Und gerade wegen dieses Traums muss der Mann seinen eigenen Sonntagmorgenschlaf abbrechen, seine unerwünschte, demütigende Erektion verbergen und die Hosen des Flanellpyjamas gegen die gebügelten Sonntagshosen vertauschen, um in die Küche zu eilen und sich seinen starken, allmächtigen Kaffee zu kochen.

Der starke schwarze Kaffee bringt die Hirnzellen auf Trab.

Pflegt der Mann zu sagen.

Zu seiner Verteidigung.

Das bedeutet: Der starke schwarze Kaffee lässt die eigenen Körpersäfte ins Stocken geraten. Es ist tröstlich, der Realität des Körpers in die Träume des Geistes zu entfliehen, denn die sind rein und erhaben, die wollen nicht sichtbar werden, die haben keine Scham zwischen zierlichen Beinen, die an den vernichtenden Augenblick des Sündenfalls erinnert.

Manchmal versucht die Frau, mit ihrem Mann darüber zu reden. Es gibt Mittel, sagt sie. Der Mann tut, als verstünde er nicht. Aber dann wird die Frau kühner, so herausfordernd, dass sie selbst davor erschrickt.

Die Mittel verhindern, dass Kinder kommen, sagt sie.

Verhütungsmethoden, Verhütungsmittel, die speziell diesem Zweck dienen.

Der Mann antwortet nicht. Er fragt nicht, woher sie diese Dinge weiß. Sie, die nur mit Pröbstinnen, Mitgliedern des hauswirtschaftlichen Marthavereins und gläubigen Viehmägden verkehrt.

Der Mann fragt nicht, weil er von der ganzen Sache nichts wissen will. Oder weil er etwas davon weiß und nicht will, dass auch seine Frau es erfährt.

Einmal macht die Frau den Fehler, davon zu sprechen, als sie im Bett sind. Da beugt der Mann sich über sie mit geballter Faust, als wolle er sie schlagen.

So beginnt der Riss zwischen ihnen. Wenn sie überhaupt jemals eins waren. Kinder haben sie freilich gemacht, einen Strauß Blumen, Violas, Anemonen, Linneas, Rosen.

Keinen einzigen Jungen. Fünf Mädchen, aber keinen einzigen Jungen. Rührt das alles daher? Die kühle Gleichgültigkeit des Mannes gegenüber seiner Frau und seinen Töchtern. Seine Gier auf die Jungen, ihr Wohlergehen.

Ist das der Grund dafür, dass die Frau wieder einmal allein in ihrem Ehebett aus Nussbaumholz liegt, fest an die harte Matratze gedrückt, mit schmerzhaft hämmerndem Herzen?

Der Mann pfeift, während er die Zeitung durchblättert. Er ist nicht traurig. Und er bedauert auch nicht die abgebrochene Verbindung zu der Frau, die mit pulsierender Scham und leeren Armen im Bett liegt.

Die Frau würde gern in ihren schweren Traum zurücksinken. Im Traum hat sie viele Liebhaber. Aber auch im Traum bekommen sie zuletzt immer die Gesichtszüge, die Hände ihres Mannes.

So, wie er am Anfang war. Als er es immer wollte, obwohl ihr sein unbeholfenes, wütendes Eindringen fast zuwider war.

Ist das die Art, in der er seine jugendlichen Verirrungen doch noch sühnt und wiedergutmacht, dass er sie statt der anderen wollte? Statt derjenigen, mit der er, ohne es zu wissen, schon ein Kind gezeugt hatte? Er wollte ihre Unschuld und Schüchternheit, die Angst unter seinen entkleidenden Händen, die erschreckten, erstickten Schreie, den ernsthaften Widerstand, das blanke Entsetzen vor dem seltsamen männlichen Organ.

Das alles erregte den Mann mehr als dieses heftige Verlangen, das in der Frau endlich doch noch erwacht ist, diese ungezügelte weibliche Brunst, die ihn bei der anderen in die Flucht geschlagen hatte.

Bei der Schlampe, seiner Geliebten, der Mutter seines einzigen Sohnes, die er in den furchtsamen Armen seiner Ehefrau so inbrünstig verfluchte.

Die Frau hat Angst, ihre Gedanken im früheren Leben ihres Mannes wandern zu lassen. Sie spürt, dass es darin so manches gibt, womit sie nicht konfrontiert werden möchte. Etwas, das sie hätte in Betracht ziehen müssen, bevor sie sich der schwindelerregenden Belagerung des Mannes ergab.

Seine Vergangenheit, deren verheimlichte Passagen, liegen jetzt, nach fünf Töchtern, zwischen ihnen wie eine grenzenlose, unüberwindliche Wüste voller lauernder Raubtiere. Nach jeder Tochter hat ihr Gebiet sich vergrößert, ist wirklicher geworden, der winzige Schatten jeder Tochter hat sich darin vervielfacht, seine Schicksalhaftigkeit vergrößert.

Die Frau hat keine Geheimnisse, sie hat dem Mann schon in der Verlobungszeit alles erzählt, ihm genau berichtet, was alles in ihrem behüteten Leben Platz fand, jede lächerliche Verliebtheit, die gewagten Spielchen des kleinen Mädchens mit den Jungen aus der Nachbarschaft, das Nacktbaden zur Mittelschulzeit, die Küsse beim Mittsommerfest.

Der Mann spricht immer nur von der einen. Sagt allerdings, es habe auch andere gegeben. Gewissermaßen gegeben.

Einmal dann, nach der Geburt der dritten Tochter, begegnet er in der Stadt überraschend jener Frau. Spricht mit ihr, hätte sie beinahe zu einer Tasse Kaffee eingeladen, unterlässt es dann aber doch.

»Sie kümmert sich nicht genug um ihn«, sagt er eines Nachts zu seiner Frau. »Um den Jungen«, präzisiert er, den Rücken seiner Frau zugewandt.

Er hatte sagen wollen: meinen Sohn. Die Frau kümmert sich nicht genug um meinen einzigen Sohn, weil ich sie damals deinetwegen verlassen habe.

Die Frau konnte darauf nichts erwidern. Sie wollte ihn nicht daran erinnern, wie er sie fast mit Gewalt geheiratet hatte. Sie so lange belagert hatte, bis sie, ein unerfahrenes, junges Ding, geschmeichelt eingewilligt hatte.

Ein Vogel zwitschert vor dem Fenster.

Das Klirren einer Kaffeetasse gegen die Untertasse.

»Ola?«

Keine Antwort.

»Ola! Hörst du?«

Der Mann weiß, dass sie es nicht wagt, lauter zu rufen. Viola in ihrem Gitterbett könnte aufwachen.

Sie wiederholt für sich den Namen des Mannes, kalt und wütend wie einen Fluch.

Beschwörend.

Manchmal hat sie geheime Kräfte. Wenn sie etwas will, geschieht es. Wenn sie will, dass ihre Freundin anruft. Wenn im Kasten ein Brief für sie sein soll.

»Komm her, Ola.«

Die Frau liegt im Bett. Mit geschlossenen Lidern. Die Arme über der Brust gekreuzt wie bei einer Toten.

Sie fürchtet sich davor, dem Mann zu zürnen. Wenn sie ihm zürnt, dann zürnt sie auch seinen Kindern. Plötzlich erscheinen sie ihr laut, minderbegabt, von seltsamem Aussehen. Anemone hat einen zu großen Kopf, Iiris scheußlich vorstehende Zähne, Linneas Körper ist im Verhältnis zu den stämmigen Beinen zu schmal, Rose hat beim Sitzen eine schlechte Haltung, Viola dreht beim Gehen die Fußspitzen nach außen wie eine Ente.

Zwar behaupten alle, sie habe entzückende Töchter, aber ihr kommt es plötzlich so vor, als sagten sie das lediglich aus Mitleid, das sie mit Artigkeiten verbrämten.

Wenn sie sich mit Olavi versöhnt, erscheinen ihr auch die Mängel der Töchter nicht mehr so auffallend. Sie sieht, wie anmutig Roses langer Hals sich beugt, während sie in einem Buch liest, wie Anemones dickes Haar glänzt, was die Jüngste für große und ausdrucksvolle Augen hat.

Und sie nimmt sie in die Arme, eine nach der anderen, drängt ihnen ihre Hilfe bei den Hausaufgaben auf, obwohl die Mädchen das als unnötig und störend empfinden. Sie liest ihnen aus den Mädchenbüchern ihrer Jugendzeit vor, flicht ihnen die Haare oder schneidet ihnen eine andere Frisur, kocht Schokoladenpudding, um wiedergutzumachen, dass sie in Gedanken eine so schlechte und gemeine Mutter war.

Aber wenn sie am Sonntagmorgen um Viertel nach fünf allein im Bett liegt, kommt es wieder hoch. Dann lässt sie seine Töchter für seine Versäumnisse büßen.

»Komm her, Ola.«

Sie horcht auf die Geräusche, die der Mann in der Küche verursacht. Auf das Rascheln der Zeitung, das Knarren des Stuhls.

Sie zwingt ihn, den Ruf zu hören. Hartnäckig. Ohne die Stimme zu erheben.

Der Mann hat sonst niemanden. Keine andere Frau. Sie weiß, dass es sonst niemanden gibt. Wie könnte es das, hier, auf der Insel der Jungen? Hier ist doch sonst niemand außer der einfältigen, Zion-Psalmen singenden Tyyne.

Schritte.

Sie kommen aus der Küche, bleiben an der Schlafzimmertür stehen. Die Frau zieht sich das Laken über das Gesicht. Sie schämt sich schon. Sie kann den Verführungsversuch nicht noch weitertreiben.

»Irene …?«

Die Frau presst ihre Wange ins Kissen, erschöpft.

»Schläfst du?«

Der Mann in ihrem Zimmer kommt ihrem Bett näher und näher.

»Mir war, als hätte ich eine Stimme gehört. Hast du zu Viola gesprochen?«

»Nein, zu dir.«

Sie öffnet die Augen. Der Atem des Mannes riecht nach Kaffee. Nach starkem schwarzen Kaffee.

»Ich hab ein bisschen nachgedacht«, sagt er.

Kaffee bringt die Hirnzellen auf Trab. Das weiß die Frau.

»Worüber?«

»Über deine Maulbeerbäume.«

Maulbeerbäume?

Wenn er jetzt neben sie hinfällt und in ihren Körper eindringt, verspricht sie ihm als Gegenleistung, nicht schwanger zu werden. Verspricht, den neuen weiblichen Fötus wegzuzaubern, ihn durch pure Gedankenkraft zu vertreiben.

»Was ist damit?«

»Du hast doch gesagt, du hast es geschafft, sie über den Winter zu bringen.«

»Die Maulbeerbäume?«

»Ja, die Morus alba. Hast du nicht neulich gesagt, dass …«

»Ja. Vor der Südwand. Das war nicht einmal schwierig.«

Er setzt sich auf den Bettrand. Die Frau würde sich gern an ihn kuscheln, aber sie hat Angst, ihn zu vertreiben. Sie schließt wieder die Augen, schweigt, wartet.

»Ich hab gedacht, das ist doch ein prächtiger Zufall. Die dienen doch den Seidenraupen als Nahrung.«

»Was?«

»Ich hab ein bisschen darüber gelesen«, sagt er, »über die Seidenspinner.«

In der Stimme schwingt ein Ton mit, den die Frau fürchtet. Etwas Ersticktes.

Sie sammelt ihre ganze Willenskraft: Küss mich, leck an mir, berühre wenigstens meine Hand!

»Eine Geschichte aus Schweden. Die haben es geschafft, welche zu züchten.«

Das stimmt. Er hat an vielen Abenden in dem Buch gelesen. Mühsam, mit Wörterbuch, und hat sich Randnotizen gemacht. Und sie hat schon gedacht, das gehöre zu seinem Plan, sie kleinzukriegen.

»Da wird genau geschildert, wie man es macht.«

»Wie man was macht?«

Plötzlich, während sie mit geschlossenen Augen daliegt, erschrickt die Frau bei dem Gedanken, dass sie eigentlich nicht mehr weiß, wie der Mann aussieht. Dass sie ihm schon lange nicht mehr ins Gesicht geschaut hat.

Hat er neue Falten, dunkle Flecke an den Zähnen bekommen?

Sie öffnet blinzelnd die Augen, ist erleichtert: Der Mann sieht noch genauso aus wie früher, keine Linie in seinem Gesicht hat sich verschärft, ihren Verlauf geändert. Ihr Mann ist nicht älter geworden, wie auch sie selbst nicht. Wie ist es möglich, dass die Zeit ihnen beiden nichts anhaben kann so wie den anderen. Manchmal, wenn sie eine frühere Schulkameradin trifft, erschrickt sie geradezu. Sie glaubt, die Bekannte leide an einer fürchterlichen Krankheit. Wenn sie sich beruhigt hat, begreift sie, dass es nur das Altern ist.

»Es will mir nicht aus dem Kopf gehen, seit der Mann davon sprach. Der Johansson. Juhani Johanssons Vater, weißt du noch? Ich dachte bei mir, Teufel noch mal …«

»Das war doch nur ein Scherz.«

Seine Naivität ist manchmal fast erschütternd.

»Nein, nein. Die Schweden züchten sie drinnen in speziellen Räumen. Das sind doch gezähmte Tiere. In Freiheit können die gar nicht überleben. Wenn der Wind sie von den Bäumen schüttelt, muss man sie aufheben und wieder draufsetzen. Allein schaffen sie das nicht. So degeneriert sind sie. Oder unentwickelt. Wie man's nimmt.«

»Ola …«

»Als Johansson dieses Buch erwähnt hat, halb im Spaß, aber sicherlich auch halb im Ernst, da hab ich …«

»Ola! Der Junge dieses Mannes ist hier auf der Insel. Dieser Mann hat es nicht einmal geschafft, seinen eigenen Sohn großzuziehen.«

»Du verstehst nicht. Ein Mann kann ein Spitzenmann sein, aber seine Chance vertun, weil er dem Alkohol verfallen ist. So kann es jedem ergehen, wenn er nicht aufpasst.«

Die Frau verfolgt die Mundbewegungen des Mannes, während er spricht. Der Mund des Menschentiers ist eigentlich ziemlich hässlich. Merkwürdig, dass die Leute überhaupt geküsst werden wollen. Von den Augen kann man das nicht behaupten. Die sind eindeutig schön. Sie haben sowohl Form als auch Inhalt.

»Aber zuerst braucht man Maulbeerbäume. Morus alba oder Morus nigra.«

»Ja«, sagt die Frau traurig. »Ich habe Albas. Ich habe freilich auch an Morus nigra gedacht. Ich weiß, wo man die bestellen kann.«

»Als Samen?«

»Nein, als Setzlinge.«

»Das ist großartig«, sagt der Mann, greift nach ihrer verschwitzten Hand. »Das beschleunigt die Sache ja enorm, nicht wahr?«

Er lächelt kameradschaftlich. Wenn die Begeisterung ihn packt, wird er tollpatschig. Er weiß nicht, was er mit der Hand machen soll, die er von sich aus gepackt hat. Er dreht an dem verkratzten Ehering, befingert den Stein.

»Ein bisschen wohl«, sagt die Frau.

Sie schluckt. Ihre Beine, die unsichtbar unter der Decke liegen, zittern. Sie hat Angst. Ganz wie in dem immer wiederkehrenden Traum, in dem der Mann mit gleichgültiger Stimme von seiner Untreue berichtet, die Scheidung vorschlägt.

»Was meinst du, wie lange es dauern würde ... sieh mal, es geht ja nicht um eine rentable industrielle Produktion, sondern um ein Experiment. Man sagt, es sei unmöglich. Wir würden nur beweisen, dass es das nicht ist.«

»Wir?«

»Ich und die Jungs. Es kann doch passieren, dass wir irgendeinen Unternehmerpreis bekommen. Das würde für sie ungeheuer viel bedeuten. Aber allein schon, wenn es klappen würde ... Und denkbar wäre auch, dass ich dazu eine praktische Anleitung schreibe. Die Verleger könnten sich durchaus dafür interessieren, in vielen Ländern ist das ein Millionengeschäft ...«

Der Mann bemerkt den Blick seiner Frau. Oder er spürt, wie ihre Hand in seiner insgeheim erstarrt.

»Und du wärst auch mit dabei. Deine Sachkenntnis bezüglich der Bäume ist unersetzlich ...«

Er beugt sich vor. Berührt mit kühlen Lippen rasch Irenes Hals unterhalb des Ohres. Klopft ihr aufmunternd auf die Hand, gibt sie frei.

»Sieh mal, schon aus einem einzigen Kokon bekommt man bis zu zweitausend Meter Seidenfaden ... die Zweige werden auf den Tisch gebracht, die Raupen fressen die Blätter ... dafür bedarf es keiner besonderen Tricks. Aber das ist etwas völlig Neues, verstehst du?«

Irene lacht.

»Du bist verrückt.«

»Überhaupt nicht«, sagt er. »Dafür bedarf es keiner besonderen Tricks. Nur ein wenig Wagemut.«

»So, so.«

»Dich hat man ja auch nicht für verrückt erklärt, als du anfingst, mit deinen Bäumen zu experimentieren. Obwohl alle sagten, dass die sich in diesen Breiten hier nicht halten.«

»Das ist wahr.«

Der Mann springt auf. Das Glücksgefühl, das dieser wahnwitzige Plan ihm beschert, sprengt ihm fast die Brust. Die Frau überlegt, was geschehen würde, wenn sie aufspränge und ihn mit beiden Händen festhielte. Würde er sie schlagen?

Wenn sie ihn festhielte und ihm diesen großen Augenblick verdürbe.

»Ich hab schon Kaffee gekocht. Möchtest du? Dann könnten wir zusammen rausgehen und deine Bäume anschauen.«

Sie nickt. Sie steht auf und zieht den Bademantel über das Nachthemd.

»Wir müssen gehen, bevor das Kind aufwacht. Es ängstigt sich, wenn keiner da ist.«

Der Mann bleibt an der Tür stehen, nickt.

Auf dem Küchentisch stecken in einer Vase Butterblumen, die die Mädchen gepflückt haben. Die meisten lassen die Köpfe hängen.

Immerhin will der Mann etwas mit ihr zusammen tun. Das muss daran liegen, dass auch er leidet.

Das ist es: Er gibt zu, dass er leidet.

»Das wird ihnen ungeheuer viel bedeuten«, sagt er und lehnt sich an den Rahmen der Küchentür.

Draußen zwitschert ein Vogel. Sicherlich ein Fink.

»Gar nicht auszudenken, wie viel das für sie bedeutet«, sagt er und streicht die Stirnhaare zurück, die ihm auf das Ohr gefallen sind.

Der Junge bekommt die Nachricht von seinen Eltern, während er am Dachstuhl des Schmetterlingshauses hämmert.

»Komm mal ins Büro, Johansson!«

Herr Zebaoth steht unten, wischt sich den Nacken unter dem Hut.

Juhani sieht ihn erstaunt an, den Mund voller Nägel. Der ein paar Meter entfernt hockende Simola zwinkert ihm zu: Das überstehst du, Alter!

Aber ich hab doch nichts gemacht. Garantiert nichts.
Mindestens einen Monat lang nicht!

Fliegen umschwirren sie. Der Geruch nach Schweiß, den Hitze und Anstrengung ausgelöst haben, lockt sie an.

»Es geht nicht darum, dass du etwas angestellt hättest«, stellt der Direktor klar, als er den Gesichtsausdruck des Jungen sieht. »Es geht um etwas Ernsteres.«

»Soll ich den Hammer hierlassen?«, fragt der Junge.

»Nein. Nimm ihn mit. Ich bring ihn ins Depot. Deine Arbeit ist für heute beendet.«

Der Junge blickt auf den Mann hinab, dessen Gesichtsausdruck unergründlich ist.

Ob der Vater gekommen ist? Beide warten wahrscheinlich.
Sie holen mich nach Hause!

Schweigend gehen sie in Richtung Büro, vorbei an der Frau des Direktors, die Blumentöpfe trägt. Und an Ilkka Salmi, der den

Auftrag bekommt, der Frau zu helfen, und eine Schubkarre voll Erde schiebt. Salmis Hemd ist auf der Brust und unter den Armen schweißnass. Die Adern an seinem braunen Hals sind vor Anstrengung geschwollen.

»Hierher?«, fragt Salmi, ohne die Frau anzusehen.

»Nein, zehn Meter weiter, wenn du noch kannst«, sagt die Frau mit wohlklingender, besorgter Stimme.

Aus der Länge der Pause wird deutlich, dass Ilkka Salmi sich über die Frage ärgert.

»Natürlich kann ich«, sagt er erstickt und schiebt die Karre weiter.

Herr Zebaoth lacht laut heraus:

»Salmi kann alles, was man nur will. Jetzt hast du den Jungen aber bös gekränkt, Irene.«

Die Frau des Direktors wird unter ihrem Strohhut feuerrot.

»Hoffentlich nicht! So hab ich es doch gar nicht gemeint«, verteidigt sie sich und wirft dem Jungen einen reuigen Blick zu. »Ich dachte nur, es ist doch so heiß …«

Ilkka Salmi schiebt die Karre weiter, den Blick fest auf den Waldrand gerichtet, die Muskeln angespannt.

Der Direktor runzelt die Stirn. Seine Amüsiertheit ist in leichten Verdruss umgeschlagen. Er möchte nicht mit ansehen müssen, wie seine Frau vor den Jungen kriecht. Nicht einmal vor Ilkka Salmi, der schon fast erwachsen ist.

»Übertreibe mal nicht, er wird sich schon wieder erholen. Nicht wahr, Salmi?«

Ein mattes Nicken.

Juhani Johansson tritt unmerklich einen Schritt näher an Herrn Zebaoths Frau heran.

Näher heran an den Vanilleduft.

Eigenartig, dass sie immer denselben zarten Duft nach Vanillepudding verströmt.

»Frauen …«, murmelt Herr Zebaoth, als sie sich wieder in Bewegung setzen. Er schüttelt gedankenvoll den Kopf.

»Geht es um meine Eltern?«, wagt der Junge zu fragen. Sein Herz schlägt wie wild. Mutter, Mutter, Mutter …

Herr Zebaoth bleibt unerbittlich.

»Im Büro, Johansson, im Büro!«

Dem Jungen kommt es so vor, als schwelle das Summen der Fliegen an. Als liege etwas Bedrohliches in der Luft.

Vor dem Büro treffen sie auf Tyyne.

»Das Hühnerfutter wird langsam alle«, sagt die Frau in ihrem jammernden Tonfall.

»Nächste Woche bestell ich welches. Nimm von dem übrig gebliebenen Saatgetreide«, rät Herr Zebaoth.

»Von dem in der letzten Kiste?«

»Ja, aber spül es ordentlich ab. Das ist gebeizt.«

»Das gibt Windeier!«, sagt Tyyne grollend, überzeugt, dass der Direktor vom Hühnerfutter etwas für seine Experimente abzweigt.

»Nicht, wenn du die Körner gut abspülst. Mit warmem Wasser. Weich sie ordentlich ein. Am besten über Nacht, wenn dich das beruhigt.«

»Nicht, dass der Herr Direktor sich dann beklagt, wenn Windeier kommen!«

»Es kommen keine.«

Die Frau stinkt nach Kuhstall. Sie hat ein breites Gesicht und breite Hüften.

Der Junge betrachtet ihre aufgesprungenen Hände, die in den Falten der blauen Stallschürze kraftlos aneinander Halt suchen.

Zum Teufel, ich hab doch tatsächlich einmal von dir geträumt. Im Traum hast du mich in deine nach Mist stinkenden Arme gezogen und gedrückt und getätschelt, und ich hab geweint …

»Was hat der Junge angestellt?«

Die Frau sieht ihn schief und misstrauisch an.

»Nichts.«

»Kriegt er Prügel?«

»Warum sollte er? Außerdem geht dich das nichts an.«

»Den hab ich auch schon mal fluchen hören. Die lästern Gott und beschimpfen die Menschen. Die scheren sich um nichts. Wenn die von hier wegkommen, dann saufen die nur noch und betrügen gutgläubige Frauen.«

»Tyyne, geh jetzt und kümmere dich um die Hühner!«

Der Junge wischt sich die Hände an den Seiten ab: Gehen wir doch ins Büro, ich will sie endlich sehen, sie sind trocken, nicht wahr? Vater hat einen überzeugenden Antrag gestellt, und dem hat man stattgegeben.

Der Direktor stapft schon die Stufen zum Büro hinauf. Er will mit Tyyne nicht streiten. Tyyne ist ein irrationaler Mensch! Tyyne ist eine Frau! Der Junge hat oft gehört, wie der Direktor das halb amüsiert, halb verärgert sagte. Diesmal sagt er es nicht.

Diesmal sagt er nicht einmal etwas vom Schuheausziehen. Der Junge tut es unaufgefordert.

Auf dem Tisch liegt ein grauer Pappkoffer. Vaters Koffer. Der Junge erkennt ihn wieder. Darauf sind Stempel aus ganz Europa. Als die Mutter anfing, ihn altmodisch zu schimpfen, verwahrte der Vater seine Papiere darin auf und stellte ihn in den schmalen Raum zwischen Schreibtisch und Bücherregal.

»Setz dich doch, Juhani.«

Warum nennt er mich Juhani! Warum sagt er nicht Johansson wie sonst immer?

Der Junge lässt sich auf das grüne Sofa unterhalb der Peitschen fallen, erinnert sich an den Augenblick, als der Direktor ihn einmal aufforderte, die geeignetste davon auszuwählen.

Der Brechreiz im Magen verstärkt sich. Er presst die Fäuste in den Bauch. Und bibbert. Trotz der Hitze.

Lass mich zurück an die Arbeit gehen. Zu den anderen.

Auch im Büro gibt es Fliegen. Der klebrige Fliegenfänger über dem Tisch reicht nicht aus, um sie alle zu fangen.

Das Gesumm der Fliegen ist unerträglich.

Es ist, als ob ein unsichtbares Wesen sie quälte. Ist es Juudit, die gemeine Flügelausreißerin, die ihnen zusetzt? Auf diese Weise zähmt Juudit sie, sie sind in ihren mageren Händen gefangen, weil sie keine Flügel haben!

Die Luft im Zimmer steht unbeweglich wie ein Fels. Der Direktor räuspert sich.

»Dein Vater und deine Mutter sind tot«, sagt er und beugt sich dabei über den Tisch.

Der Junge blickt aus dem kleinen Dreiecksfenster auf das in der Sonne badende Meer. Ein Boot gleitet träge auf die fichtenbestandene Spitze der Halbinsel zu.

Tot?

Die Stimme des Mannes ist mitfühlend.

»Es war ein Autounfall in den norditalienischen Alpen. Mein herzliches Beileid.«

»Was haben sie da gemacht?«

»Das weiß ich nicht.«

»Sind sie in eine Schlucht gestürzt?«

»Man hat mir keine Einzelheiten mitgeteilt.«

»War Sauli dabei?«

»Sauli?«

»Mein kleiner Bruder.«

»Nein. Im Auto befanden sich nur zwei Leichen. Dein Vater und deine Mutter.«

»Ach so.«

»Hier sind einige Papiere. Der Nachlass deiner Eltern. Da sind einige Aktien, zumeist wertlose. Zwei Sparbücher mit ein paar Tausend Mark. Das Übrige sind persönliche Briefe, Tagebücher, Grußkarten und so was. Ich zeig dir das jetzt, damit du weißt, dass es die Sachen gibt. Du bekommst sie, wenn du von hier weggehst.«

»Jaa«, sagt der Junge.

Herr Zebaoth sieht den Jungen forschend an; vielleicht erwartet er, dass er in Tränen ausbricht. Oder dass er unter den Peitschenschlägen zusammenbricht.

Der Junge beißt sich auf die Lippe. Er weiß nicht, was er sagen soll. Er sieht, wie eine Fliege sich auf das klebrige Band setzt, wie das Papier sich um die Flügel der Fliege legt wie ein riesiges Tuch. Ihm fällt ein, dass der Vater ein Buch mit Bildern vom Tod hatte. Gerippe in Reithosen pflegten Blumen und schärften Sensen. Auf einem Bild glitt der Tod auf Schlittschuhen von einem Eisloch fort und hielt in seinen Armen ein kleines Kind.

Der Tod wärmt das Kind, das ins kalte Wasser gefallen ist, sagt der Vater. Und dort rudert er einen Mann zu einem Segelboot hinaus. Alle Männer lieben das Segeln, sagt der Vater. Und das weiß der Tod.

»Von welcher Marke war das Auto?«

»Das weiß ich nicht«, sagt Herr Zebaoth.

Der Junge nickt. Nach der Autonummer fragt er gar nicht erst, die weiß der Direktor sicherlich auch nicht.

In Vaters Buch war der Tod eigentlich ganz lieb. Auch die

kleinen behaarten armen Teufel durften ihn ruhig necken. Manchmal versteckten sie die Sense oder verwickelten ihn so lange in Gespräche, bis das am Brunnen spielende Kind ihm entwischte.

Die armen Teufel sind ungetauft verstorbene Menschen. Meistens Kinder, sagt der Vater. Deshalb sind sie so kindisch und ärgern den Tod, obwohl der nur seine Arbeit tut. Die ihm bestimmt ist zu tun. Er kann doch nichts dafür, dass er einen so elenden Job hat. Ebenso wenig wie der Mann, der die Jauchegruben leert! Immer muss irgendjemand den Dreck beseitigen.

Der Junge betrachtet den Koffer. Herrn Zebaoths Hände ruhen darauf wie ein vergessenes Paar Handschuhe.

»Sind das alles Papiere von Vater?«, fragt der Junge eher dem Direktor zu Gefallen als aus wirklichem Interesse.

»Da ist zumindest ein Poesiealbum, das deiner Mutter gehört hat. So eins, wie die Mädchen es haben, mit Glanzbildern.«

»Glanzbilder?«

»Glanzbilder und Verse. Das hat deine Mutter dir sicherlich mal gezeigt.«

»Nein.«

»Wie gesagt, das ist so eine Spezialität der Mädchen. Du hast doch keine Schwester, wenn ich mich recht erinnere?«

»Ich hatte eine, aber die starb am selben Tag, an dem sie geboren wurde.«

Sie haben erzählt, dass sie über und über behaart war und am Kopf ganz lange schwarze Haare hatte … sie konnte nur nicht richtig atmen. Als sie ihr einen Schlauch in den kleinen Mund steckten, hat sie ganz damit aufgehört. Mit dem Atmen.

Herr Zebaoth blättert grimmig in den Papieren.

»Möchtest du das Poesiealbum haben? Ich sehe keinen Grund, es dir nicht jetzt schon zu geben.«

»Ich weiß nich ...«

»Das einzige Andenken an deine Mutter.«

»Dann ja.«

Der Direktor reicht ihm das Buch. Es ist flach. Die Einbanddeckel sind fest, mit einem Muster aus schwarzen Blättern auf grünem Grund. In der Mitte des Deckels ist ein Kreis, in dem ein Mädchen mit einem Schaf sitzt.

»Danke.«

»Und für den Rest des Tages hast du frei. Kannst machen, was du willst.«

»Hm.«

»Eine Beerdigung findet nicht statt. Sie sind dort unten begraben worden. Du verstehst bestimmt, dass es so am praktischsten war.«

»Jaa.«

Der Direktor lächelt forsch. Er ist froh, dass die Sache ausgestanden ist. Bei Kindern weiß man nie. Selbst wenn die Eltern sie noch so schlecht behandelt haben, selbst wenn die sozialen Bindungen längst zerrissen sind wie im Fall Juhani Johansson, so gibt es doch immer ein Band jenseits aller Vernunft und aller Logik. Unglaublich stark und unberechenbar. Aber der kleine Juhani Johansson beherrscht sich. Ihm ist es wichtiger, in Gegenwart des Direktors das Gesicht zu wahren, als seinen Gefühlen freien Lauf zu lassen.

Herr Zebaoth geht um den Tisch herum.

»So ist das Leben, Juhani. Man weiß nie, wer von uns als Erster gehen muss.«

Der Junge sieht ihn nicht an. Auch dem Direktor wird bewusst, wie künstlich seine Worte klingen.

Er wendet sich nach dem Bücherregal um, das hinter ihm

steht. Es ist voller Nachschlagewerke und großer, dunkler Aktenordner. Einer plötzlichen Eingebung folgend, geht er zu den Ordnern, nimmt einen davon in die Hand und blättert zur Verwunderung des Jungen darin herum.

»Hier sind unsere Erträge. Pro Tag, pro Monat, pro Jahr. Da rechts sind die durchschnittlichen Erträge der anderen Jungenheime. Verstehst du?«

Der Junge prüft die mit kleinen, sorgfältigen Buchstaben ausgefüllten Zeilen. Der Nagel am Zeigefinger des Direktors ist gespalten.

»Und da in Klammern hab ich die Vergleichszahlen aus dem ganzen Land eingetragen. Ich hab alles aufgeschrieben.«

Alles.

Herr Zebaoth schweigt. Auf seinen Lippen erscheint ein schwer deutbares Lächeln. Er schwenkt den Ordner, als wären die Seiten die Flügel eines starken schwarzen Vogels.

»Wir liegen auf allen Sektoren in Führung. Überwältigend!«

Der Junge steht vor ihm. Kerzengerade wie eine Felsplatte am Strand, bereit, alles anzunehmen, was vom Meer auch kommen mag.

Herr Zebaoth schlägt ein lautes und albernes Gelächter an.

»Beim Heuen zum Beispiel schaffen wir spielend einhundertzwanzig Heureuter pro Tag und Mann. In Kulho waren sie schon bei neunzig völlig aus dem Häuschen und verkündeten, der Junge sei ein Wunder der Natur, er habe wie ein Wahnsinniger gearbeitet.«

Der Junge nickt.

Herr Zebaoth schließt den Ordner, stellt ihn ins Regal zurück an seinen Platz. Er sieht dem Jungen fest in die Augen und hebt seinen Zeigefinger.

»Normalerweise erzähl ich euch das nicht. Ich will euch nicht die Überraschung verderben. Verstehst du?«

Der Direktor stellt sich neben den Jungen, legt ihm seine

Hand auf die magere Schulter, von wo aus sie ganz ungezwungen weitergleitet, um das flaumige Grübchen oberhalb der Nackenwirbel zu suchen. Seine Stimme ist jetzt fast nur noch ein Flüstern:

»Ihr sollt bei eurer Rückkehr aufs Festland merken, dass ihr besser seid als alle andern. Damit jeder, der über euch redet, euch respektieren muss, weil ihr so tüchtig seid.«

Der Junge schluckt. Ein Mückenstich an seinem nackten Bein juckt ihn. Die Hand des Direktors ist schwer und warm.

»Aber weil dein ... weil du dich auf vielerlei Weise und mehr als die anderen hervorgetan hast ... da hab ich gedacht, dass du, wenn überhaupt jemand, ein Recht auf einen kleinen Vorschuss hast ...«

Der Junge nickt. Nicht so wie ein wildes Tier, das in die Falle geraten ist und dem man den eigenen Willen und die Freiheit geraubt hat und das jetzt für den Mann, der ihn eingefangen hat, Kunststücke machen muss, sondern so wie zwei Komplizen unter sich.

»Ehrlich gesagt stammt die Idee zu diesem Schmetterlingsprojekt gewissermaßen von deinem Vater. Ich will, dass du das weißt. Und nichts hindert dich daran, es sozusagen als sein Erbe zu hüten.«

»Von meinem Vater?«

»Ja. Von ihm hab ich die Anregung bekommen. Er war ein in vielerlei Hinsicht begabter Mann. Das weißt du sicherlich?«

Der Junge nickt. Sein Bein juckt höllisch, aber er wagt nicht, sich zu bücken. Er fürchtet, der Direktor könnte glauben, er weiche seiner Hand aus.

Der Junge presst die Arme fester an den Körper. Der Direktor spürt, wie der Körper des Jungen ein wenig steif wird. Herr Zebaoth löst widerwillig seinen Griff, sagt ruhig:

»Du kannst jetzt gehen, Johansson.«

Mit hängenden Schultern geht der Junge zur Tür. Es kommt ihm so vor, als hätte er etwas falsch gemacht.

Vielleicht hätte er mehr Begeisterung zeigen sollen. Er hätte wenigstens lächeln können.

Die goldfarbene, abgenutzte Klinke fühlt sich kalt an in seiner Hand. Er drückt sie langsam herunter in der Hoffnung, der Direktor möge ihn zurückrufen, ihm eine zweite Chance geben.

Draußen scheint die Sonne mit voller Kraft. Der Junge zieht die Schuhe an, die auf der obersten Stufe warten.

»Wenn es noch ein Weilchen so heiß bleibt, dann können wir bald heuen«, sagt Herr Zebaoth hinter dem gebeugten Rücken des Jungen und trocknet sich die Stirn.

Der Junge hebt seinen Blick zu ihm und lächelt, so breit er nur kann.

»Die sind schon von neunzig Heureutern ganz aus dem Häuschen geraten, stell dir vor! Haben den Jungen für arbeitswütig erklärt«, sagt der Mann und zwinkert ihm vergnügt zu, bevor er ins Büro zurückkehrt und die Tür hinter sich schließt.

Tyyne steht auf der anderen Seite des Hofes vor dem Hühnerstall und beobachtet den Jungen. Sie ist sich sicher, dass der Junge eine Tracht Prügel bekommen hat. Weshalb sonst hätte der Direktor ihn mitten am Arbeitstag in sein Büro holen sollen?

In ihrem Blick liegt nicht die Spur von Mitleid. Aber über das Stammbuch wundert sie sich.

Er hat ganz vergessen, dass er es noch in der Hand hält. Juhani Johansson hofft, dass keiner von den Jungen ihm überraschend begegnet.

Er öffnet das Buch aufs Geratewohl dort, wo der Finger eben hintrifft.

Am oberen Rand der Seite ist ein traurig dreinblickender Engel zu sehen, der sich auf seine drallen, rosigen Arme stützt.

Darunter steht ein schräger, mit unbeholfenen Schönschriftbuchstaben geschriebener Text:

Lebe immer, kleine Maire, goldgelocktes Kind,
so, dass deine lieben Eltern stets zufrieden sind
Dies wünscht dir deine Freundin Sirkka H.

Der Junge klappt das Buch zu, blickt nach den am Himmelssaum schwirrenden Schwalben. Tyynes Hühner geben verschlafene, misstönende Laute von sich.

Ich hätte gedacht, dass Mädchen eine etwas hübschere Handschrift haben, denkt er.

Die Schmetterlinge. Alle reden nur von den Schmetterlingen. Seitdem Tausende von kleinen gelben Eiern in die kühlen Räume gebracht worden sind, um auf das nächste Frühjahr zu warten, sind alle wie besessen.

Die Wände der Schule sind voll von den Bildern der weißflügeligen Seidenspinner, Bombyx mora, dargestellt aus allen nur denkbaren Blickwinkeln. Natürlich können die Jungen es nicht lassen, auf ihre glänzenden Flügel millimeterkleine Geschlechtsorgane zu zeichnen, die der kurzsichtige Lehrer bedauernd für Flecke hält, die von erschlagenen Fliegen zurückgeblieben sind.

Erst als die Insekten ihren Winterschlaf begonnen haben und vor allem das Paarungsbild weiterhin Zielscheibe von permanentem Vandalismus ist, begreift der Biologielehrer, worum es sich bei der ungewöhnlich ertragreichen Fliegenjagd handelt.

Aber die Jungen sprechen von den Schmetterlingen auch mit einem gewissen Respekt, zwar wie gewohnt mit groben Redewendungen, aber doch so ernsthaft und unter Abschluss von Wetten für und gegen ihr Gedeihen, dass man das Projekt als nie dagewesenen Durchbruch betrachten kann.

Juhani Johansson erklärt sich unter erstaunlich geringem Widerstand bereit, einen Vortrag über die Geschichte der Seide zu halten.

Da die Frau des Direktors als Sachverständige für Maulbeerbäume an dem Projekt beteiligt ist, wird sie zum Vortrag des Jungen eingeladen.

Jedes Mal, wenn Juhani die Wörter Ei, Paarung oder Weibchen ausspricht, stimmen die Jungen ein Pfeif- und Trampelkonzert an, doch der gutmütige Lärm ist eher ein Ausdruck von Beifall als von Geringschätzung.

Juhani Johansson spricht vor der Klasse in kerzengerader Haltung und frei über sein Thema, sichtlich erfüllt vom Stolz eines Menschen, der sich auskennt. Handelt es sich doch um eine der bedeutendsten Erfindungen der Weltgeschichte:

»Durch die Seide kamen der fernöstliche und der griechisch-römische Kulturkreis in Kontakt miteinander. Es entstanden die berühmten Seidenstraßen. Die männlich-asketische römische Mode wurde von der prunkvollen orientalischen Art, sich zu kleiden, abgelöst.

Die Legende berichtet, dass eine chinesische Prinzessin Eier (Getrampel) des Seidenspinners in ihrem Haarschmuck nach Syrien brachte, wohin man sie verheiratet hatte (Getrampel und Pfiffe). Eine andere Legende zum Thema Seide berichtet von schlauen griechischen Mönchen, die in ihren hohlen Wanderstäben Eier des Seidenspinners (Getrampel) nach Byzanz brachten. Sogar im kühlen Schweden begann man im 18. Jahrhundert Maulbeerbäume zu pflanzen und Seidenraupenzucht zu betreiben, aber das Projekt scheiterte, weil es an Sachkenntnis und an vernünftigen Mitteln fehlte, die richtigen klimatischen Bedingungen herzustellen …

Der Seidenspinner gedieh in Schweden aus demselben Grund nicht, aus dem er auch in Finnland nicht gedeihen wird: Es ist zu kalt. Vielleicht gedeiht er ein Jahr lang oder zwei, aber ein einziger harter Winter genügt, um alles zu zerstören.«

Die Frau hat es ihrem Mann vergebens gesagt. Er hat sich so in sein Projekt verrannt, dass er blind und taub gegen alle Einwände ist. Nicht einmal die ablehnende Haltung des verblüfften Vorstands kann ihn davon abbringen, sein Vorhaben weiterzuführen.

Er knapste hier und da die Mittel dafür ab, begründete den

Bau der Räume für die Schmetterlinge damit, dass ein Lagerraum für die Düngemittel und die Dreschmaschine benötigt werde und dass die Jungen bei den Bauarbeiten nützliche praktische Erfahrungen sammeln könnten.

Auch wenn der Vorstand ahnt, dass sich hinter seinem ehrwürdigen Rücken etwas Ominöses tut, so verspürt doch keiner der Herren die Lust, sich mit dem Direktor anzulegen, dessen Erziehungserfolge landesweit absolut Spitzenklasse sind:

Aus keinem anderen Erziehungsheim entlaufen so wenige Zöglinge, in keinem anderen Heim verursachen die Jungen innerhalb oder außerhalb des Hauses so wenig Skandale wie hier, von richtigen Straftaten ganz zu schweigen.

Das alles weiß die Frau, und auch wenn sie die Erziehungsmethoden ihres Mannes nicht unterstützt, so kann sie ihm doch ihre Bewunderung für seine Zielstrebigkeit und den Respekt, den er bei diesen als Soziopathen eingestuften Menschenkindern genießt, nicht versagen.

Bei der Vortragsveranstaltung hat die Frau wieder einmal das qualvolle Gefühl, nicht dazuzugehören. Sie sieht durch das Halbdunkel zu ihrem Mann hinüber, der unter den Jungen sitzt – und nicht neben ihr, weil es besser ist, dass »jemand den Projektor überwacht« – als einer von ihnen, den Mund zu einem breiten Lächeln verzogen, während Juhani Johansson, der mit dem Stimmbruch zu kämpfen hat, ein Diabild von der Puppe des Seidenspinners erläutert.

Die Frau hört nicht auf das, was der Junge sagt. Sie will nichts wissen von der Fortpflanzung der Schmetterlinge, von ihrer Fähigkeit, kilometerlange Seidenfäden zu spinnen. Im Grunde genommen möchte sie überhaupt nichts mehr von den Schmetterlingen hören.

Sie ist nur ihrem Mann zuliebe zu dem Vortrag gekommen. Jetzt bereut sie es schon.

Im Klassenzimmer riecht es nach Waschmittel und Pomade.

Die Jungen haben sich wie für ein Fest gekleidet. Weiße Hemden mit Kragen und schwarze Hosen.

Die Frau trägt ein dunkelgrünes Kleid aus Wollstoff. Das lässt sie größer und schlanker erscheinen.

Auch ihr Mann hat das bemerkt:

»Hast du das selbst genäht? Es steht dir gut.«

Aber das liegt natürlich an den Schmetterlingen. Nicht an der Frau und auch nicht an ihrem grünen Kleid.

Die Frau lässt ihren Blick über die Schar der Jungen schweifen. Überall verschwimmen die Köpfe zu einem vagen Nebel. Sie lässt ihren Blick gleichgültig wandern, ohne etwas wahrzunehmen.

Bis sie auf einmal innehält.

Zwei Bankreihen weiter, neben der Wand.

Ilkka Salmi trägt sein Haar länger als die anderen. Dennoch lässt es immer noch einen Teil des Nackens frei. Die Frau könnte die Wirbel an seinem Hals, der in den weißen Kragen eintaucht, zählen:

Mein Gott, ist der groß! Größer als der Direktor.

Sie beugt sich vor und zupft ein kleines Fädchen vom Saum ihres Rocks. Sie möchte nicht, dass irgendjemand die heiße Röte auf ihrem Gesicht bemerkt.

Dann wird sie böse. Erst auf sich selbst, dann auf alle, die das irgendwie falsch deuten könnten: Natürlich ist sie an ihrem Gehilfen interessiert. Das ist doch ganz natürlich. Haben sie doch letzten Sommer viel zusammen gearbeitet, lange Tage von Morgen bis Abend. Aber trotzdem haben sie sich kaum kennengelernt. Im Verlauf von einigen Dutzend Arbeitswochen, die sie gemeinsam bei der Gartenarbeit verbrachten, haben sie nur wenige Worte miteinander gewechselt. Auch beim Kaffeetrinken schwiegen sie meist. Allerdings saßen sie am Grabenrand nebeneinander. Und immer ein wenig abseits von den anderen.

Sie sahen einander nicht an, beobachteten aber gemeinsam den sturmblauen Trauermantel, der um den safttriefenden, verletzten Stamm der Birke flatterte.

Oder sie lauschten gemeinsam Paul Anka, der im Kofferradio sang.

Manchmal summte der Bursche auch während der Arbeit, sehr leise, sodass man es kaum als Summen erkennen konnte.

Natürlich vergaß die Frau keinen Moment, mit wem sie es zu tun hatte: mit einem achtzehnjährigen, emotional gestörten armen Burschen, der mit einer sechsunddreißigjährigen Familienmutter kein gemeinsames Gesprächsthema haben konnte.

Es kann natürlich sein, dass er nach der verlorenen Mutter sucht, sagt sie sich.

So wie alle hier.

Aber noch während sie das denkt, weiß sie, dass der Junge nicht so ist wie die anderen. In der Art, wie er sich bewegt, arbeitet, schweigt, spürt man einen Unterschied.

Einen Unterschied, der Angst macht.

Seine unerschütterliche, aufdringliche Stummheit, die finstere Kraft, mit der er den ungehorsamen Erdboden misshandelt.

Die Dias wechseln. Das halbdunkle Klassenzimmer verleitet die Jungen zu Getuschel und unsachlichen Scherzen. Die Frau sieht, dass Ilkka Salmi den Kopf wendet.

Die dunkle Stirn legt sich in Falten.

»An irgendeinem Morgen platzt die Hülle, und eine zwei Millimeter lange Raupe kriecht hervor«, verkündet Juhani Johansson wie ein Laienprediger, der von der Auferstehung Jesu berichtet.

Die Frau kennt den Blick. Ihr Körper ist kalt und starr, schon allein die abgewandte Haltung wirkt ablehnend. Aber die Entfernung zwischen ihr und Ilkka Salmi verringert sich trotzdem, ebenso wie im Sommer im Garten, egal, was sie tut, um das zu verhindern.

Ihre gemeinsame, vertraute Stille. Hier ist sie wieder, verbindet sie über die Köpfe der anderen hinweg wie eine Brücke.

Die Frau wendet den Blick ab. Im Licht des Diaprojektors tanzen Staubteilchen.

Zum Glück sind ihre Haare zusammengebunden. So wie immer. Bevor sie losging, zögerte sie einen Augenblick lang, als die Mädchen bettelten, sie solle sie ein einziges Mal offen lassen, dann sehe sie jünger aus. Anemone hatte ihr die Haare aus der Stirn gekämmt, sie toupiert, ein wenig Haarlack darübergesprüht und an der Seite ihre eigene Spange mit dem blauen Stein befestigt. Die Mädchen waren entzückt, aber kurz bevor sie ging, hatte sie es sich wieder anders überlegt und die Haare rasch in der gewohnten Weise im Nacken zu einem Knoten gebunden. Sie wollte nicht lächerlich erscheinen.

»Nach drei Wochen schlüpfen die Schmetterlinge und paaren sich (Pfiffe, Getrampel) sofort. Danach sterben die Männchen (Buhrufe), und die Weibchen werden in perforierte Schachteln gesetzt …«

Die Frau sieht, wie die feuchtflügeligen Schmetterlinge aus ihren Kokons hervorkriechen.

Kein Zweifel, Juhani Johansson wird in Zoologie die beste Note bekommen. Er hat sich in letzter Zeit unglaublich gut herausgemacht. So als hätte der Tod seiner Eltern in ihm etwas freigesetzt. So hat es ihr Mann jedenfalls eines Abends gesagt, als er die Ergebnisse des Jungen durchsah.

Aber das beweist noch lange nicht, dass er nicht immer noch zu Niederträchtigkeiten fähig wäre. Je intelligenter einer ist, desto geschickter tilgt er seine Spuren, hat der Mann hinzugefügt, um seine Begeisterung in Grenzen zu halten.

Böse Jungen sind das.

Deshalb sind sie hier. Wegen ihrer bösen Taten. Der Mann glaubt, man könne sie ändern. Durch harte Arbeit und große Träume, die sich verwirklichen lassen.

Aber vielleicht geht es auch nur darum, sich an das Leben im Heim zu gewöhnen. Es ist leichter, die Regeln zu befolgen, als sie zu verletzen.

Wenn sie eine Schwachstelle finden, benutzen sie sie. Sie haben die kriminelle Energie im Blut. Das ist wie eine Krankheit, die immer wieder ausbricht, wenn sie auch nur einen Hauch von Freiheit verspüren.

Sie probieren alles und jedes aus. Das muss man sich immer wieder vor Augen halten, pflegt der Mann zu sagen. Sie versuchen ein Mitgefühl zu wecken, aus dem sie Nutzen schlagen können. Güte verachten sie von Grund auf. Diese ist ihrer Ansicht nach ein Zeichen von Schwäche. Wenn sie nicht mit äußerster Härte gepaart ist.

So wie bei dem Mann selbst.

Ich kann Härte und Güte im richtigen Verhältnis austeilen, sagt er. Anfangs geschieht das im Verhältnis zehn zu eins, zuletzt umgekehrt. Wenn es gutgeht.

Im Allgemeinen sagt die Frau nichts, es macht ihr Angst, dass der Mann recht hat:

Dass die Jungen für nichts einen Sinn haben außer für sich selbst. Da sind sie gleichsam farbenblind. Sie wissen, dass das Leben um sie herum von Gefühlen in allen Schattierungen lodert, aber sie sehen es schwarz-weiß. Und sie wissen um ihre Unzulänglichkeit. Das ist das Allerschlimmste. Das macht sie gefährlich.

Die Frau atmet tief durch. Der neben ihr sitzende Junge riecht süßlich und penetrant nach Pomade. Ihr steigen Tränen in die Augen. Wie trauert sie doch um all diese verlorenen Kinder. Die verlorenen Männer.

Der Mann, ihr Direktor, glaubt, er könne sie mit Hilfe von Spaten, Eishockey und Schmetterlingen retten. Wie sollte das gehen? Das Innerste des Menschen ist viel zu tief, als dass man es mit Löffelgaben füllen könnte.

Sie steht auf, beugt sich zu ihrem Mann.

»Mir ist schlecht«, flüstert sie ihm zu.

Der Mann nickt. Sie weiß mit Sicherheit, dass er erbleicht: Ein einziger Sündenfall im vergangenen Monat. Wird er bereits dafür bestraft?

Draußen zündet sie sich eine Zigarette an. Der kühle Wind bläst durch ihre Strickjacke.

Wäre man doch ein Seidenspinner, denkt sie, während sie den Rauch einatmet.

Die hören einfach auf zu fressen, kriechen auf irgendeinen Ast, befestigen sich mit starken Fäden daran und fangen an, einen Kokon zu spinnen.

Am nächsten Tag ruft sie ihre Freundin an und sagt, sie sollten sich öfter sehen. Die Freundin schlägt vor, ins Theater zu gehen, dort läuft, wie man hört, ein sehenswertes, amüsantes Stück.

Die Frau bleibt zwei Tage in der Stadt. Am Morgen des dritten Tages ruft ihr Mann sie an und berichtet, die zweitjüngste Tochter habe Fieber. Die Frau kehrt nach Hause zurück, nur um festzustellen, dass das Fieber wieder gesunken ist.

Das Mädchen ist jeden Abend auf dem Felsen. In der geschützten Bucht strickt sie oder liest ein Buch. Manchmal liegt sie nur unbeweglich unter dem großen Handtuch, das verschlossene Gesicht gegen die Sonne gerichtet, die im Meer versinkt.

Ihre dicken Zöpfe hat sie gelöst. Manchmal ruhen die Haare auf dem rötlichen Uferfelsen wie ein Fächer. Als wären sie eigens so drapiert worden.

Sie bemerkt den Jungen nicht, der sich so bewegen kann, dass kein Laut zu hören ist.

Hinter dem Haselstrauch verborgen, beobachtet er das Mädchen, beneidet es um ihre Gelassenheit, die sie selbst dann nicht verliert, als von der Anhöhe her wiederholt Rufe ertönen. Das Mädchen hat sich eine Stelle ausgesucht, wo es ihrer Mutter gar nicht einfallen würde, sie zu suchen. Das Mädchen vermag die ganze Welt um sich auszusperren.

Was lässt sie in dieser Weise auf der Stelle verharren? Worauf wartet sie?

Einmal passiert es, dass das eine Ende des Handtuchs herabgleitet und der Junge die eine Brust sieht.

Sie ist klein, vorspringend und sehr weiß.

Und sie ist ganz nahe, fast in Reichweite.

Gerade in diesem Augenblick geht ein kleiner Windhauch, und das Mädchen hebt schläfrig seine schmale Hand, legt sie auf die nackte Brust.

Juhani Johansson ist nicht wegen des Mädchens unterwegs, aber nachdem er das Mädchen einmal auf dem Felsen überrascht hat, kann er nicht mehr anders, als auf dem Weg zum Schmetterlingshaus den Umweg über den Strand zu machen.

Jeden Abend nach dem Schlafengehen zieht der Junge wieder die Arbeitskleidung an und öffnet das Fenster des Schlafsaals im zweiten Stock. Von dort ist es leicht, hinunterzugelangen. Dank dem diensteifrigen Brandschutzinspektor, der im Herbst verfügt hat, dass unter dem Fenster eines jeden Schlafsaals eine Feuerleiter installiert werden muss.

»Und ein Hammer zum Einschlagen des Fensters? Und sicherlich auch noch eine gut geschärfte Brandaxt?«, hatte der Direktor spöttisch gefragt, aber der Brandschutzinspektor hatte gemeint, dass in Anbetracht der Umstände die Feuerleitern ausreichen würden.

In der ersten passenden Herbstnacht hatten Sulkava und Pup Simola sich in Schale geschmissen: schwarze, schmale Sonntagshosen, weiße Hemden mit Kragen und frisch geputzte spitze Schuhe. Über dem Fensterbrett hängend, hatten sie lautstark mit ihrer Tollkühnheit geprahlt:

»Bleibt ihr nur hier und wichst in Frieden. Wir hauen ab und beschaffen uns echte Ware!«

Unten hatten der Inspektor und der Nachtwächter sie in Empfang genommen, und die Jungen hatten wählen dürfen: drei Tage Karzer oder zehn Schläge mit der Peitsche.

Simola hatte die Isolierung gewählt, Sulkava das Auspeitschen. Beide hatten danach keine große Lust mehr auf neue Abenteuer verspürt. Dieser Entschluss wurde noch durch die Verfügung des Direktors bestärkt, von allen Jungen die Sonntagskleider einzuziehen. Wer würde sich schon im Blaumann an eine Frau heranmachen!

Als Juhani Johansson im Frühjahr anfing, denselben Weg zu benutzen, hatte die Nachtaufsicht die vergeblichen Patrouillengänge schon längst satt und verbrachte ihre Zeit lieber im Hause damit, im Halbschlaf vor sich hin zu dämmern oder Patiencen zu legen.

Die Jungen im Schlafsaal kümmern sich nicht um das Kommen und Gehen von Juhani Johansson, ja, sie bemerken es kaum. Sie sind daran gewöhnt, dass er zumeist in seinen eigenen Sphären lebt.

Bald werden diese Ausflüge zum Fixpunkt seiner Tage. Der Augenblick, wenn er den stickigen, von Seufzern und Zähneknirschen erfüllten Schlafsaal hinter sich lassen kann, ist berauschend.

Sofort, wenn er auf der Treppe angelangt ist, umschwirren ihn die Schwalben, besorgt um die Sicherheit ihres Nestes, das sie unter der Traufe angebracht haben.

Von den obersten Treppenstufen aus betrachtet, erscheint ihm die Welt blendend sauber und schön: der verblasste Himmel schmiegt sich an den runden, dunkelgrünen Rücken des Meeres, an dem sich der glühende Sonnenball die Nase eindrückt.

Der Junge geht gemächlich hinab, genießt das leise Beben der Blätter vom wilden Wein und die Berührung des milden, vom Meer her wehenden Südwestwindes, ohne auch nur einen Gedanken an die Nachtaufsicht oder an das Entdecktwerden zu verschwenden.

Er hat schon vor langer Zeit beschlossen, dass er das Recht dazu hat.

Schon als die Eier der Schmetterlinge aus dem kühlen Winternest geholt und in die Wärme des Schmetterlingshauses gebracht worden waren, hatte er beschlossen, zur Stelle zu sein, wenn die ersten Raupen schlüpfen würden.

Er sitzt in dem dämmrigen Raum, betrachtet, auf die Hände gestützt, die gekrümmten Körper in den durchsichtig gewordenen Eiern und die kleinen schwarzen Köpfe.

Manchmal schläft er dort ein, den Kopf gegen den Rand eines Bords gelehnt, und erwacht, wenn es im Zimmer schon stockfinster ist.

Der Junge weiß, dass die Schalen jeden Augenblick platzen und die Raupen schlüpfen können. Wenn das am Tage geschieht, kann er nichts daran ändern. Aber wenn das in der Nacht geschieht, wird er es sich nicht verzeihen, nicht dabei gewesen zu sein.

Manchmal zerstreut er sich damit, dass er die zierlichen herzförmigen Maulbeerblätter zwischen den Fingern befühlt, die Blattadern entlangfährt, die winzigen Blättchen an Wangen und Lippen drückt, sich damit den Handrücken und den Bauch kitzelt.

Aufgeregt versucht er sich vorzustellen, wie die Raupen die Blätter empfinden, was diese stillen Wesen dazu bringt, aus ihnen die Seide hervorzuschälen.

Wird das Wunder wirklich geschehen?

Die Raupen liegen unbeweglich in ihren durchsichtigen Eiern. Wie Tote. Und wenn nun die Kühle, die durch die Tür eindringt, wenn er hereinkommt, sie abgekühlt hat?

Ihm stockt das Herz, während er dort vor dem Regal steht und mit dem Zeigefinger vorsichtig ein Ei antippt. Er fährt zusammen.

Hinter der Tür ertönen Schritte!

Der Junge zieht sich stolpernd in einen Winkel zurück, verkriecht sich unter dem Regal neben den Kästen mit den Blättern.

Wartet.

Als nichts geschieht und weder die Peitsche der Nachtaufsicht noch eine schadenfrohe, Karzer verkündende Stimme zu hören ist, wagt er es, aufzustehen. Eigentlich ist es lächerlich, sich wie ein Waldtier zu verstecken: vielleicht zehn Schläge, davon stirbt man nicht, auch wenn es fürchterlich wehtut …

Und man kann ja immer versuchen, sich herauszureden: dass man sich nur vergewissern wollte, dass die Tür auch zu war, dass man etwas vergessen hat. Was die Schmetterlinge betrifft, ist Herr Zebaoth gleichsam ein anderer Mensch, voller Geduld und Begeisterung.

Ein Knacken. Sofort ist wieder das Entsetzen in ihm. Er spürt die Gegenwart eines anderen Menschen. Und es ist nicht der Nachtwächter.

Der Junge beginnt tief zu atmen, er zwingt sich zu atmen, obwohl er das Gefühl hat, dass er einfach keine Luft bekommt. Er ist sich sicher, dass etwas Schreckliches geschieht, wenn der nächste Atemzug nicht tief genug ist. Er blickt auf seine Brust hinab, um zu sehen, ob sie sich hebt und senkt.

Das Spinnennetz am Fenster schimmert im Schein der untergehenden Sonne. Das Gesicht nahe am Netz späht der Junge vorsichtig hinaus.

Ihn schaudert.

Hinter dem Fenster sieht er, wie der seltsame Kopf einer weißen Gestalt sich langsam von einer Seite zur anderen wendet, so als suchte er etwas.

Was soll ich tun? Wenn sie mich sieht. Wenn sie mich sieht!

Doch nein, die raschelnden, trägen Schritte entfernen sich. Der Junge schleicht, starr vor Schreck, zur Tür, schaut hinaus

die Mutter wendet sich um, sieht ihren Sohn dort hinter sich stehen, streckt die Hand aus, komm, lass uns fortgehen, zusammen, dorthin, wo auch Juudit ist, sagt sie

nein, es ist kein Gespenst, auch wenn es so aussieht. Es ist die Frau der Insel in einem langen, hellen Popelinemantel und mit einem Schleier vor dem Gesicht. Auf dem Kopf ein merkwürdiges Gestell, von dem der Schleier bis auf die Schultern herabhängt, und auf dem Rücken als Buckel ein großer Behälter, von dem ein langer Schlauch abgeht.

Die Frau des Direktors! Sie ist es. Unterwegs, um ein Schädlingsbekämpfungsmittel zu versprühen.

Der Junge möchte am liebsten lachen über seinen Schreck. Natürlich. Herr Zebaoth hat die ganze Woche immer wieder davon gesprochen, über die Schädlingsbekämpfung: Um die Wahrheit zu sagen, war es dein Vater, der mir das seinerzeit empfohlen hat …

Natürlich will auch die Frau des Direktors ihre wertvollen Anpflanzungen schützen, die Schädlinge daran hindern, ihren mit viel Mühe gehegten Garten zu erobern.

Der Junge denkt an die Frau, denkt daran, wie schön und freundlich sie im Licht des Tages ist, wie sie nach Vanille duftet. Er denkt an Herrn Zebaoths Tochter, die allein auf dem Felsen liegt, die weiße Brust nackt.

Nein, sie gehören dem Direktor. Seine Frau, seine Töchter. Ich habe kein Recht auf sie!

Der Junge streckt sich am Boden aus, auf den Bauch, sodass er die Kälte des groben Betons an seiner Haut spürt. Er liegt da mit ausgebreiteten Armen, reibt sich am Boden, ohne die Hände unter sich gleiten zu lassen.

Er liegt auf dem kalten Boden, mit schmerzenden Leisten, nahe daran zu bersten. Der Beton hat ihm die Hände zerschrammt. Er leckt an der einen Handfläche, spürt im Mund den Geschmack von Blut.

Aber den Wunsch zu rebellieren, den Wunsch, sich Herrn Zebaoth zu widersetzen, trägt er immer noch in sich. Den kann er nicht überwinden. Er erhebt sich, steht mitten im Zimmer, schwankt und bibbert, ohne zu wissen, was er tun soll.

Das Schlüpfen. Das würde ihn retten, nur das Schlüpfen der Raupen kann ihn jetzt retten. Er geht zurück zu den Eiern, aber nichts ist geschehen. Eine Fliege, die beim Öffnen der Tür hereingeschlüpft ist, surrt durch die Luft. Verhöhnt ihn.

Auch diese Nacht noch nicht? Niemals?

Ich halte das nicht mehr aus! Die Eier sollen jetzt platzen und die Raupen mit dem verdammten Seidenfaden im Mund herauskriechen, oder ich verliere den Glauben an dieses sinnlose Unternehmen!

Der Junge grapscht nach den durchsichtigen Eiern im Regal, schleudert zwei Hände voll zu Boden, zertrampelt sie mit seinen Gummistiefeln.

Ihr taugt zu nichts! Zu gar nichts! Ihr wollt mich nur ärgern, so wie alle anderen! Scheißverräter!

Mit Tränen der Wut in den Augen zertritt und zermatscht er die Eier, bis am Betonboden nur noch grüngrauer Schleim übrig ist.

Ein großer, widerlicher Fleck, den man mit nichts verdecken kann.

Der Junge bückt sich, voller Angst und Reue, versucht, den Fußboden mit seinem Ärmel abzuwischen, aber das nützt überhaupt nichts.

Er steht auf, rennt aus dem Schmetterlingshaus.

Das war ich nicht! Ich war es nicht!

Er geht nicht in Richtung des Hauses, sondern zum Strand. Glaubt, dass das Mädchen immer noch dort unten ist. Zusammengekuschelt unter ihrem großen Handtuch. Mit ihrem Buch, dem Strickzeug, den offenen Haaren. Und ihren Brüsten.

Der Junge rennt keuchend durch die Maulbeerbaumplantage, er rennt durch das gespenstisch leuchtende Birkenwäldchen und schreckt einen Schwarm kleiner Vögel auf. Beim Felsen angekommen, zieht er die Stiefel aus, geht barfuß am Rand des Röhrichts entlang über den von vertrocknetem Tang gefleckten Ufersand.

Das Mädchen ist immer noch dort.

Sie liest nicht mehr in dem Buch, es ist schon zu dämmerig. Sie liegt nicht, sondern zieht sich an, die langen Haare hängen ihr ins Gesicht, sie wendet Juhani den Rücken zu.

Der nasse Badeanzug liegt als sandiger Klumpen neben dem Buch. Das Mädchen hat schon das Hemd angezogen, aber ihr Hinterteil ist nackt. Nackt und weiß und hat von der Kälte eine Gänsehaut.

Der Junge bleibt wie angewurzelt, mit angehaltenem Atem, stehen.

Als das Mädchen sich erschreckt umdreht und das Handtuch vor ihren nackten Unterleib hält, ohne jedoch einen Laut von sich zu geben, versteht der Junge, warum es jeden Abend auf den Felsen kommt.

Das Leuchten, das in ihren Augen aufflackert, ist keine Angst.

»Was glotzt du so?«, fragt sie hochmütig. Und hat ihr Gleichgewicht allzu rasch wiedergefunden. So als hätte sie erwartet, dass dieses hier geschehen würde.

»Mach ich gar nicht«, sagt der Junge errötend.

»Hast du noch nie einen nackten Arsch gesehen?«

»Nee. Das heißt doch. Sogar schon oft.«

»Na, dann verschwinde hier!«

Der Junge erwidert nichts. Das Mädchen sammelt ihre Sachen zusammen und hält dabei das Handtuch krampfhaft fest. Ihre Blicke begegnen sich.

»Hast du 'ne Lulle?«, fragt das Mädchen.

»Nee«, sagt der Junge unglücklich, »Scheiße, dass ich die vergessen hab.«

»Verflixt.«

Ihre Stimme klingt nicht mehr ganz so abweisend.

Sie hat einen hübschen Mund, auch wenn er vor Kälte fast blau ist!

»Ich hab dich hier schon öfter liegen sehen.«

»Na und? Zieh Leine, damit ich mich anziehen kann. Mir ist aasig kalt, ich war vorhin schwimmen. Rat mal, wie viel Grad?«

»Achtzehn.«

»Achtzehn! Dreizehn, verdammt noch mal!«

»Du fluchst ja nicht schlecht, dabei gehst du zur Sonntagsschule«, bemerkt der Junge, aufrichtig erstaunt. Noch nie hat er eine von Herrn Zebaoths Töchtern so reden hören.

»Ach wo. Nur manchmal, wegen des Fördervereins.«

»Wieso das denn?«

»Vater sagt, dass der Förderverein sauer ist, wenn sich nicht mal die eigenen Gören des Direktors anhören, was die uns zu sagen haben. Ich geh hin, aber ich denk dabei an ganz was anderes.«

»Woran denn?«

Das Mädchen setzt sich auf den Felsen, in ihr Handtuch gewickelt. Ihr klappern leicht die Zähne. Der Junge vermutet, dass das nicht von der Kälte kommt, sondern von der Aufregung.

»An alles Mögliche. Hast du tatsächlich keine Lulle?«

»Nee. Warum sollte ich sie denn für mich behalten?«

»Der eine behält dies für sich, der andere jenes.«

»Das ist wahr.«

Der Junge spürt ihren Duft. Das Mädchen duftet so gut wie die Erde nach einem Frühlingsregen.

Diese Unterhaltung wäre tagsüber nicht möglich. Die anderen Jungen würden sie verhindern. Herr Zebaoth würde sie verhindern. Die Töchter des Direktors haben nichts mit den Jungen von der Insel zu tun. Das ist Gesetz.

Aus den Haaren des Mädchens fließt ein Rinnsal. Es wird von der Vorderseite ihres Hemdes aufgesogen.

Juhani Johansson hat unzählige Male gesehen, wie dieses Mädchen und ihre Schwestern in die Schule gehen, hat gesehen, wie sie spielen und tanzen und sich gegenseitig ärgern. Er hat gesehen, wie sie ihre Gesichter am Fenster des Direktorenhauses plattdrücken und den in ihrem Arbeitszeug vorbeitrottenden Jungs die Zunge herausstrecken.

Er hätte nicht im Traum daran gedacht, dass er auch nur neben einer von ihnen sitzen oder mit einer von ihnen in gewöhnlicher Menschensprache reden könnte.

»Ich hab deine Mutter gesehen. Sie wollte irgendwas spritzen gehen.«

»Hat sie nach mir gefragt?«

»Nee.«

»Aha. Meistens hat sie es nicht gern, wenn ich so spät schwimmen gehe. Aber das ist mir piepegal.«

Der Junge schweigt: So kann nur jemand reden, der seine Mutter ständig in der Nähe hat. Jemand, der nicht weiß, was Mutterdrang ist. Der ist schlimmer als Harndrang, wenn er einen überkommt.

Du solltest mal nachts in den Schlafsaal kommen und hören, wie die Jungs nach ihr schreien. Nach der Mutter.

»Bei uns is schon um neun Nachtruhe.«

»Das is ja fies. Wer kann denn um die Zeit schlafen?«

»Keiner«, sagt er dem Mädchen zu Gefallen.

Außer denen, die um halb sechs geweckt werden und den ganzen Tag gearbeitet haben.

Die sinkende Sonne trieft rot auf sie herab. Vom Schilf her ist das melancholische Plantschen der Wildenten zu hören.

»Leg dich hin«, sagt der Junge mit so barscher Stimme, dass es sogar ihn selbst verwundert.

»Was?«, fragt das Mädchen perplex.

»Da auf dem Felsen. Auf den Bauch. Ich will deinen Hintern sehen.«

»Das tu ich mit Sicherheit nicht«, sagt das Mädchen und presst das Handtuch mit beiden Händen an sich.

Der Junge weiß nicht, woher ihm die Kühnheit kommt. Plötzlich weiß er einfach, dass das Mädchen einwilligen wird.

»Ich hab ihn ja schon gesehen. Er war schön. Ich will ihn noch einmal sehen. Nur ganz kurz.«

»Weshalb denn?«

»Nur so.«

»Ich will nicht.«

»Dann geht es dir schlecht.«

»Wie schlecht?«

»Wirklich schlecht.«

Das Mädchen, bleich, sieht ihn an und überdenkt ihre Möglichkeiten.

Du willst ihn zeigen, nicht wahr? Ich bin sicher, du brennst vor Verlangen, ihn mir zu zeigen.

»Okay«, sagt sie schließlich, »aber nur kurz, höchstens eine Sekunde.«

»Fünf Sekunden«, sagt der Junge, »ich seh auf die Uhr.«

Auf welche Uhr, verdammt?

Das Mädchen feilscht nicht mehr. Zitternd dreht sie sich auf den Bauch, drückt sich gegen den Felsen.

»Das Handtuch weg«, befiehlt der Junge gnadenlos.

Das Mädchen hebt die Hand, zieht das weinrote Handtuch beiseite.

Da ist es: das weiße, runde Hinterteil. Die flaumigen Härchen gesträubt.

»Eins, zwei, drei …«, zählt der Junge.

Die Haut des Hinterteils wirkt so weich. Der Körper, der ist zu mager, zu knochig, wirkt irgendwie schlaff und verletzlich. Aber das Hinterteil des Mädchens, das ist unerträglich herrlich.

Der Junge streckt die Hand aus, legt sie so vorsichtig wie nur möglich auf die eine Backe.

»Dass du mich anfasst, haben wir nicht ausgemacht«, sagt das Mädchen mit erstickter Stimme, den Mund am kalten Felsen.

»Vier«, zählt Juhani Johansson.

Er streichelt den Hintern, sieht die dunkle Öffnung zwischen den Pobacken.

»Fünf!«, sagt das Mädchen und versucht aufzustehen.

Das lässt der Junge nicht zu. Er packt das Mädchen bei den Schultern und drückt es unter sich. Er spürt das Rucken des nackten Hinterns an seinen Beinen und lässt seine Hand unter ihren Bauch gleiten, zwischen die Beine, um den Hintern hochzuheben, gegen seine brennenden Leisten.

Welch ein Zauber! Welch herrlicher Körper! Plötzlich ist er erschreckend verrückt nach diesem seltsamen Mädchen, das sich von ihm halten lässt, ohne zu schreien, ohne sich zu widersetzen.

Genau in diesem Augenblick spürt Juhani Johansson einen krachenden Schmerz an der Schulter. Bevor er sich umdrehen kann, trifft ihn ein zweiter Schlag am Rücken, ein dritter am Kopf.

Der Junge dreht sich um, rollt auf den Sand, aber immer noch hagelt es Schläge auf ihn herab.

Es ist Herrn Zebaoths Frau. Sie hat das Schutzgestell vom Kopf genommen und schlägt damit auf den Jungen ein, so stark sie nur kann.

»Mutti, hör auf, er hat mir nichts getan!«, heult das Mädchen.

Aber die Mutter hört nicht. Sie tritt und schlägt den Jungen wie wahnsinnig und stößt dabei verzweifelte, sinnlose Schreie aus. Als ihr der Schutzhelm aus der Hand fällt, packt sie den Behälter mit dem Schädlingsbekämpfungsmittel und fuchtelt damit so herum, dass die Düse abgeht und der Rest des Gifts sich über den am Boden windenden Jungen ergießt.

»Ich werde euch lehren, über meine Kinder herzufallen!«

Das Mädchen packt die Mutter bei den Armen, klammert sich schreiend an den Behälter:

»Er hat nichts getan, wir haben nur gespielt!«

Die Mutter wirft ihr einen verwunderten Blick zu, bleibt stehen.

»Wir haben nur gespielt.«

Arg zerknautscht hängt der weiße Popelinemantel an der Frau herab. Ihr Haarknoten hat sich gelöst.

»Was redest du da eigentlich, Mädel?«

»Das war nicht so was, wie du denkst.«

Die Frau, die Mutter des Mädchens, schüttelt den Kopf, schaut auf den am Boden liegenden Jungen.

»Bist du seinetwegen nicht reingekommen, als ich dich gerufen hab?«

»Nein. Einfach so.«

»Wie lange geht das schon?«

»Das war das einzige Mal. Wirklich wahr!«

»Du wirst zum Arzt gehen. Der Arzt wird feststellen, was los ist.«

»Nein«, heult das Mädchen auf, »ich will nicht!«

Die Frau steht da mit dem ramponierten Spritzbehälter in

der Hand, sieht auf den am Boden liegenden Juhani Johansson.

»Kannst du gehen, Junge?«

Der Junge steht mühsam, die Augen schützend, auf.

»Kannst du gehen, Junge?«, fragt die Frau erneut.

Der Junge nickt, stolpert aber gleich über den ersten Felsbuckel.

»Komm, wir helfen ihm«, fordert die Frau das Mädchen auf. »Stütz du ihn auf der Seite und ich hier!«

So gehen sie über den Hügel, durch das Birkenwäldchen, bis zum Hof. Das Mädchen stützt ihn auf der einen, die Frau auf der anderen Seite.

Zweimal bleibt der Junge stehen und übergibt sich. Die ganze Zeit fürchtet er, nicht genug Luft zu bekommen. Und das Gesicht brennt ihm unerträglich.

»Wir müssen hier weg. Die ganze Familie. Ola muss verstehen, dass wir hier nicht bleiben können«, spricht die Frau vor sich hin.

Das Mädchen sagt nichts.

»Bist du über die Feuerleiter gegangen?«, fragt die Frau, als sie beim Wohnhaus der Jungen ankommen.

Der Junge nickt.

»Kannst du wieder zurückklettern?«

Juhani Johansson antwortet nicht, aber sie führen ihn bis zur untersten Stufe, schieben ihn vom Hintern her an, bis er die unterste Sprosse gepackt hat.

Er verspürt einen schneidenden Schmerz in der Seite, aber vor dem Mädchen und seiner Mutter will er nicht jammern.

Am nächsten Morgen ist Juhani Johansson nicht in der Lage, aus dem Bett aufzustehen. Der Direktor glaubt, es handele sich um eine Auseinandersetzung zwischen den Jungen.

Der Junge bekommt hohes Fieber. Er erbricht grünen und gelben Schleim.

Auf seiner Haut bilden sich dicht bei dicht kleine, rote Pusteln, die nach einigen Tagen aufgehen und übelriechenden Eiter absondern.

Der Arzt wundert sich. Der Junge wirkt, als hätte er in Gift gebadet. Ob jemand Zutritt zu den Schädlingsbekämpfungsmitteln gehabt hat?

Nein, die werden absolut streng unter Verschluss gehalten. Die Inspektoren und der Direktor selbst überwachen ihre Verwendung.

Juhani Johansson wird in die Stadt gebracht. Auf die Intensivstation. Die Ärzte des Krankenhauses sind ebenso verwundert. Neben einer Misshandlung vermuten die einen eine Vergiftung, die anderen ein Virus. Jeden Morgen bekommt er eine Spritze, ihm wird immer wieder Blut abgenommen, seine Leber, seine Nieren und seine Hoden sowie sein Gehirn werden untersucht.

»Wenn das keine Spuren bei ihm hinterlässt, dann ist es ein Wunder …«

Als der Junge allmählich zu genesen beginnt, weigert er sich schroff, sich an irgendwelche Einzelheiten zu erinnern. Allmählich glaubt ihm der Direktor, dass er sich tatsächlich an nichts erinnert. Und der Arzt bestätigt, dass man durch einen Schock die Erinnerung an den Verlauf irgendwelcher Vorfälle vollständig verlieren kann.

»Ich werde den Schuldigen schon noch finden«, verkündet Herr Zebaoth den Jungen im Schlafsaal mit einer Stimme, die vor unterdrückter Wut bebt.

Von dem Vandalismus im Schmetterlingsraum ist keine Rede. Wenn man ihn überhaupt bemerkt, verdächtigt mit Sicherheit niemand den übel zugerichteten Juhani Johansson.

Irgendwann platzen die Eier, als der Junge noch im Krankenhaus liegt, und die mit dunklen Borsten bedeckten Raupen kriechen hervor, wobei sie aus dem Mund einen unendlich feinen Seidenfaden ausscheiden.

Als der Junge endlich in der Verfassung ist, in den Raum mit den Seidenraupen zu humpeln, sind die schon auf eine Länge von fast acht Zentimetern angewachsen.

Sie fressen mit unglaublicher Gier Maulbeerblätter und sind dabei, sich schon zum vierten Mal zu häuten.

6. Kapitel

Nach vier Häutungen hören die Seidenraupen auf zu fressen. Sie wandern unruhig umher, kriechen schließlich auf einen geeigneten Ast, befestigen sich mit starken Fäden daran und beginnen, einen Kokon zu spinnen.

Die Frau ist entsetzt, als sie hört, dass der nächste Schritt darin besteht, die Kokons zu töten.

»Davon hast du vorher nichts gesagt«, meint sie vorwurfsvoll zu ihrem Mann.

Olavi Harjula sieht seine Frau an wie ein ungezogenes Kind. Er zerrt sich die schmutzigen Arbeitsstiefel von den Füßen, stellt sie auf ein Stück Flickenteppich, das eigens dafür da ist, und tappt ins Schlafzimmer, in der einen Hand die Kaffeeflasche, an der die Frau trotz wiederholten Anbietens nicht interessiert ist.

Die Frau steht auf der Stelle, die Hände in die Hüften gestemmt, mit eigentümlich geröteten Wangen.

»Du hast kein Wort davon gesagt, dass sie umgebracht werden!«

»Was heißt, ich hab das nicht gesagt? Du hast doch selbst den Vortrag von Johanssons Sohn gehört. Da wurde alles gesagt und gezeigt.«

»Nicht das Töten«, beharrt die Frau.

»Das wurde sehr wohl gezeigt. Es gibt zwei verschiedene Verfahren des Erhitzens.«

Die Frau mustert ihn immer ungehaltener.

»Willst du sie tatsächlich alle zu Tode quälen?«

»Nicht alle. Ein Teil der Kokons muss für neue Generationen erhalten bleiben.«

»Damit du wieder neue zum Quälen bekommst, ja?«

Der Mann schüttelt den Kopf.

»Verdammt noch mal, wir reden hier über Raupen. Was ist nur los mit dir? Dein Mann kommt an einem harten Arbeitstag nach Hause, um ein Nickerchen zu machen, und du empfängst ihn mit deiner schlechten Laune.«

Die Frau kehrt ihm den Rücken zu, wischt sich die Tränen aus den Augen.

»Du genießt es, andere zu quälen.«

Der Mann lässt sich schwer in den Sessel fallen, nicht auf das Sofa, so wie sonst, wenn er kommt, um einen kleinen Mittagsschlaf zu halten. In der Hand hält er noch immer die Wasserflasche mit dem Patentverschluss, die in einem Wollstrumpf steckt und aus der er am Ackerrain seinen Vormittagskaffee trinkt. »Was soll das denn jetzt heißen? Hast du Schwierigkeiten mit den Mädels, oder wo drückt dich der Schuh?«

Die Frau geht in die Küche, nimmt unter dem Abwaschtisch einen Kochtopf hervor. Sie macht ihn halbvoll mit Wasser, zündet den Herd an.

Dann erscheint sie mit teuflischem Lächeln an der Tür.

»Gleich haben wir kochendes Wasser. Machen wir es doch zusammen. Was willst du reintun? Eine Maus? Hühner? Deine Töchter? Mich?«

Der Mann sagt nichts, starrt nur erschreckt seine Frau an.

Sie fängt an zu lachen. So heftig, dass sie sich biegt vor Lachen.

»Jetzt denkst du, ich bin endgültig verrückt geworden, was? Garantiert bin ich es! Ich hab dich angefleht, von hier wegzugehen … aber nein!«

»Wie könnte ich denn meine Arbeit im Stich lassen? Einfach so«, widerspricht der Mann mit leiser, sich rechtfertigender Stimme. Er starrt den Kaffeestrumpf an, den er auf den Schlafzimmertisch gelegt hat, fegt irgendwelche nicht vorhandenen Krümel in die Hand.

Fegt sie sich in die Hand in seliger Unwissenheit, dass das zu den Gesten gehört, die seine Frau absolut nicht ausstehen kann.

Die Frau lacht nicht mehr. Mit zusammengebissenen Zähnen horcht sie auf den immer schneller werdenden Rhythmus der an der Wand tickenden Standuhr. Ihr wird angst. Vor ihrer eigenen Niedertracht und dem unaufhaltsamen Fortschreiten der Zeit in Richtung Alter und Grab an der Seite dieses Mannes, der ihr zuwider geworden ist.

Die Uhr, die nicht dem ihr vorgegebenen Rhythmus folgt. Das ist unheilverkündend und grauenerregend. So wie auch das Töten der Kokons. Entsetzliche Gedanken kommen ihr in den Sinn:

Den Topf vom Feuer zu nehmen und das kochende Wasser über dem Mann auszugießen! Es zu tun, Schluss zu machen mit alldem, irgendetwas zu tun.

Die Frau hebt anklagend ihren Zeigefinger:

»Wir sind dir doch völlig egal. Die Mädchen und ich. Uns kann doch sonst was passieren, Hauptsache, du und deine Jungen, ihr habt es nett.«

»Jetzt reicht es, Irene«, sagt der Mann und steht auf. »Ich hatte einen harten Arbeitstag, und er dauert noch bis zum Abend. Das kränkt einen dann doch, wenn der andere die Arbeit, die man macht, nicht zu schätzen weiß, sondern allerlei dummes Zeug darüber redet.«

»Dummes Zeug?«

»Für euch ist ein Fernseher angeschafft worden, und ich weiß nicht was. Durch meine Arbeit. Ihr solltet eigentlich keinen Grund zur Klage haben. Und es will mir nicht in den Kopf, wie jemand auf die Jungen eifersüchtig sein kann, denen das Leben fast alles genommen hat. Alles bis hin zur Selbstachtung.«

»Eifersüchtig?«

Der Mann ballt die Fäuste in machtlosem Ärger.

»Wenn ihr, du und die Mädchen, findet, dass ich langweilig und reserviert bin, weil ich von morgens bis abends arbeite, dann kann ich es auch nicht ändern! Ich will dir nur sagen, dass dieser Job auch für mich nicht immer ein Zuckerschlecken ist.«

»Du würdest auch eine andere Arbeit bekommen.«

»Bestimmt«, sagt der Mann verbittert. »Nur habe ich zufälligerweise die Vorstellung, dass diese Arbeit einen gewissen Wert hat. Aber ich sehe, dass sie euch nicht passt. Auch die Mädchen sind so überheblich geworden, dass sie auf dem Festland nicht einmal erzählen mögen, wo ihr Vater arbeitet!«

Die Tür öffnet und schließt sich mit einem hässlichen Knall.

Die Frau verfolgt den wütenden Marsch des Mannes in Richtung Erbsenfelder durch das Fenster.

Der Sommer ist so lind, wie er nur sein kann, die Natur so üppig und schön, dass ihr Anblick und ihr Duft kaum erträglich sind. Kann sie wirklich so völlig tot sein, diese ihre Ehe, das Band zwischen Mann und Frau?

Die Frau schaltet den Herd aus, gießt das kochende Wasser ins Spülbecken.

Nachdem sie das Geschirr, das die Mädchen auf dem Tisch zurückgelassen haben, abgewaschen und abgetrocknet hat, geht sie in die Dusche, schrubbt gründlich erst sich und dann die vom vielen Scheuern stumpf gewordene Badewanne. Während sie sich die nassen Haare bürstet, horcht sie auf das fröhliche Geschrei unter dem Fenster, wo eine Schwester die anderen mit dem eiskalten Wasser aus dem Gartenschlauch zu treffen versucht.

Es ist falsch, solche Gedanken gegenüber seinem Mann zu hegen, falsch von einer Frau, die fünf Töchter hat: wie, wenn nun sie etwas zusammen machten, nur sie und die Mädchen?

Von Dusche und Reue erneuert, eilt sie, nur im Bademantel,

in die Küche, beschließt, die Mädchen zu überraschen, indem sie ihnen Eierpfannkuchen backt. Als sie Eier aus dem Kühlschrank holt, sieht sie dort eine große Schüssel Schokoladenpudding stehen, den Linnea gekocht hat.

So selbstständig sind sie schon, ihre Mädchen, brauchen die Mutter nicht mehr.

Mit einem schneidenden Schmerz in der Brust denkt sie an ihre Töchter, die wachsen und Formen bekommen, die schon darauf brennen, sich mit den Jungen zu kabbeln. Die ihre Fragen eher als peinlich denn als Fürsorge empfinden.

Sie schiebt die Eierpappe zurück in den Schrank, streift ihr fliederfarbenes Baumwollkleid über, von dem sie die Ärmel abgeschnitten hat. Das trägt sie an heißen Tagen bei der Gartenarbeit zusammen mit ihrem uralten Strohhut.

Im Vorübergehen betrachtet sie sich selbst im Spiegel und stellt wehmütig fest, dass sie immer noch schön ist. Einigermaßen. Nur das ebenmäßige Oval des Gesichts ist dahin, die Knochen sind näher an die Haut herangekommen. Die Poren sind unschön vergrößert und machen den Eindruck von Weichheit und Jugend zunichte. Aber das Haar ist immer noch dieselbe Löwenmähne, die, selbst zusammengebunden, noch Kraft signalisiert.

Sie rafft einen Haufen Flickenteppiche zusammen, als Erstes den, auf dem Olavi seine Stiefel abzustellen pflegt. Sie zerrt die Läufer aus dem Vorraum und aus dem Zimmer der Mädchen, ohne sich um die umstürzenden Stühle und das der Länge nach auf den Boden krachende Regenschirmgestell und den Porzellanhund zu kümmern, dem bei dem Sturz der Kopf abbricht.

Nein, sie hat wirklich nicht die Absicht, sie um Verzeihung zu bitten, sie, die immer und ewig Dreck in die Wohnung tragen. Sie wird ihnen zeigen, welche Ordnung künftig im Hause herrscht!

Sie schleudert die Teppiche in die Milchkarre, die vor dem Schuppen steht, fährt mit ihrer Last im Bogen quer durch den Wacholderhain, wo der Blutrote Storchschnabel leuchtendrote Farbkleckse bildet, zur Sauna, holt von dort Seife und Wurzelbürste.

Unterwegs zum Strand nehmen ihre gute Laune und ihr Gefühl von Kraft zu, während sie die verschwenderische Blüte von Astern und Enzian betrachtet.

All das ist ja ihr Werk. Mit ihren eigenen Händen hat sie es geschaffen. Und das Ergebnis ist von fürstlicher Pracht. Wie das Bühnenbild für ein großes Schauspiel, für die Gartenszene darin.

Sie kippt den Inhalt der Karre ins Uferwasser, zieht die Teppiche aus zu langen Bändern, beschwert die Ecken mit Steinen.

Das unerbittliche Schrubben der Teppiche verschafft ihr eine nie gekannte Befriedigung. Als die Muskeln schmerzen und die Haut an den Fingerknöcheln durchgescheuert ist und die scharfe Schmierseife in den Wunden brennt, verspürt sie die unbändige Freude eines sich geißelnden Pilgers. Jeder Zug mit der Bürste wischt einen Abdruck von den Füßen des Mannes vom Teppich, verwischt die erschöpften Muster ihres ehelichen rituellen Tanzes, wäscht das schamlos späte Nachhausekommen der Mädchen und ihr eigenes zielloses Umherirren ab.

Sie muss alles von vorn beginnen. Die Familie sammeln, dem Mann zeigen, dass er ein Teil der Familie ist… wer weiß… vielleicht ist die Liebe noch nicht völlig tot, auch wenn sie arg unsichtbar geworden ist… um sein Eheglück muss man kämpfen, man muss sich darum bemühen, so sagen sie, die Handbücher und Fachleute…

Wie eine Besessene rackert die Frau sich mit den Teppichen ab, alles muss einwandfrei sauber werden, dies ist ihre Aufgabe und ihre Sühne, jetzt ist Schluss mit dem schwermütigen und nutzlosen Selbstmitleid!

Als sie schon dabei ist, die dreimal gespülten Teppiche auf den Milchkarren zurückzupacken, erscheint der Mann mit einer kleinen Gruppe von Jungen am anderen Ende des Anlegestegs.

»Was machst du denn da?«

»Was glaubst du wohl?«

»Warum, zum Teufel, schleppst du diese schweren Teppiche allein? Was soll das? Die Insel ist voll von kräftigen Burschen, verdammt! Warum hast du nicht gesagt, dass du Teppichwäsche machst?«

In der Stimme des Mannes ist auch nicht die geringste Sympathie zu spüren. Sie ist so streng wie die eines Lehrers, der einen Schüler beim Abschreiben erwischt hat.

»Los, Jungs, schnappt euch die Teppiche, die noch im Meer liegen, und packt sie in die Karre. Los, los, aber ein bisschen plötzlich!«

»Nein, nein«, sagt die Frau und hebt abwehrend die Hände. »Ich mach das schon. Ich will diese Arbeit selbst tun, von Anfang bis Ende.«

»Wie willst du es denn schaffen, die Karre den Berg hochzuschieben? Musstest du die wirklich alle auf einmal waschen?«

Die Jungen machen einen Schritt nach vorne, aber die Frau stellt sich vor sie hin, steht da wie eine Mauer zwischen den Teppichen und den Jungen: Wenn jemand ihre Teppiche anrührt, ist alles verloren. Sie müssen begreifen, dass dies ihre Buße ist, sie allein darf die Teppiche berühren!

»Mein Gott, Irene, hör auf damit in Gottes Namen …«

Die Jungen stehen schweigend da und starren abwechselnd den Direktor und seine Frau an.

»So, Schluss jetzt mit den Faxen!«

Der Mann kommt vom Steg herunter, geht rasch zu seiner Frau, beugt sich zu ihr und flüstert ihr zu:

»Jetzt geht dein neurotisches Verhalten langsam zu weit.

Es wird Zeit, dass die Dinge in vernünftige Bahnen kommen. Du wirst mich hier nicht vor den Jungen blamieren, ist das klar!«

»Lass mich diese Teppiche selbst erledigen. Es ist mir wichtig.«

»Sei nicht kindisch.«

Der Mann wendet sich den Jungen zu:

»Nun aber fix. Es kann jeden Augenblick anfangen zu regnen.«

»Nein«, schreit die Frau, »ihr habt kein Recht, euch in meine Arbeit einzumischen! Das hier ist meine Arbeit! Meine!«

»Jungs, Jungs, wenn ihr weiter so trödelt, fällt das Essen aus. Hört ihr nicht, was ich sage, oder kapiert ihr es nicht? An den Ecken angepackt und auf die Karre damit!«

Als die Jungen anfangen, die Teppiche zu tragen, bricht die Frau in Tränen aus und setzt sich auf die Erde.

Sitzt da im Sand und weint schamlos vor aller Augen.

Der Mann wirft keinen Blick mehr in ihre Richtung.

Die Sonne hat sich hinter eine große, blaugraue Wolke zurückgezogen. Die ersten Wassertropfen durchlöchern die Wellen.

Als alle Teppiche triefend auf der Milchkarre liegen, bekommt Ilkka Salmi den Auftrag, die Karre vom Strand zum Hof hinaufzuschieben. Die anderen Jungen nimmt der Mann mit sich mit.

Die Frau weint mit hängendem Kopf. Vom Meer ist das Geschrei der Möwen zu hören.

Welche Demütigung!

Und der Bursche, auch er steht noch da, zwei Meter entfernt, an die Milchkarre gelehnt. Irene schaut auf, schüttelt den Sand von ihrem Rocksaum, der von den Teppichen nass geworden ist, wischt sich das Gesicht ab.

»Sag mal, Ilkka«, fragt sie mit so sachlicher Stimme, dass es sie selbst überrascht, »sag mal, warum hast du versucht, deinen Vater umzubringen?«

Über und über rot sieht der Bursche sie an, ohne ein Wort herauszubringen, nur die Finger zucken nervös.

»Du hast doch versucht, ihn zu töten?«

Sie holt die Schachtel mit den Zigaretten vom Rand der Milchkarre, hält sie ihm hin. Der Bursche nimmt eine Zigarette, zündet sie aber nicht an.

»Ich weiß, dass ich das nicht fragen dürfte, dass das absolut gegen die Regeln ist, aber ich möchte es gern wissen.«

Erschrockene Stille.

Die Frau macht tiefe Lungenzüge, zieht sich unter den alten, umgekippten Steg zurück, wo sie nicht nass werden kann vom Regen.

»Es war mein Stiefvater«, antwortet der Bursche von seinem Wachtposten neben der Milchkarre nach so langer Stille, dass die Frau schon denkt, er habe die ganze Frage vergessen.

»Hat er dich geschlagen, ja?«

Sie betrachtet das unruhige Auf und Ab des mageren Brustkorbs, während der Bursche gegen seine Wortkargheit kämpft. Seine Lippen formen ein Wort, aber er kann sich noch nicht zwingen, es auszusprechen.

»Es steht doch alles in den Papieren.«

Die Frau runzelt die Stirn. Sie bereut schon, dass sie überhaupt gefragt hat. Schämt sich wegen ihrer Vertraulichkeit.

»Ich habe deine Papiere nicht gelesen. Wieso denkst du, ich hätte es getan?«

»Ich weiß nicht. Entschuldigung. Sie haben sie natürlich nicht gelesen.«

Es ärgert und wundert die Frau, wie leicht der Bursche zu verletzen ist.

»Sieh mal, ich selbst bin niemals geschlagen worden«, sagt sie, um ihm aus der Verlegenheit zu helfen. »Ich weiß nicht, was man dabei empfindet. Ich weiß nicht, ob das mehr wehtut als …«

Aber sie hat den Damm schon durchbrochen, er ist nicht mehr zu reparieren. Die Fluten schlagen mit nicht zu bremsender Kraft donnernd über ihr zusammen.

Der Bursche, groß und dunkel, tritt vor sie hin, wendet ihr den Rücken zu und zerrt das Hemd hoch, sodass die Frau die hässlichen Narben sehen kann, die seinen Rücken vom Nacken bis zum Hosenbund bedecken.

»Du großer Gott …«

Der Bursche lässt das Hemd zurückfallen, dreht sich um:

»Was möchten Sie sonst noch von mir wissen?«

»Ich … Verzeihung. ich hätte das nicht fragen sollen.«

Der Bursche lächelt über ihre naive Erschütterung:

»So war der. Der musste immer entweder rammeln oder prügeln. Am liebsten beides. Besonders im Suff. Dem war alles recht, was auf zwei Beinen daherkam. Zweimal hat er im Knast gesessen und da schlechte Gewohnheiten angenommen. Mit nassen Hosen machte er Jagd auf Mutsch und auf die Schwester von Mutsch und auf deren Tochter und auch auf mich, wenn alle andern sich versteckt hatten. Der war völlig durchgedreht. Wenn er vollgetankt hatte. Wenn er dann wieder nüchtern war, tat ihm das alles verdammt leid. Und dann versprach er einem das Blaue vom Himmel herab.«

Die Frau hört sich die Ergüsse des Burschen an, die Hand vor dem Mund, voll Mitleid.

Der Regen ist in prasselnde Tropfen übergegangen, die in den Sand raue Wunden schlagen.

»Du bist so vernünftig und fleißig. Olavi lobt dich immer. Ich hab wohl gedacht, dass du nicht so schlimme Dinge hinter dir hast wie so viele andere hier … ich meine, meistens wird man von solchen Erfahrungen doch verrückt … aber du bist so …«

Der Bursche hört sich mit stillem Lächeln die Verteidigungsrede der Frau an, der schon längst der rote Faden abhandengekommen ist.

»Im Herbst kommst du ja weg von hier …«

»Ja, ich werd zwanzig.«

»Und Ola … mein Mann hat gesagt, dass er schon einen Arbeitsplatz für dich beschafft hat. Dass du zu denen gehörst, die wirklich auf dem richtigen Pfad bleiben wollen.«

Der Junge lächelt nicht mehr.

»Ich werd niemals ins Gefängnis kommen. Der Umstände wegen werd ich garantiert nicht dahin kommen.«

Die Frau reicht ihm eine Zigarette.

»Und ich rauche auch nicht.«

Sie zuckt die Achseln.

»Vielleicht möchtest du sie einem Kumpel geben …«

»Ich glaube nicht.«

Die Frau wird rot, beugt sich vor und drückt ihre eigene Zigarette tief im Sand aus.

»Na gut, dann zünde sie für mich an«, sagt sie gepresst, gekränkt darüber, dass der Bursche ihre kameradschaftliche Geste zurückgewiesen hat, dass er nicht einmal für eine Zigarettenlänge mit ihr gegen die strengen Vorschriften der Insel verstoßen will.

»Wollen Sie auch noch die zweite rauchen?«

Die Luft ist voller Wasserstaub. Die Regenwolken haben die ganze Gegend in Grau gehüllt.

»Warum nicht?«

Die Frau bibbert vor Kälte, sie schaut nach den kleinen Gestalten, die weit hinten, am anderen Ufer zu ihren Autos laufen.

»Wird einem davon nicht übel?«

»Vielleicht ja, vielleicht nein, was spielt das für eine Rolle?«

Was spielt überhaupt eine Rolle?

Die Frau verschanzt sich hinter ihrem Schweigen, nimmt nicht einmal die Zigarette aus dem Mund.

Oh, diese Gutsituierten mit ihrer Unzufriedenheit und ihrem Abscheu vor sich selbst!

Sie sollte glücklich sein darüber, dass sie nicht so verprügelt worden ist wie dieser Bursche hier, verprügelt und gequält und darauf angewiesen, sich mit physischer Gewalt zu verteidigen, vermag es aber nicht.

Die Hand fliegt schneller auf ihr Gesicht zu, als das Auge es erfassen kann. Noch Sekunden später, als die Zigarette schon qualmend im Sand liegt, plinkert sie, weil sie glaubt, der Bursche habe sie schlagen wollen.

»Es spielt eine Rolle.«

Ihr Mund zittert vor ungläubiger Erschütterung.

»Was? Was sagst du da?«

Sie starren einander an.

Unglaublich. Höchst peinlich. Etwas, das sofort beendet werden muss.

»Ich finde … ich finde, Sie sind der beste Mensch … die beste Frau, der ich jemals begegnet bin! Ich meine, Sie sind ganz anders als alle anderen …«

Eine blöde Antwort, geradezu lächerlich, aber was verbergen sich doch für heftige Gemütsbewegungen hinter dem schroffen Wesen dieses Burschen. So hat die Frau ihn noch nie gesehen, hätte sich gar nicht vorstellen können, dass er auch solch eine Seite hat.

Oder doch?

»Ich möcht gar nich weg von hier. Ich meine, ich möcht deshalb nich weg von hier, weil ich nich weiß, was ich machen soll, wenn ich Sie nich mehr sehe.«

Das Schilf rauscht. Steif wendet die Frau sich ab, über und über errötend.

So etwas passiert ihr nicht, dies hier ist einfach nicht wahr.

Der Bursche hat natürlich mit den anderen darum gewettet, wie schnell er die Frau des Direktors flachlegen kann ...

Der schrille Lockruf einer Schnepfe zerschneidet die Stille. Die Frau wendet den Kopf. Der Bursche starrt sie an. Sein Gesicht erstarrt allmählich zu der vertrauten Ausdruckslosigkeit.

Ach, was würde die Frau darum geben, wenn sie größer wäre als der Bursche, wenn sie ihn von oben herab tantenhaft ansehen könnte, ihm den Kopf tätscheln, sagen, was doch diesen Schlingeln nicht alles einfällt ...

»Was redest du da eigentlich? Begreifst du überhaupt, was du mir da sagst?«

Die Frau ist zornig, sie platzt fast vor Wut, was ist das nur für ein Wahnsinn, der über dieser verfluchten Insel liegt, wenn sogar die Jungen dreist an die Frau des Direktors herantreten und ihr frei von der Leber weg sagen können, was ihnen gerade in den Sinn kommt!

»Ja.«

Die Augen starren immer noch, jetzt aus nächster Nähe.

Die Frau streckt die Hand aus, berührt den Burschen am Arm. Ein sichtbares Zusammenfahren.

»Ist es das, worauf du aus bist?«, fragt sie bitter.

Der Bursche dreht den Kopf von einer Seite zur anderen. Schluckt laut.

»Was dann?«

Entsetzen, ein Krampf von Übelkeit irgendwo tief drinnen. Sie lässt die Arme seitlich herabfallen.

Der Bursche steht da in seinem Blaumann, unbeweglich wie ein Fels.

»Ilkka? Ich hab dich was gefragt.«

In seinen Augen flackert etwas.

»Sie müssen sich scheiden lassen«, sagt er.

»Was?!«

»Mit mir zusammen von der Insel fortgehen«, erklärt er.

Seine seltsame Leidenschaft gewinnt die Oberhand. Die Frau spürt plötzlich, dass sie ganz kraftlos ist.

»Fortgehen?«

Der Bursche nickt.

»Sonst sterben Sie. Sonst sterb ich«, sagt er, sorgfältig und ruhig artikulierend, wie jemand, der schon seit Langem weiß, was er in dieser speziellen Situation sagen wird.

Die Sonne ist schon hinter dem Stallgebäude aus Grauziegeln angelangt, und Juhani Johansson braucht das Abendläuten gar nicht zu hören, um zu wissen, dass die Außenarbeiten für diesen Tag vorbei sind.

Er bleibt am Bach stehen, um seine Stiefel abzuspülen.

Vom Erlengestrüpp her wallt dichter Qualm von frischem Holz herüber. Wahrscheinlich hat Tyyne ein Melkfeuer angemacht, um sich die Mücken vom Leibe zu halten.

Das Wasser fließt über die Spitzen der schwarzen Stiefel, der Junge steht breitbeinig da, den Spaten in der Hand, und denkt an ein Ausgleichstor, das er beim letzten Eishockeyspiel des Frühjahrs gesehen hat.

Er führt den Spaten im Wasser von einer Seite zur anderen. Gerade als er den unsichtbaren Puck in Richtung Tor schlägt, den Schläger triumphierend hochreißt und ihn durch die Luft zieht mit der Begeisterung eines Mittelstürmers, der bei vielen glücklosen Kämpfen mitgespielt hat, hört er hinter sich einen leisen Gruß.

Das Mädchen!

Juhani Johansson wird feuerrot: dass sie auch gerade jetzt auftauchen muss.

Aber das Mädchen lacht nicht über sein Gebaren, lächelt nicht einmal.

Sie steht irgendwie steif und verlegen inmitten des von der Hitze gelb gewordenen hohen Grases und rupft dessen Spitzen ab.

Der Junge steht schweigend auf der Stelle, er hat keine Ahnung, was von ihm erwartet wird.

Das Mädchen betrachtet die Grasbüschel, die wie graue Mäuse auf ihrer Handfläche liegen. Sie lässt sie zu Boden fallen und sieht ängstlich zu dem Jungen hinüber.

»Du bist wieder gesund?«

»Ja.«

»Ganz und gar?«

»Klar. Das war doch nichts weiter.«

Das Mädchen hebt die Brauen.

»Sag das nicht. Vater hat gesagt, dass du schrecklich krank warst.«

»Das haben die nur geglaubt.«

Ungläubiges Lächeln.

»Ich wollte nur ein bisschen blaumachen.«

»Du ...«

Der Junge hat den Eindruck, das Mädchen wolle sich irgendwie bei ihm einschmeicheln.

»Ich muss jetzt gehen.«

»Vater sagt, dass du dich an nichts erinnerst.«

Jetzt ist es an ihm, die Stirn zu runzeln.

»Na?«, fragt sie nach.

»Was, na?«

»Erinnerst du dich oder nicht?«

Eine abweisende Grimasse.

»Ich muss wirklich gehen.«

Das Mädchen nickt, steht verwundert, mit seitlich herabhängenden Armen, in dem niedergetretenen Gras, barfuß. Der Junge bemerkt zum ersten Mal, dass das Mädchen viel größer ist als er.

»Wenn ich zum Abendbrot zu spät komme, lassen sie mich abends nicht das Fußballspiel sehen ...«

»Ach so.«

In der Stimme des Mädchens schwingt herbe Enttäuschung mit. Sie steht da und starrt ihn unverwandt an.

Der Junge dreht sich um, steigt hügelan. Die Abendsonne scheint ihm jetzt genau in die Augen. Der Blick hinter seinem Rücken brennt noch mehr.

»Wart mal!«

Die Stimme ist nur ein Hauch.

Der Junge dreht sich um, schaut zu ihr, aber seine Augen sind unfreundlich und abweisend.

Einen Augenblick lang starren sie einander an.

Das Licht über den Wiesen ist gelb und vibrierend. Die Heuschrecken zirpen, als gelte es ihr Leben.

»Ich hab was vergessen«, sagt das Mädchen und beginnt in der Hosentasche zu graben.

»Was?«

Der Junge sieht auf die Rauchschwade, die verrät, dass die Viehmagd immer noch bei ihrer Arbeit ist.

»Wenn die Alte uns hier zu zweit herumhängen sieht, dann darfst du dreimal raten, ob sie das deinem Vater erzählt.«

»Tyyne? Die erzählt nichts. Wir sind ihre Lieblinge. Viola und ich.«

»Sieh an. Ich dachte, die könnte kein zweibeiniges Wesen gernhaben.«

»Sie kauft uns immer Bonbons. Und strickt Strümpfe für uns, als wären wir Tausendfüßler. Sie bildet sich ein, dass Mutter sich nicht genug um uns kümmert.«

Der Junge räuspert sich, spuckt auf den Boden.

»Was wolltest du mir geben?«

Die Hand zieht ein weißes, vielfach zusammengefaltetes Papier aus der Tasche.

»Hör mal … ich wollte dir nur sagen, dass es mir leid tut. dass du meinetwegen zu leiden hattest.«

Der Junge hofft, das Mädchen möge endlich aufhören. Er findet all dies unnötig und peinlich.

Ich hab gegen die Regeln verstoßen und dafür bezahlt und damit basta. Immer muss man dafür bezahlen, wenn man etwas falsch macht, darüber braucht man kein Wort zu verlieren!

»Ich musste auch leiden.«

In der Stimme des Mädchens ist ein Zittern, das dem Jungen Angst macht. Scham. Der bittere Wunsch, sich anzuvertrauen.

Damit ich ja nicht denke, du hättest nicht zu bezahlen brauchen!

»Hat er dich verprügelt?«

»Nein, aber …«

Eine plötzliche Furcht verursacht ihm einen schneidenden Schmerz bis in den Bauch hinein.

»Aber dein Vater hat es erfahren? Du hast es ihm erzählt?«

»Nein!«

Der Blick des Mädchens ist nirgendwohin gerichtet. Der Junge fürchtet, sie werde gleich anfangen zu weinen.

»Was dann?«

Die Hand steckt ihm den Zettel in die Faust.

»Mach ihn nicht auf, bevor ich weg bin. Und dann denk daran, ihn zu vernichten. Ich will nicht, dass irgendjemand sonst ihn sieht.«

Der Junge steckt den Zettel in die Tasche und stapft den Hügel hinauf, ohne das Mädchen noch eines Blickes zu würdigen. Erleichtert stellt er fest, dass er noch rechtzeitig vor dem Tischgebet zum Abendbrot kommt.

Während des Essens fasst er zweimal in die Tasche, fühlt nach dem Zettel, aber schiebt ihn letztlich nur noch tiefer in die Tasche hinein.

Und nach dem Essen rasch in den Fernsehraum.

Doch dies ist nicht sein Glückstag: Schon bei der Ausstrahlung der Quizveranstaltung, die dem Fußballspiel vorausgeht, gibt es Probleme. Schließlich ist das Bild ganz weg.

Stattdessen die Einblendung: »Wir bitten um etwas Geduld«, und nervenaufreibendes Geigenspiel.

Aber die Nachtruhe beginnt um neun Uhr, ob das Spiel nun zu Ende ist oder nicht!

»Typisch! Da kommt ein Spiel schon mal am frühen Abend, und dann müssen die einem das versauen!«

Juhani Johansson sieht Salmi an, versucht, Unterstützung für sein Genörgel zu bekommen. Aber Salmi mag nicht einmal antworten, starrt nur, in sich gekehrt, aus dem Fenster. Betrachtet lieber die ewig gleichbleibende Landschaft, als mit seinem Kumpel Juhani Johansson zu sprechen!

Was ist bloß los mit dem in letzter Zeit? Was ist überhaupt los mit den Leuten?

Der Ansager erscheint auf dem Bildschirm, lächelt künstlich vergnügt. Wir bedauern die Störung, versuchen es gleich noch einmal.

Pup Simola startet ein Pfeifkonzert. Aber niemand mag einstimmen.

Juhani Johansson überlegt, ob er auf die Außentoilette gehen soll. Dort könnte er den von dem Mädchen gekritzelten Zettel in Ruhe lesen, ohne von jemandem gesehen zu werden.

Soll er gehen, oder soll er nicht gehen?

Er zögert und kann sich nicht entscheiden.

Wenn nun das Spiel inzwischen beginnt? Vielleicht schießen sie in dieser Zeit sogar ein Tor?

Der Junge wagt es nicht, das zu riskieren. Er will nicht wissen, was auf dem Zettel steht. Wie gelähmt sitzt er auf seinem Stuhl, lässt die Finger knacken, wartet.

Die Grillen zirpen hinter dem offenen Fenster, die Luft steht.

Da steht nichts Besonderes drauf. Da kann nichts Besonders draufstehen.

Die Jungen werden allmählich unruhig, sie kabbeln sich, quengeln, nehmen sich beim kleinsten Anlass gegenseitig in den Würgegriff.

»Wenn ihr euch nicht anständig benehmt, könnt ihr gleich zu Bett gehen«, droht der Aufsichthabende.

Als das Spiel endlich beginnt, ist allen schmerzlich bewusst, dass sie es nicht ganz sehen können.

»Man kann nur hoffen, dass es sich schon in der ersten Halbzeit entscheidet«, sagt der Aufsichthabende.

»Arschloch«, zischt Maschine durch die Zähne.

Juhani Johansson nickt.

»Ich hätte wieder mal verdammt Lust, von hier abzuhauen«, sagt Zwielicht.

»Wieso? Du bist doch noch niemals abgehauen«, wendet Pup ein.

»Nein, aber Lust dazu hatt ich schon öfter.«

Schadenfrohes, röhrendes Gelächter.

Juhani Johansson sitzt jetzt schweigend da, betrachtet das von grellem Licht überflutete Stadion. Die Sekunden vergehen, rasen wie eine wildgewordene Viehherde, das Spiel kommt nicht voran, schlappe Schüsse, verpatzte Angaben.

Hätte ich vielleicht doch nachsehen und lesen sollen?

Bis zu den Nachrichten kein Tor. Irgendwo ein Flugzeugabsturz. Dutzende von Toten. Im Innern der Maschine verbrannt. Die Hitze dauert an. Dünne hohe Wolken.

»Ja, Jungs, jetzt ist es Zeit, in die Federn zu gehen. Ihr hört dann morgen, wie das Spiel ausgegangen ist.«

Verdammter Scheißkerl!

»Ich muss noch mal pinkeln gehn«, schnauft Juhani Johansson.

»Das geht nicht mehr. Du kennst die Regeln.«

»Aber ich muss unbedingt.«

»Ja, und wenn ich bei dir heute eine Ausnahme mache, dann wollen morgen alle dasselbe.«

»Mir tut der Bauch weh.«

Die Jungen feixen. Sich auf Durchfall zu berufen! Das ist eine Geheimwaffe, die immer wirkt. Der Aufsichthabende sieht schon vor seinem geistigen Auge, wie er die Spuren beseitigt. Die Aufsicht bleibt vor Juhani Johansson stehen, tastet ihm die Taschen ab, während er den Zigarettenrauch in die Luft bläst. Er fühlt den Papierklumpen.

»Ein persönlicher Brief.«

Die Hände lassen von ihm ab. Ein Seufzer voller Überdruss.

»Dann geh noch schnell.«

Draußen tut dem Jungen tatsächlich der Magen weh. Er nimmt das Papier hervor, faltet es auseinander. Nur einige Zeilen, mit Maschine geschrieben.

ÄRZTLICHE BESCHEINIGUNG

Auf Wunsch der Mutter habe ich Linnea Talvikki Harjula, geb. am 23. 3. 1954, untersucht. Bei der Untersuchung habe ich festgestellt, dass die Vagina (die Eingangsöffnung der Scheide) ihrem Alter entsprechend eng und das Jungfernhäutchen in seinem unteren Teil völlig intakt ist. Im oberen Teil gibt es an der Stelle 11.00 Uhr eine schön geformte, schmale, keilförmige Erweiterung mit glatten Rändern. Sie kann durch äußere Ge-

walteinwirkung entstanden sein, ist aber andererseits bei Mädchen dieses Alters nicht selten. Aus dem oben Gesagten kann man folgern, dass eine völlige geschlechtliche Vereinigung, bei der das Jungfernhäutchen völlig zerrissen worden wäre, nicht stattgefunden hat. Die Richtigkeit des Obigen versichere ich bei Ehre und Gewissen.
den 19.5.1969 Gemeindearzt Martti Hannu

Der Junge faltet das Papier zusammen, zerreißt es in kleine Stückchen und wirft sie in das Loch.

Dann geht er wieder hinein.

Er will nicht daran denken, wie das Mädchen gedemütigt worden ist. Er will es ganz und gar vergessen.

Sie hätte ihm das Papier nicht zeigen sollen.

Es ist so unbegreiflich. Denken und Handeln der Mädchen sind verwirrend, ohne jeden Sinn.

Warum sollte ich das unbedingt sehen? Musstest du mich daran erinnern, dass wir beide in das Vergehen verstrickt sind?

Der Junge zieht sich aus, streift den Pyjama über.

Während er unter der Decke liegt, wird er das Bild nicht los, wie das Mädchen mit gebürstetem Haar in einem sauberen Schulkleid aufs Festland fährt, im Wartezimmer des Gemeindearztes sitzt, die Hände im Schoß, zitternd vor Scham und Angst.

Eine verschärfte Strafe.

Wie eine Tracht Prügel, bei der man nicht nur geschlagen wird, sondern auch noch selbst die Rute aus dem Wald holen muss.

Warum hast du das mitgemacht? Wie hat sie dich dazu gezwungen?

Juhani Johansson stellt sich vor, wie bleich und hilflos das Mädchen ist, als der Arzt sich an ihr zu schaffen macht.

Hat sie gesagt, sie würde es deinem Vater sagen, wenn du nicht mitgehst? Ist das meinetwegen geschehen?

Der Junge schließt die Augen. Plötzlich verspürt er eine unbändige Sehnsucht nach dem Mädchen. Den Wunsch, sie noch einmal zu berühren.

Hast du mir es deshalb gezeigt? Damit wir es tun? Als Rache. Oder nur deshalb, weil wir die Strafe schon im Voraus erlitten haben?

Er dreht sich auf die Seite, zieht die Knie an. Er hofft, dass er das Mädchen verstehen kann. Hofft, dass das Mädchen ihn versteht, dass jedes Mädchen ihn versteht, sich Vereinigung und Nähe mit ihm wünscht.

Die Fantasie des Jungen macht wilde Sprünge, bringt seinen Körper dazu, mit ihm durchzugehen, das Bett schrumpft zu erstickender Enge zusammen.

Und wenn nun doch …

Vor ihm erscheint das Tor zu einem neuen Leben, die rosenrote Welt der Liebesspiele, in der der bereitwillige Schoß des Mädchens ihm nichts versagt …

Vom Bett nebenan ertönt ein dumpfes Geräusch.

Der Junge dreht sich um, sieht, wie Ilkka Salmi aufsteht, den Blaumann anzieht.

»Wo gehst du hin?«

Salmi legt den Finger an die Lippen.

»Haust du ab?«

Heftiges Kopfschütteln.

Juhani Johansson legt seinen Kopf wieder ins Kissen, beobachtet, wie die gebückte Gestalt auf das Fensterbrett steigt und von dort nach draußen.

Hinausschleicht wie ein Dieb.

Wen triffst du? Sie? Hat sie mir das Papier gegeben, um mir zu zeigen, was ich für ein Versager bin? Nichts als ein Kind, aber kein Mann. Ein Mann hätte es getan, hätte das Jungfernhäutchen durchstoßen.

Der Junge sackt zusammen am Grund seines Betts. Das Mädchen muss sich ja über ihn und seine Unerfahrenheit amüsieren. Letztlich war er zu nichts anderem fähig als zu unbeholfenem Gefummel.

Von draußen hört man das Klagen aufgeschreckter Vögel. Bestimmt trifft Ilkka Salmi gerade jetzt das Mädchen, lächelt sie an, berührt sie.

Der Junge liegt im Dunkeln, horcht, wartet.

Ich muss ihn fragen. Ihn zwingen, die Wahrheit zu sagen!

Der Junge presst die Decke an sich, damit die Angst nachlässt.

Schon morgen! Morgen wird er es tun. Wird das Mädchen zwingen zu sagen, was sie mit dem Papier bezweckt hat.

Aber als Juhani Johansson am nächsten Tag aufsteht, wird er als Erstes zum Direktor bestellt.

Einen Augenblick lang denkt er fast hoffnungsvoll, es möge sich um das Mädchen handeln, aber als er Herrn Zebaoths feierlichen Gesichtsausdruck sieht, versteht er, dass es um etwas anderes geht.

»Ich habe die Freude und Ehre, dir mitzuteilen, dass du aufgrund deiner Papiere ins Gymnasium aufgenommen worden bist. Du kannst im Herbst in der Kommunalen Mittelschule anfangen.«

Erwartungsvolle Stille.

»Weg von der Insel?«

»Ja. Im Herbst packst du deine Siebensachen und gehst in die Mittelschule. Das ist der Weg nach oben und vorwärts. Geradezu ein Riesenschritt in diese Richtung. Verstehst du das?«

»Ich verstehe, aber …«

»Kein Aber. Du hast es verdient. Du gehörst nicht hierher. Du hast das Recht, im Leben voranzukommen. Etwas zu werden.«

»Und … und die Schmetterlinge?«

»Die Schmetterlinge?«

Herr Zebaoth stimmt ein gutgelauntes Gelächter an.

»Na, also, der Sommer ist doch noch lang, Junge. Wir schaffen es noch, das Wunder zu vollbringen. Du wirst den Seidenfaden noch in deiner Hand spüren!«

Der Direktor legt dem Jungen die Hand auf den Nacken, das Lachen verstummt.

»Und du hast gedacht, du würdest hier niemals lebend fortkommen. Weißt du noch?«

Der Junge nickt. Aber ein richtiges Lächeln, das bringt er auch diesmal nicht zustande.

Gibt es etwas Herrlicheres als die Liebe? Die Frau hat das Gefühl, als bedecke ihre neue, ungestüme Lebenskraft die Insel wie eine große Purpurwolke. Kreuz und quer strömt und braust sie in ihr und bildet ein Energiefeld um sie herum, wohin auch immer sie ihre schwebenden Schritte lenkt. Sie glaubt, dass alle den in ihr tobenden Wirbelsturm hören und wahrnehmen müssen.

Aber Olavi, ihr Mann, spricht besorgt von einigen Wechseln, die demnächst anstehen, und vom Fehlen einer Verkaufsorganisation für Seidenfäden, stellt von morgens bis abends Berechnungen an und trinkt kannenweise schwarzen Kaffee, um so logisch und klar denken zu können wie nur möglich.

Die Frau wundert sich, wie leicht es ihr jetzt fällt, sich dem Alltagsleben auf der Insel anzupassen und Freude zu finden an den unvermeidlichen Routinearbeiten im Haushalt, die sie lange Zeit als geradezu widerwärtig empfunden hat.

Es fällt ihr leicht, ihrem Mann gegenüber freundlich zu sein, selbst an dem Tag, als er die weiße Stute bei Erdarbeiten einsetzt, das Fohlen allein im Gehege lässt und dieses sich in seiner Sehnsucht am Stacheldraht verletzt.

Ihre Verliebtheit hat eine neue Zuversicht mit sich gebracht, eine Art Gleichgültigkeit gegenüber der übrigen Welt: Es geschieht, was geschehen soll. Als sie sieht, wie die Stute die tiefen, blutigen Risse an der Brust und an den Vorderbeinen ihres vor Schreck zitternden Fohlens leckt, weint sie so haltlos wie immer, wenn sie eine schwache Kreatur leiden sieht, aber nachdem sie sich vom Schauplatz entfernt hat, trocknet sie sich die Augen und vergisst den ganzen Vorfall.

Ja, sie ist zu sehr damit beschäftigt, nur an sie beide zu denken. Ihr bleibt keine Zeit mehr, die Leiden der ganzen Welt auf sich zu nehmen. Und daran hat auch niemand irgendeine besondere Freude gehabt!

Die Liebe ist etwas Wunderbares, aber zum Teufel, irgendwie macht sie die Menschen auch egoistischer.

Anfangs hüten sie sich davor, sich zu begegnen, ja sogar, sich anzusehen. Ihr genügt das Wissen, geliebt zu werden und zu lieben, und ihr scheint, als genüge es auch dem Burschen.

Aber so kann es natürlich nicht lange bleiben.

Als sie zufällig sieht, wie der Seidenfaden, den die abgetöteten Raupen in Form einer Acht gesponnen haben, durch Ilkka Salmis ausdrucksvolle Finger gleitet, beginnt sie davon zu träumen, wie diese Finger ihre Haut berühren.

Sie lächelt ihrem Spiegelbild zu, unruhig und verzaubert, sieh mal an, da bemerkt man plötzlich, wie man von der heiteren Wiese der Liebe in den Morast der Sinnlichkeit abgleiten kann.

Sollte das wirklich so einfach sein?

Und sie spürt, wie das Wasser der Träume steigt und steigt. Spürt, dass sie in ihrem eigenen Bett nicht mehr in Sicherheit ist. Dass sie sich um den Preis ihres Lebens dem Strom mit den schäumenden Strudeln ergeben muss …

So fangen sie an, sich nachts zu treffen.

Eines Nachts steht die Frau einfach aus ihrem Bett auf, beugt sich über den neben ihr liegenden Mann, der sich seit Langem mit Schlafmitteln zu seinen unverzichtbaren sieben Stunden Schlaf zwingt. Da er nicht antwortet, als sie ihn beim Namen ruft, erhebt sie sich und schleicht, ohne auch nur ihren Bademantel zu holen, durch die Küchentür auf den Hof in der Gewissheit, dass sie dort erwartet wird.

Von da an verlässt sie jede Nacht, ohne auch nur einen Blick zurückzuwerfen, das Ehebett aus Nussbaumholz und ihren darin liegenden Mann in dem festen Glauben, dass die Schutzengel ihrer großen und allmächtigen Liebe es nicht zulassen werden, dass der Mann erwacht.

Ihr tut der Mann nicht einmal leid.

Denn was weiß er schon von der wasserklaren Schönheit der Nacht, von dem Zwang, zu berühren und berührt zu werden. Er, der seinen Körper zur Nacht ausschaltet wie eine Lampe, der den Schalter betätigt, indem er eine Pille nimmt, was weiß denn so ein Mensch davon, was es bedeutet, vor Sehnsucht zu ersticken?

Sie verbringen die Nächte bis in den frühen Morgen hinein mit unermüdlichen Liebesspielen in jedem nur denkbaren Winkel der Insel, bedecken mit ihren nackten Körpern den zarten Rasen, das Farnkraut, vereinigen sich im Schutz der Uferfelsen, sogar im Schmetterlingsraum, wo der Mann jetzt fast alle seine Tage mit den Jungen verbringt und mit einer Stahlbürste den Flor der Kokons aus dem heißen Wasser fischt.

Selbst dort, zwischen den von ihrem Mann fleißig gefüllten Glasschränken, weigert sie sich, ihr Verhältnis in unangenehmem oder bedenklichem Licht zu sehen.

Wild und schamlos sind sie, zusammen und ineinander, außerhalb der Welt, in der die Möwen kreischen und die Motorboote in der Ferne eintönig und blutlos vorbeituckern.

Es ist, als wüsste die Frau nicht mehr, wann sie schläft, wann sie wach ist. Sobald sie die Augen schließt, träumt sie von dem Burschen, ruht zusammengekuschelt in der pulsierenden Umschlingung seiner braunen Arme, das Laken verwandelt sich in den Blaumann, die Uhr tickt im lebenskräftigen Rhythmus der Herzschläge des Burschen.

Die Töchter nehmen wohl die Veränderung an ihrer Mutter wahr, aber sie genießen ihre überbordende Fröhlichkeit und machen sich keine Gedanken über deren Ursprung. Sie nehmen sie ebenso hin wie ihre schlechte Laune und ihre Wutanfälle. Sie haben längst gelernt, dass sie den Erwachsenen gegenüber keine Wahl haben, dass sie die Ursachen und Folgen der Handlungen ihrer Eltern nicht beeinflussen können.

Nur Linnea bleibt distanziert und zurückhaltend, so wie seit jenem unglücklichen Tag, als die Mutter sie zwang, zum Arzt zu gehen.

Ach, wie bereut doch die Frau jetzt ihre Drohungen, den Zwang, den sie ausgeübt hat, ihre wilden Beschuldigungen.

Damals war es ihr unumgänglich erschienen, den Nachweis zu führen, dass sie recht hatte, dass der Junge bekam, was er verdiente. Sie wollte dem Mann klarmachen, dass sie unbedingt von der Insel fort mussten.

Doch letztlich bewies das ärztliche Gutachten überhaupt nichts, weder in der einen noch in der anderen Richtung.

Es war und blieb ein Wisch, der durch Qual, die Qual ihrer in unangemessener Weise gepeinigten Tochter, beschafft worden war und der niemandem etwas nützte.

Um das wenigstens ein bisschen wiedergutzumachen, fährt die Frau in ein Geschäft auf dem Festland und besorgt geblümten Baumwollstoff, um ihren Mädchen neue Sommerkleider zu nähen. Und obwohl der Händler anmerkt, dass sie mit der Menge Stoff, die sie gekauft hat, zehn zwei Meter lange Amazonen einkleiden könnte, lacht sie nur, denn sie hat einen starken Gehilfen dabei, für den es ein Kinderspiel ist, diese Stoffballen zu tragen.

Sie gehen in eine Selbstbedienungsgaststätte, in der keine anderen Kunden sind. Die Frau bestellt für sich Kaffee und einen Krapfen mit Creme, für den Burschen Kartoffelbrei und Würstchen, sein Lieblingsessen. Der Bursche wirft eine Münze in die Jukebox, trällert mit seiner klangvollen Stimme mit: She's got a ticket to ride, she's got a ticket to ride but she don't care, und als die Frau von der Theke ins Hinterzimmer geht, um den bitter gewordenen Rest Kaffee in den Ausguss zu schütten, leckt die Frau mit der Zungenspitze ein Flöckchen

Kartoffelbrei von seiner Oberlippe, und der Bursche sieht so aus, als würde er im Übermaß des Glücks jeden Augenblick in Tränen ausbrechen.

»So könnten wir es jeden Tag haben, wenn du nur Ja sagen würdest …«

Aber nein, davon will sie nicht sprechen, nicht jetzt, noch nicht, bis zum Herbst ist es noch lange hin.

Bei diesem Ausflug aufs Festland bemerkt die Frau an dem Burschen erstmals auch Mängel, aber sie sind so unbedeutend und winzig, dass man daran keinen Gedanken zu verschwenden braucht. Wie zum Beispiel die Art und Weise, wie er sich das Essen in den Mund stopft, laut schluckt, die Gabel gegen die Zähne klirren lässt. Der sinnlose Eifer, mit dem er die Münzen, die er der Geldbörse der Frau entnommen hat, in den Spielautomaten steckt und dabei auch die Gewinne so lange einsetzt, bis zuletzt keine einzige Münze mehr da ist.

Später, zu Hause auf der Insel, sieht die Frau diese gelegentlichen Unbeherrschtheiten und die unentwickelten Tischsitten nur noch als rührende, bedeutsame Bestandteile der naturnahen Persönlichkeit des Burschen.

Wider Willen erinnert sie sich auch an den schamlosen Tuchhändler: Er hatte sie gesiezt und den Jungen geduzt …

Aber das ist ja nun völlig egal, das Wichtigste ist, dass die Mädchen ihre Sommerkleider bekommen, in ihren weiten Glockenröcken vergnügt über die Insel wirbeln wie lebendige Kreisel. Und dass die Frau jede Nacht von der Seite ihres Mannes, der von flatternden Schmetterlingen träumt, aufsteht, überzeugt davon, dass ihre Liebe dieser Insel nur zum Segen gereicht, vielleicht sogar mit ihrer alles umhüllenden Wärme die rasche und vollständige Genesung der armen Wesen mit den gebrochenen Flügeln beschleunigt.

Aber dann, eines Nachts, wird alles anders. Plötzlich und unerwartet.

Sie liegen, nichts Böses ahnend, eng umschlungen und ein wenig außer Atem unter Lewisien und zarten Purpurglöckchen und spinnen um die Wette ihre Träume, die weder Anfang noch Ende haben, als sie ein weißes Wesen erblicken, das an ihnen vorbei, sie fast berührend, in Richtung Strand schwebt.

»Viola!«, haucht die Frau und steht, außer sich vor Schreck, auf, um sich anzuziehen.

»Viola, sie ist es …«

Sie beobachten, wie das kleine Mädchen den Pfad entlang hinunter zur Sauna und von dort an den Strand geht. Das Kind hat einen Pyjama mit Donald-Duck-Muster an, seine kleinen Füße sind nackt.

Begleitet von dem matten Duft der Lewisien und unruhig umflattert von Nachtfaltern, geht das Kind mit leichten, abwesenden Schritten hinab zum träge wogenden Meer.

»Sie schlafwandelt«, flüstert die Frau. »Das hat sie auch früher schon manchmal getan, aber ich hab es immer bemerkt, bevor sie das Haus verlassen konnte. Aber ich schwöre, dass sie das schon lange, lange nicht mehr getan hat!«

Der Bursche nickt. Das Kind ist schon auf dem Anlegesteg, trippelt über die nachtkühlen Bretter unaufhaltsam in Richtung Meer.

»Sie wird am Ende des Stegs stehen bleiben«, sagt der Bursche und presst die Hand der Frau. »Sie wird stehen bleiben und umkehren«, flüstert er der widerstrebenden Frau ins Ohr.

»Nein«, schreit sie auf, »lass mich los!«

Das Mädchen bleibt tatsächlich am Ende des Anlegers stehen, verharrt einen Augenblick auf der Stelle, eine Hand gegen den Wind erhoben. Dann dreht sie sich um und geht zurück.

Sie steigt den Pfad hinauf und kommt ihnen dabei so nahe, dass sie den Arm ausstrecken und sie berühren könnten.

Gehorsam, wie von einer unsichtbaren Kraft gezogen, kehrt das Kind auf demselben Weg zurück, auf dem es gekommen ist, und verschwindet hinter der Tür, die es offen gelassen hatte.

Die Augen der Frau flackern vor Wut und Schreck.

»Warum hast du mich zurückgehalten?«

»Ich wollt nich, dass sie uns sieht.«

»Du bist wahnsinnig! Sie hätte ertrinken können!«

»Nee. Ich kenn mich aus mit Schlafwandlern. Alles geht gut, solange man sich nich einmischt. In unserer Gegend gab es einen Typ, der spazierte nachts auf den Dachfirsten rum. Wenn der wach war, hatte er wahnsinnige Höhenangst. Wenn jemand ihn da oben beim Schlafwandeln auf dem Dach geweckt hätte, wär der garantiert vor Schreck runtergeknallt. Und ich wär doch hinterhergesprungen, wenn Viola gestolpert wäre …«

Die entnervenden Erklärungen des Burschen können die Frau nicht beruhigen.

Sie lässt sich nicht mehr berühren. Plötzlich ist sie felsenfest davon überzeugt, dass das Erscheinen des Kindes ein Zeichen ist, das man auf keinen Fall als reinen Zufall abtun kann.

Der Bursche sieht sie mit aufkeimender Angst in den Augen an, aber er wagt nicht zu widersprechen. Ihr Glaube an Vorzeichen beeindruckt ihn. Er hält es durchaus für möglich, dass Frauen solche mystischen Instinkte haben, von denen Männer nichts wissen.

»Etwas Schreckliches wird geschehen, wenn wir nicht aufhören«, sagt die Frau mit Nachdruck und schürzt ihr langes Haar mit nervösen Fingern zu einem Knoten im Nacken.

Die umgebende Nacht, ihre Stimmen und Schatten senken sich zwischen sie.

»Das kann jederzeit passieren«, sagt sie und entfernt mit der Hand die Hand des Burschen, deren Puls so stark pocht, als wollte er die Adern sprengen. »Vielleicht ist es ja jetzt schon zu spät.«

Der Bursche bemüht sich verzweifelt, die Sache ins Scherzhafte zu wenden, aber vergebens.

Zum ersten Mal sind ihre Worte hart, fast wie Schläge.

Ein aufgeschreckter Vogel fliegt im nahen Wald auf.

»Das hier ist falsch. Es ist Hurerei. Ich habe doch einen Mann«, entsetzt sich die Frau, als wäre ihr das gerade erst klargeworden.

Nie zuvor hatten sie den Mann auch nur mit einem Wort erwähnt.

Die Frau fröstelt, obwohl die Nacht lau ist.

Der Rückzug hat etwas Abkühlendes, keine Spur Wärme wie beim Hinmarsch.

Es ist beschlossen: Sie werden sich niemals wieder treffen. Nicht auf diese Art.

Wirklich nicht?

Nein, nie mehr, niemals wieder.

Und überstürzt wendet die Frau sich zur Flucht, in Panik, ohne ihm eine letzte Umarmung zu gewähren.

Jetzt ist es vorbei! Gott sei Dank, jetzt ist es vorbei!

Die Tochter schläft in halbsitzender Stellung auf dem Sofa des Schlafzimmers, in der Hand einen roten Pantoffel.

Die Frau nimmt das Kind auf den Arm, steht mit ihm unter der Deckenlampe mit dem grünen Schirm, den sie als Brautgeschenk bekommen hat, und schaut sich im Zimmer um, betrachtet es wie eine Fremde, die es zum ersten Mal sieht. Die vom vielen Gebrauch glänzend gewordenen Sesselbezüge, die schmuddeligen Vorhänge und der Wandteppich mit den schlaff herunterhängenden Ecken und der Elchdarstellung scheinen bei aller Vertrautheit in trauriger Weise zu bezeugen, dass ihr die Familie schon lange gleichgültig geworden ist.

Die Frau trägt das Mädchen in ihr eigenes Bett. Als sie spürt, wie der zarte Körper des Kindes sich an sie drückt, wundert sie sich, wie sie sich überhaupt nach der Umarmung eines Mannes hat sehnen können, wo doch die Haut und der Atem des Kindes so viel wonniger und rührender sind.

Lächerlich und scheußlich ist sie, die Brunst des Menschentiers!

Aber bis zum Morgen hat das Kind sie mit nahezu bedrohlicher Kraft in die Seite getreten, seine Arme ausgebreitet und sich auf der Suche nach der angenehmsten Schlafstellung hin und her geworfen, sodass die Frau versteht, dass das Mädchen schon zu lange allein geschlafen hat, um sich noch den Liebkosungen der Mutter anzupassen.

Den Vater bekommt das Kind nicht wach dadurch, dass es sich hin und her wirft. Als der Mann sich am Morgen erkundigt, warum das Mädchen im Bett der Eltern liegt, antwortet die Frau wahrheitsgemäß, dass es wieder angefangen habe, nachts zu schlafwandeln.

In den darauffolgenden Tagen bezieht die Frau die Sessel neu, wäscht nacheinander die Vorhänge aus allen Zimmern und bestellt im Versandhandel eine Serie von vier Bildern mit Blumenmotiven, die sie an der Stelle des hoffnungslos veralteten Wandbehangs anbringen will.

Aber dann, mitten bei diesen Beschäftigungen, flattern Zweifel in ihr auf wie ein Schwarm schwarzer Dohlen, beginnen sie zu quälen und an ihr zu nagen.

Und wenn nun meine Regel ausbleibt?

Böse, schwarze Gedanken suchen sie heim und machen ihr Angst.

Irene und Ilkka im Holderstrauch, die küssen und die lieben sich auch, sie gehen jeden Abend hinein, da krieg'n sie ein kleines Negerlein …

Von sinnloser Angst besessen, beschäftigt sie sich mit der notwendigen Aufarbeitung der Polstermöbel, aber sie singt und pfeift nicht mehr bei der Arbeit. Und dem Mann begegnet sie mit kriecherisch-unterwürfiger Zärtlichkeit und Freundlichkeit.

Am dritten Tag des Wartens setzt ihre Regel ein.

Fängt an, dauert ihre Zeit und hört wieder auf.

Diesmal keine Bestrafung. Sie ist in Sicherheit, alles ist wie früher.

Nachts aber liegt sie wach, starrt an die Decke und horcht auf den Atem des Mannes, der gleichmäßig geht vom Schlafmittel.

Eine endlose, endlose Nacht.

Und die Schuld, sie ist ein bodenloses Meer, aber der Mann schläft, er weiß nicht, was er seiner Frau verzeihen soll.

In der siebten Nacht nimmt die Frau aus dem Glasfläschchen in der Nachttischschublade des Mannes eine kleine weiße Pille.

Der Schlaf stellt sich rasch ein, und die Frau schläft ohne Unterbrechung bis um fünf Uhr früh. Als sie aufsteht, findet sie auf der Veranda die patschnasse Viola schlafend und in eine Decke gehüllt. Sie entkleidet das Kind, zieht ihm ein trockenes Nachthemd an und trägt es in sein Bett.

Beim Aufwachen erinnert sich das Kind wiederum an nichts.

Obwohl es hätte ertrinken können!

Und es wäre ertrunken, wenn da nicht jemand gewesen wäre, der es aus dem Meer geholt hätte!

In der neunten Nacht steht die Frau auf und schaut aus dem Fenster, kehrt einen Augenblick später aber ins Bett zurück.

In der zehnten Nacht steht sie wieder auf. Diesmal geht sie, ohne sich umzusehen, zur Tür. Sie verschließt die Tür von außen, legt den Schlüssel unter die Fußmatte und geht in den Hof.

Der Bursche, dunkel und groß, erwartet sie dort so wie in den anderen Nächten.

»Etwas Schreckliches wird geschehen«, flüstert die Frau und vermeidet es, dem Burschen in die Augen zu blicken.

Sie verspürt nicht mehr die aufwallende Freude so wie früher. Der Zauber ist dahin. Unwiederbringlich.

»Du gehst hier fort, und wir werden zusammenleben«, flüstert der Bursche ihr zu, aber sie schüttelt den Kopf.

»Etwas Entsetzliches wird geschehen, ich weiß es. Wir haben eine Strafe über die Insel heraufbeschworen.«

»Nein«, sagt der Bursche traurig, »du musst aufhören, solche sinnlosen Dinge zu sagen.«

In einer regnerischen Nacht suchen sie Zuflucht im Schmetterlingshaus, um sich aufzuwärmen.

Dort ist es dunkel, aber sie spüren, dass nicht alles so ist wie früher. Sie halten den Atem an und vernehmen ein seltsames Geräusch, ein flatterndes, unruhiges Surren.

Die Frau fühlt, wie sich in ihren Haaren und am Hals etwas bewegt. Sie stößt einen erstickten Schrei aus.

Der Bursche holt Streichhölzer hervor, zündet mit zitternden Fingern mehrere davon auf einmal an.

Schmetterlinge!

Die Regale um sie herum sind voller frisch geschlüpfter Schmetterlinge. Sie können nicht fliegen, sondern laufen mit bebenden Flügeln die Zweige des Maulbeerbaums entlang.

Einige von ihnen sind auf Haare und Schultern der Frau gefallen, die unter den Zweigen stehen geblieben ist. Sie schüttelt sich vor unaussprechlichem Abscheu und Ekel, stürzt mit wehendem Haar hinaus.

»Hast du gesehen«, flüstert sie draußen im Mondschein mit bleichem Gesicht. »Jetzt ist es also geschehen.«

»Was?«, wundert sich der Bursche. »Es war doch höchste Zeit, dass sie schlüpfen.«

Es gelingt der Frau, einen Schmetterling mit der Hand zu fangen, und sie hält ihn in bitterem Triumph dem Burschen hin.

»Siehst du nicht! Sie sind nicht weiß.«

Der Bursche runzelt die Brauen, blickt in der Vorahnung von etwas Unangenehmem auf das traurig-bescheidene Wesen mit den dunklen Flügeln, das in den Fingern der Frau herumwuselt.

»Sie müssen glänzend weiß sein«, sagt die Frau.

Der Bursche erinnert sich an die Bilderserie an der Wand in der Schule, nickt.

»Verdammt, das sind sie nich ...«

Die Frau sieht sich mit abwesendem Blick um.

»Wir haben Hurerei getrieben in diesem Raum, und jetzt sehen die Seidenspinner so aus ...«

»So übermäßig toll sehen sie ja nich aus, aber ich begreif trotzdem nich, was unser Bumsen damit zu tun hat«, widerspricht der Bursche ohne Elan und ohne zu wissen, worüber er sich mehr Sorgen machen soll, über das immer seltsamere Verhalten der Frau oder über das Aussehen der Schmetterlinge.

»Und das ist erst der Anfang«, sagt die Frau.

Ihr fällt ein, wie die Wolken am Himmel ein Kreuzzeichen bildeten, das sie bei sich zu Hause vor dem großen Brand des Kuhstalls gesehen hatte, bei dem fast dreißig Rinder und eine große Zahl von Kälbern verbrannten.

Sie weiß auch noch, wie ein zerbrochenes Trinkglas auf dem Teppich einen grabförmigen Fleck hinterließ, eine Woche bevor ihr Vater an einem Herzanfall starb.

»Ich bin sicher, dass dies erst der Anfang ist«, wiederholt die Frau und legt den zerquetschten Falter liebevoll in den korallenroten Blütenstand einer Flachslilie.

7. Kapitel

Zuerst stirbt die Katze. Das geschieht zu der Zeit, als die Jungen unter der Aufsicht von Herrn Zebaoth bei der Paarung der Schmetterlinge nachhelfen.

Der Direktor macht es ihnen vor. Er fasst das Männchen, das seine Flügel angelegt hat, vorsichtig um die Mitte des Leibes und nimmt in die andere Hand ein Weibchen. Dann hält er die Hinterleiber aneinander und macht reibende, kreisende Bewegungen. Am schwierigsten ist es, den richtigen Paarungswinkel zu finden, der in den Handbüchern auf den Grad genau angegeben ist, damit die Geschlechtsorgane auf die richtige Stelle treffen.

Die Jungen bemerken bald, dass diese Arbeit durchaus nicht so vergnüglich ist, wie sie sich das vorgestellt hatten. Ihre von der Arbeit hart gewordenen Hände sind zu plump für die Aufgabe, die großes Feingefühl verlangt.

Nachdem viele Tiere im Eifer des Gefechts zerquetscht worden sind, wird Herr Zebaoth nervös und jagt alle außer Juhani Johansson zur Feldarbeit.

Der Tod der weißen Katze spannt die Nerven des Direktors aufs Äußerste an.

Die Katze ist Tyynes Schützling, heißt Lumi, Schnee, und ist ein tauber Kater, dessen Schädel wegen seiner zahllosen Kämpfe fast kahl ist. Die Jungen haben ihren Spaß daran, ihn zu erschrecken, ihn am Schwanz zu ziehen oder seinem breiten Hinterteil einen Stoß zu versetzen, wenn er es dem Daherkommenden gerade zuwendet. Nichts besonders Schlimmes und niemals dann, wenn Tyyne es sieht.

Der Kater wird respektiert, trotz seiner Taubheit. Eine Kämpfernatur und ein verdammt tüchtiger Rattenfänger ist er! Wenn man nur die Hälfte von seinem Mumm hätte, mit dem er auch größere Viecher zu Tode malträtiert!

Fast jeden Morgen findet sich am Boden des Getreidelagers eine ganze Reihe von Mäusen und manchmal auch Ratten, die Lumi dort abgelegt hat. Jeden Morgen bringt Tyyne ihm vom Morgenmelken ein wenig Sahne mit, die sie abgeknapst hat, trägt die Nager am Schwanz in die Güllegrube, spricht ein kleines Gebet. »Auch diese armen Wesen sind Geschöpfe des himmlischen Vaters!«

Aber an jenem Morgen ist es im Hof seltsam still, fast leer ohne den sich in der Sonne rekelnden weißen Kater.

So still. Wo hat die Mieze sich nur versteckt?

Tyynes Sahneschälchen steht unberührt da, mit zappelnden Schmeißfliegen darin.

Die Zeit vergeht, und der Kater lässt sich nicht blicken.

Das geht doch nicht, die Tage auf der Insel laufen immer nach denselben Regeln ab, gleichen einander, und jeder Tag hat mit der Anwesenheit des tauben weißen Katers zu beginnen, der sich den Schnurrbart putzt.

In Tyynes hellen Augen erscheint ein böser Zweifel. Diese Nichtsnutze von Jungen werden doch wohl nicht …

In der Mittagspause werden die Jungen in ein peinliches Verhör genommen, aber alle versichern erstaunt ihre Unschuld: Lumi ist ein tüchtiger Kater, es würde niemandem auch nur in den Sinn kommen, ihm etwas Gemeines anzutun!

Der Direktor glaubt den Jungen, Tyyne begnügt sich mit einem Lächeln: Hier auf der Insel gibt es keine Nerze und keine Füchse, die einzigen Raubtiere hier sind die Zweibeiner, und wenn die Katze nicht bis zum Abend auftaucht, dann Gnade Gott dem Schuldigen, aber ungestraft wird der Lump nicht davonkommen!

Nachdem Tyyne, dunkle Drohungen murmelnd, aus dem

Speisesaal marschiert ist, beginnen die Jungen über das Schicksal des Katers zu rätseln:

»Ich würde doch, zum Teufel, keine Katze umbringen«, flüstert Zwielicht dem neben ihm sitzenden Juhani zu. »Eine Taube hab ich mal abgemurkst. Mir ging es auf die Nerven, wie sie die ganze Zeit gurrte und um irgendwas bettelte. Ich hab ihr die Beine abgeschnitten und sie an den Flügeln an einen Baum genagelt. Das sah blöd aus, die hing da wie ein verdammter Vogel-Christus… Tja, aber die Katzen, die fallen einem ja nicht so auf die Nerven …«

Juhani Johansson zuckt die Achseln, beugt sich beklommen zu einem Gegenbekenntnis vor:

»Ich hab mal 'ne Krähe umgebracht. Hab mit 'm Stein nach ihr geschmissen. Eigentlich wollt ich sie gar nich treffen … Ich bin nich sicher, ob sie gestorben ist. Ich hab sie unter'n Baum gelegt, und am nächsten Tag war sie weg …«

»Bestimmt hat irgendein Viech sie geholt.«

»Oder sie war nur betäubt und …«

Zwielicht versetzt ihm einen harten Stoß in die Rippen:

»Scher dich zum Teufel! Hast du vielleicht Mitleid mit den verdammten Piepmätzen, oder was quatschst du da? Hört ihr, Jungs, das is'n Witz, hier sitzt Johansson und heult wegen irgendsoner Krähe! Mensch, so'n Jammerlappen kann einem vielleicht auf den Geist gehen …«

Zwielicht kann ruhig vor sich hin geifern. Er achtet genau darauf, so leise zu sprechen, dass der Direktor seine Worte nicht mitbekommt.

Juhani Johansson konzentriert sich auf sein Essen, macht aus den widerlichen Leberstückchen eine Insel in der Mitte des Tellers.

Zwielicht sucht sich als Opfer den neuen Jungen, der auf seiner anderen Seite sitzt, packt ihn unter dem Tisch am Handgelenk, dreht es ihm um.

»Jetzt hab ich dich erwischt, Freundchen. Was musst du auch gleich als Erstes unsere Mieze umbringen?«

Der Junge blickt sich ängstlich und um Hilfe flehend um: »Ich weiß überhaupt nichts davon. Ehrenwort!«

Zwielicht lässt ihn los, bricht in wieherndes Gelächter aus: »Ach, Ehrenwort? Wo gibt es die? Lass uns das doch auch wissen.«

Der Junge stimmt verlegen in das Gelächter ein, beginnt dankbar seinem Peiniger Honig ums Maul zu schmieren:

»Du hast ja 'ne tolle Uhr«, sagt er.

»Findest du?«

»Die doch hat 'ne Menge Moos gekostet, das sieht man gleich.«

»Ach Quatsch. Die kriegt man auf dem Markt für fünfzig Pfennig, wenn man nur die richtigen Typen kennt.«

»Na, garantiert nicht«, widerspricht der Junge, starr vor Entsetzen und Angst, er könnte sich auf eine Sache eingelassen haben, die ein großes Trauerspiel nach sich zieht.

Als der Direktor geht, um sich Nachschlag zu holen, zieht Zwielicht seinen Ärmel hoch und lässt noch zwei weitere, ebensolche Uhren sehen.

»Fünfzig Pfennig!«

»Das kann nicht wahr sein, das glaub ich nie im Leben«, stottert der Junge verblüfft.

»Tja, bloß ist das überhaupt keine Frage des Glaubens. Eine Uhr für fünfzig Pfennig ist mir jedenfalls recht. Und dir? Brauchst du vielleicht ein Zeiteisen?«

»Häh?«

»Also, willst du eine?«, fragt Zwielicht, kameradschaftlich lächelnd.

»Ich? Tjaa … natürlich, aber das kann ich doch von dir gar nich annehmen …«

»Dann musst du es so machen wie ich. Kauf dir für fünfzig

Pfennig eine Karte für ein öffentliches Scheißhaus und nimm einen Uhrenschieber aus!«

Zwielicht bricht in selbstzufriedenes Gelächter aus. Ein warnender Blick aus der Richtung des Direktors bringt es sofort zum Verstummen.

In demselben Augenblick entdeckt Juhani Johansson, der am Fenster sitzt, Lumi.

Es ist Lumi, vor der Kellertreppe, der weiße, kahlköpfige Kater. Er bewegt sich nicht so, wie Katzen sich bewegen.

Er tanzt.

Hol's der Teufel, der weiße Kater tanzt und hüpft zuckend vor und zurück, in die Luft und im Kreis herum, macht wilde Luftsprünge und kratzt dabei die Erde auf, hopst mit erhobenen Tatzen, als umarmte er einen unsichtbaren Partner.

Wie das Mädchen mit den roten Schuhen in dem Buch, aus dem der Vater ihm vorlas:

Als sie anfing, fuhren die Beine fort zu tanzen. Es war gerade so, als hätten die Schuhe Macht über sie erhalten …

Der Junge erhebt sich, stumm vor Verwunderung, und zeigt mit dem Finger auf den Hof.

Die Stühle fallen polternd um, und die ganze Schar steht im Nu hinter ihm.

Der taube Kater tanzt!

Die Jungen lachen ungläubig, ist der verrückt geworden, oder was ist los mit dem, seht euch mal diese Pirouetten an, kommt der aus der Tanzschule?

Der Direktor geht als Erster hinaus, die Jungen folgen ihm, vor Lachen wiehernd.

Die Sonne funkelt in dem weißen Fell des Katers, der sich wie ein Kreisel dreht.

Sie tanzte und musste tanzen, gerade hinaus in den dunklen Wald. Da erschrak sie und wollte die roten Schuhe fortwerfen, aber sie hingen fest, waren an den Füßen festgewachsen, und sie tanzte und musste über Feld und Wiese, in Regen und Sonnenschein, bei Nacht und bei Tage tanzen …

Tyyne steht bleich an der Ecke des Hühnerstalls, vor sich den umgestürzten Wassereimer.

Das Gelächter der Jungen schwillt an zu überbordendem Geheul.

Juhani Johansson lacht nicht. Er weiß, wer den Kater tanzen lässt. Er weiß, was die anderen nicht sehen. Ja, er erkennt den Todestanz sofort, wenn er ihn sieht.

Sie tanzte auf den Kirchhof hinaus, und als sie zur offenen Kirchtür hintanzte, sah sie dort einen Engel in langen weißen Kleidern und mit Flügeln, die ihm von den Schultern bis zur Erde reichten. Sein Antlitz war streng und ernst, und in der Hand hielt er ein Schwert, breit und glänzend.

Die Mittagshitze lastet so schwer wie ein Felsen.

Wie kommt dieser verrückte Kater dazu, seine Späßchen bei diesem Wetter zu treiben, was ist es nur, das in seinem tauben Körper dieses lodernde Feuer von Clownerie entfacht?

»Tanzen sollst du!«, sagte der Engel, »in deinen roten Schuhen tanzen, bis du bleich und kalt wirst, bis deine Haut zu einem Gerippe zusammenschrumpft! Tanzen sollst du von Tür zu Tür, und wo stolze, hochmütige Kinder wohnen, dort sollst du anklopfen, sodass sie dich hören und fürchten!«

Der Junge sieht den hilflosen Blick in den Augen der Kreatur, wie sie das Publikum um Gnade anfleht, damit es dieser entsetzlichen Polka ein Ende bereitet, in die das Tier gegen seinen Willen getrieben worden ist.

Herr Zebaoth kratzt sich den Hinterkopf unter der Schirmmütze:

»Ist er von einer Wespe gestochen worden, oder was sind das hier wieder für Scherze?«

Genau in diesem Augenblick sackt der Kater kraftlos zu Boden. Das Publikum verstummt, tritt vorsichtig ein paar Schritte näher. Doch im selben Moment weicht es schnaufend wieder zurück:

Der Kater erhebt sich wieder auf die zitternden Beine, erbricht grünschwarzen Schleim.

Der Kater dreht sich zum letzten Mal nach den Jungen um, sackt vornüber zusammen, als machte er eine höfische Verbeugung, erhebt sich unter Aufbietung all seiner Kräfte und torkelt in Richtung Strand.

Die Jungen folgen ihm.

Juhani Johansson und Ilkka Salmi sehen sich an. Sie sind die Einzigen, die wissen, warum.

Warum die Schmetterlinge dunkel sind, warum der Kater sich zu Tode tanzt.

Ilkka hat Juhani Johansson in jener Nacht im Schmetterlingsraum gesehen, wie er dort zwischen den Regalen kauerte. Hat ihn gesehen im Licht der Streichhölzer, die er angezündet hatte, aber nichts gesagt. Verriet es nicht der Frau des Herrn Zebaoth.

Am Abend des darauffolgenden Tages schlug Ilkka Salmi ihm eine Schachpartie vor.

»Das Feuer muss man dort löschen, wo es angezündet worden ist, verstehst du?«

»Ja klar, ich versteh.«

»Es hat keinen Sinn, irgendwo anders hinzugehen, um es zu löschen. Dann erlischt es nicht. Nicht dieses Feuer.«

»Joo, bestimmt ist es so.«

Weiter nichts. Damit war das Thema abgehakt.

Jetzt konnte der eine sicher sein, dass der andere nicht reden würde. Dass er nichts zu tun brauchte, um das sicherzustellen.

Letzten Endes hat Ilkka Salmi es sich selbst zuzuschreiben, dass er entdeckt worden ist.

Wenn er auch nur ein wenig nachgedacht hätte, dann wäre er sofort darauf gekommen, dass Juhani Johansson dort sein würde. Dass er dort sein musste. Er musste sehen, wie die Schmetterlinge schlüpften, es ging einfach nicht anders. Ilkka Salmi hätte das begreifen und wissen müssen, dass die Schmetterlinge ihm so wichtig waren.

Und der Weg zu den Schmetterlingen führte vorbei an jenen Uferfelsen, auf denen das Mädchen zu liegen pflegte.

Zu denen der Junge das Mädchen rief. Mit den Augen.

Viele Male wollte er das Mädchen finden, mit ihr sprechen, aber dazu reichte sein Mut nicht.

Jedes Mal, wenn er sie von Weitem sah, erwiderte sie seinen Blick, kam aber nicht näher. Keinen Schritt.

Komm dorthin. In der Nacht, so wie damals.

Wenn du nicht mit Ilkka Salmi zusammen bist, dann komm dorthin, an dieselbe Stelle!

Jede Nacht wartete der Junge, bis die große, dunkle Gestalt aus dem Fenster gestiegen war, wartete so lange, bis sie sich nicht mehr umdrehen würde, öffnete dann das Fenster, stieg hinunter in die Dunkelheit und ging zum Felsen.

Das Mädchen war niemals dort.

Und so ging Juhani Johansson ins Schmetterlingshaus, zurück zu Herrn Zebaoths Schmetterlingen.

Schmetterlinge?

Eher Insekten mit schmuddeligen, ausgefransten Flügeln, die aufeinander zukrochen …

Juhani Johansson versucht, sich wegen ihrer dunklen Färbung keine Gedanken zu machen, denn Herr Zebaoth weigert sich beharrlich, dafür irgendeinen Grund zu sehen, nachdem er sich von seiner ersten Enttäuschung erholt hat, er hält das nicht für einen sonderlich schwerwiegenden Umstand.

»Es sind auf jeden Fall Seidenspinner. Und um Seide geht es hier doch, verdammt noch mal, oder nicht? Die Tagpfauenaugen sind hübsch wie Engel, aber produzieren sie irgendetwas Wertvolles? Jeder beliebige Schmetterling kann nett umherfliegen, aber diese Teufel hier produzieren etwas. Profit, Juhani, nur dasjenige Leben hat einen Wert, das zum Wohlergehen der Gesellschaft beiträgt!«

Ja, so ist es.

Der Junge weiß, dass der Direktor trotz seiner Worte lange Abende damit verbringt, in seinen Büchern der Frage auf den Grund zu gehen, ob es Präzedenzfälle gibt, von früher her bekannte Farbvarianten der Gattung, aber er gewöhnt sich so schnell an die dunklen Flügel der Schmetterlinge, die in den Zweigen des Maulbeerbaums herumkriechen, dass er sich nach einer gewissen Zeit angeblich gar nicht mehr vorstellen kann, dass sie eine andere Farbe haben könnten.

»Sie sind in ihrer eigenen dunklen Art sehr schön«, bemerkt der Direktor mehr als einmal.

»Hast du bemerkt, dass ihre Flügel bei einem bestimmten Licht einen stahlblauen Glanz bekommen?«

Ja, das hat der Junge bemerkt.

»Ich würde sagen, dass die Schönheit dieser Tiere ihrem Wesen nach sensibel und verborgen ist, sie protzt nicht und springt nicht so sehr ins Auge, wie die strahlende Weiße es zweifellos getan hätte, aber ich würde sie dennoch keineswegs gering schätzen ...«

Als der Junge ihm eifrig beipflichtet, holt er ein Handbuch über die Seidenspinner hervor, das er in Schrankpapier eingeschlagen hat, und liest ausgewählte Stellen daraus vor:

»Ungewöhnlich dunkle oder melanistische Individuen, die mehr dunkle Pigmente haben als normal, sind häufig durch den Einfluss außergewöhnlicher Umweltverhältnisse entstanden …«

Er bemerkt nicht, wie der Junge erstarrt, als er die Worte vernimmt, die wie ein Urteil klingen.

»Das Individuum ist in irgendeiner Phase seiner Entwicklung Störfaktoren unterlegen, deren Folge ein von seinem Äußeren her auffälliger erwachsener Schmetterling ist …«

So sensibel sind sie also, die Schmetterlinge.

Sensibel gegenüber der nächtlichen verbotenen Anwesenheit von Ilkka Salmi und Herrn Zebaoths Frau. Seltsam, aber wahr, weil es auch im Buch so heißt. Weil Herrn Zebaoths Frau es so gesagt hat.

Es gibt also Gesetze.

Jemand hat sie in uralter Zeit erlassen, hat beschlossen, dass es da keine Zugeständnisse gibt, auch wenn viele Menschen das glauben.

Vater und Mutter kamen ums Leben, weil sie ihr Wort nicht hielten, ihren Sohn nicht ihrem Versprechen gemäß von der Insel und nach Hause holten.

Es gibt jemanden. Jemanden, der immer Bescheid weiß. Der Unrecht nicht duldet und darauf achtet, dass man das einmal gegebene Wort nicht bricht. Jemand, der für diejenigen Rache übt, die das nicht selbst tun können.

Derselbe Jemand, der Vaters geliebten Hund tötete, weil Vater der Mutter Böses angetan, sie geschlagen hatte, auch nachdem er versprochen hatte, es nie wieder zu tun.

Jemand hat alles in seiner Macht. Auch die Tiere.

Wenn *Er* es will, dann macht *Er,* dass sie sich verändern, setzt ihrem Fliegen oder Laufen ein Ende. Lässt sie entgegen ihrer Natur kriechen oder tanzen.

Tötet sie.

Tötet sie, um sie wieder zu sich, in die Welt der Luftgeister zu holen, wo es kein Leiden gibt.

Der Junge beobachtet, wie der Kater mühsam in Richtung Strand geht, und ballt seine Hände kraftlos zur Faust.

Seinetwegen oder wegen Ilkka Salmi und Herrn Zebaoths Frau?

Nie wieder, das verspreche ich. Nie wieder werde ich nachts aufstehen, das Fenster öffnen, hinausklettern …

Aber den Kater, den kann nichts mehr aufhalten. Von einer gnadenlosen Gewalt getrieben, wankt er auf den Steg, stürzt sich ins Meer.

Einen Augenblick später stößt er ein gellendes Miauen aus, das wie Kinderweinen klingt, und zappelt schreiend im Wasser herum. Dann wird er starr und geht unter. An der Oberfläche bleiben nur funkelnde Ringe zurück, bis auch sie sich glätten.

Sie sah die helle Sonne, und über ihr schwebten Hunderte von durchsichtigen, herrlichen Geschöpfen. Sie waren gekommen, um sie in die Welt der Luftgeister zu holen …

Der Direktor schleudert seine Schirmmütze zu Boden. Das ist eine Kriegserklärung, und die Jungen wissen das.

»So. Setzt werden wir die Sache aufklären, und zwar sofort. Wer hat das gemacht?«

Die Jungen stehen totenstill da, schütteln den Kopf.

Herr Zebaoth packt Sulkava am Schlafittchen, schüttelt ihn durch.

»Was feixt du da?«

»Ich feixe nicht …«

»Glaubst du, dass du dir auf diese Weise die Sporen verdienst? Was hast du dem Kater zu fressen gegeben? Glassplitter? Antworte, verdammt noch mal!«

»Ich hab das nicht gemacht. Ich schwör, ich war's nicht!«, winselt der Junge.

»Wer dann?«

»Ich weiß es nicht. Ehrenwort.«

Herr Zebaoth schubst Sulkava beiseite, knöpft sich den Nächsten vor. Er wütet unter den Jungen wie eine aufgescheuchte Hornisse, staucht sie, diese niederträchtigen Bengels, zusammen nach allen Regeln der Kunst, droht ihnen mit kollektiver Bestrafung, während Tyyne mit verweinten, rachgierigen Augen oben auf dem Berg steht und darauf wartet, dass der Schuldige gefunden wird. Aber alles ist vergebens: Es kommt kein Schuldbekenntnis.

Es kommt keines, weil niemand etwas zu bekennen hat.

Außer ihnen beiden.

Aber Ilkka Salmi, der mit Fäusten, Gürtelschnallen, Kerzenständern, elektrischen Leitungen und Lederriemen abgehärtet worden ist, bringt man mit den Mitteln eines Herrn Zebaoth nicht dazu, zu gestehen.

Und Juhani Johansson, ihn bedrängt der Direktor überhaupt nicht. Johansson, so glaubt er, liebt Tiere viel zu sehr, als dass er ihnen Schmerz zufügen könnte.

Schließlich setzt der Direktor sich völlig enttäuscht und verschwitzt auf den Steg und gesteht seine Niederlage ein:

»Na gut. Vielleicht kommt auch eine natürliche Erklärung in Betracht. Im Prinzip ist es doch möglich, dass er einen Bienenschwarm aufgeschreckt hat, der sich dann auf ihn stürzte. Obwohl ich so etwas noch niemals gehört habe …«

Die Jungen nicken matt. Sie leiden ebenso sehr darunter, dass die Autorität ihres Direktors an Glanz verloren hat. Sie haben gelernt, vor allem fremde Kraft und Macht zu bewundern, und jedes Mal, wenn Herrn Zebaoths Allmacht Risse bekommt, verspüren sie eine tiefe Unruhe in sich, fühlen sich verlassen.

Der Direktor weist mit der Hand in Richtung Meer:

»Na ja. Holt ihn her, dann werden wir ja sehen.«

Die Jungen starren ihn an, verstehen nicht recht, was er meint.

»Taucht und holt mir den Kadaver dieses verfluchten Katers nach oben. Ihr könnt doch schwimmen, zum Teufel!«

Sein Befehl löst erleichterte Heiterkeit aus: Soll dieses Donnerwetter also vergnüglich enden. Anstelle einer Abreibung ein zusätzliches Bad im Meer, was kann es Besseres geben bei dieser Hitze!

Die Jungen reißen sich um die Wette die Kleider vom Leib, rennen schreiend den Steg entlang und springen kopfüber ins Wasser.

Juhani Johansson folgt den anderen, holt tief Luft und taucht in die blaue, funkelnde Tiefe, in der er den vertrauten Atem der sandigen Wurzeln der Insel vernimmt.

Immer wieder steigt er an die Oberfläche, ihm schwindelt von der Helligkeit der Sonne, er füllt seine Lunge mit Luft und taucht zu seinem nächsten Ausflug hinab, in der Gewissheit, dass der Kater niemals gefunden werden wird.

Es geschieht, was geschehen muss.

Tyyne hat beschlossen, dass das Verbrechen gesühnt werden muss. Auf der Insel ist irgendetwas völlig aus dem Gleichgewicht geraten. Sie wittert die Gegenwart von Sünde und Niedertracht ebenso wie vor Jahren, als sie die Fußböden in dem Antiquariat wischte, wo die Schmutz- und Schundhefte verkauft wurden, wo ihr unschuldiges kleines Mädchen gequält wurde.

Jetzt tut jemand dasselbe ihren Tieren an, den unschuldigen Kreaturen, die kein Mittel haben, um sich zu verteidigen.

Sie hat gesehen, wie der Todestanz sich im Hühnerstall wiederholte, bei zwei weißen Leghorn-Hennen, und sie glaubt nicht mehr an die gereizten und ausweichenden Hinweise des Direktors auf eine Epidemie.

Nein, Tyyne ist davon überzeugt, dass jemand ganz bewusst ihre Lieblinge verfolgt und ihr Futter vergiftet, nur um zu sehen, wie sie leiden.

Diesmal kann sie sie nicht retten so wie damals das Mädchen: nur indem sie sie auf den Arm nimmt und verschwindet. Nein, es sind so viele liebe unschuldige Tierkinderchen, zu viele, selbst für ihre starken Arme.

Außerdem erinnert sie sich an die ernsten Worte der Schwestern und Brüder in der Gemeinde: Es ist falsch, so etwas zu tun, Tyyne, die Kleinen gehören so lange zu ihren Eltern, bis etwas anderes beschlossen wird. Es ist Sache der Polizei und der Beamten, das zu beschließen, nicht die irgendeines Passanten, Fremden …

Natürlich tat das damals ihrem Herzen weh. Sie sollte eine

Fremde sein, sie, die das Mädchen besser pflegte als irgendjemand je zuvor? Sie, die von dem Mädchen so wonnig geliebt wurde, wie es kaum vorstellbar ist.

Doch damals hatte Tyyne nicht Gott zur Seite, den Helfer und Retter der Schwachen, damals handelte sie ohne die Unterstützung und den Segen eines Stärkeren, versuchte mutterseelenallein das Leben des Mädchens zu schützen. Das konnte nicht lange gutgehen, der Tag der Verhöhnung musste kommen, auch wenn sie sich noch so viel Mühe gab und sich anstrengte. Wer nicht glaubt, der wird verdammt werden, spricht der Herr, und dass das wahr ist, hat Tyyne auf traurige und schreckliche Weise erfahren.

Jetzt aber ist alles anders.

Alles hat seine Zeit, das Säen hat seine und das Ernten, die Missetat und das Bezahlen dafür, so ist es, bei allen. Gott wählt sein Werkzeug, und diesmal hat er Tyyne gewählt.

Jemand quält die Tiere. Tötet sie.

Und meint, dass niemand sich darum kümmert, meint, sie ungestraft quälen und umbringen zu können bis zum Ende der Welt.

Während der Sommer sich dem Herbst zuneigt, wendet Tyyne sich an ihren gerechten Gott der Rache. Ihre Abendgebete wandeln sich vom Bekenntnis unbedeutender kleiner Sünden zu hasserfüllten Kriegserklärungen, durch die der Hauch von Blut und Tod wabert: Die zerfetzten Eingeweide des weißen Katers, der im Meer Zuflucht suchte, und der toten Hühner schreien danach, dass der Kopf des Schuldigen auf die Schüssel kommt.

Und Gott segnet ihr Schwert: Wie von selbst öffnen sich im Buch der Bücher die Seiten, wo der Herr ankündigt, er werde das Land umwenden, Stein für Stein, und die gottlosen Missetäter aus ihren Verstecken holen, sie mit Schande bedecken und auspeitschen, auf dass sie bitterlich bereuen. Rette sich also vor der Hand des Herrn, wer kann!

Während Tyyne mit immer größerem Misstrauen die täglichen Verrichtungen der Jungen beobachtet, macht sie sich klar, dass sie jetzt das Rachewerkzeug höherer Mächte ist und unter deren Schutz steht. Auch die geringsten unflätigen Reden der Jungen nähren ihre Überzeugung, dass die Jungen niederträchtig und durch und durch verstockt sind.

Man muss sie nur erwischen und ihrer Bestrafung zuführen.

Aber die Tage erbringen nur eine magere Ausbeute. Die Jungen machen einen übertrieben großen Bogen um den Hühnerhof, beflecken ihre heilige Aufgabe, indem sie ihren Reißverschluss öffnen und ihr Wasser gerade bei dem Jasminstrauch im Hof abschlagen, in dem sie, den stechenden Insekten zum Trotz, auf der Lauer liegt. Während Tyyne den süßen Duft des Jasmins und den warmen Dunst des Urins einatmet, schreit sie stumm zu ihrem Gott, er möge ihr helfen, diese Prüfungen zu ertragen, die das Los dem einzigen rechtschaffenen Menschen auf der Insel höhnisch auferlegt.

Sie sieht, wie schwarze Schwärme von Schwalben in großem Bogen immer höher zum Himmel hinauffliegen, fort in die warmen Länder, in Sicherheit, und sie erinnert sich mit leiser Wehmut eines Witwers, der auf einer Insel in der Schärenküste lebte, hochgewachsen und von schwerem Körperbau wie sie, der ihr sogar noch vor einigen Jahren mehrmals zärtlich den Platz der Hausherrin anbot. Sie war schon drauf und dran gewesen, das Angebot anzunehmen, als der Herr ihr die Augen öffnete, indem er den Freier einmal im Konvent erscheinen ließ, nach Schnaps stinkend und mit stierem Blick leidenschaftliche Liebesbekenntnisse lallend.

Wenn sie den Schuldigen erwischt, wird das wie der Segen des Schöpfers dafür sein, dass sie auf der Insel geblieben ist: Er brauchte sie hier, damit sie seine Kreaturen verteidigte!

Nachts, wenn sie in ihrem schmalen Stahlrohrbett wachliegt und ihr Körper von den Hitzewallungen heimgesucht wird, die ihr in letzter Zeit qualvoll vertraut geworden sind, denkt Tyyne manchmal, dass die Augustnacht in all ihrer Schwärze bestens dazu geeignet ist, alle möglichen Missetaten zu vollbringen.

So steht sie auf, zieht die Strickjacke über ihr dickes Flanellnachthemd, steigt in die Pantoffeln und versteckt sich im Holunderbusch unter dem Fenster der Jungen, von wo aus man den Kuhstall ebenso im Blick hat wie den Hühnerstall.

Aber auch die Nacht scheint ihr nicht wohlgesonnen. Die Mücken plagen sie, und es ist sehr unbequem, unter freiem Himmel zu hocken. Da fällt ihr ein, dass im Werkzeugschuppen ein altes Feldbett steht, und sie beschließt, es an passender Stelle aufzustellen.

Das Feldbett ist angenehm, aber es bedarf noch einer Decke, um perfekt zu sein. Sie holt die Decke, und nun wird der nächtliche Ausguck fast gemütlich.

Sie liegt da, die Hand an der breiten, gebräunten Wange, lauscht dem nächtlichen Rauschen des Meeres, und die Hitzewallungen plagen ihren Körper nicht so sehr wie in der engen und stickigen Schlafkammer.

Wenn Tyyne die Augen zu einem schmalen Strich zusammenzieht und den sich über ihr wölbenden Himmel betrachtet, verschmelzen die Sterne zu einem gewaltigen Strahlenbündel.

Die Nacht setzt das Kind in Tyyne frei: Einmal lässt sie sich dazu hinreißen, sich einen klebrigen Ahornsamen als lange Nase aufzusetzen. Ein Spaß, der ihr seit ihrer Kindheit nicht mehr im Traum eingefallen wäre! Während sie dahockt, atmet sie die fernen Düfte reifen Herbstgetreides ein und erinnert sich, wie sie mit ihrem Vater Getreide zur Mühle brachte und der Vater ihr Kandiszucker kaufte, der von einem großen, an einen Eisbrocken erinnernden Klumpen abgeschlagen wurde und herrlicher schmeckte als irgendetwas davor oder danach.

Letztlich geht es meistens so, dass Tyyne, während sie die

Sterne betrachtet und auf die Geräusche der Nacht horcht, schon am frühen Abend einschläft und ein paar Stunden später frierend wieder erwacht, sich in ihre Schlafkammer zurückzieht und dort, von ruhigen Träumen begleitet, schläft, bis der Wecker klingelt.

Tyyne bewahrt jetzt das Feldbett und die Decke in dem Eierpappenraum des Hühnerstalls auf, von wo sie es leicht auf den Hof und zurück bringen kann.

Eines Tages bemerkt die Frau des Direktors das Bett und die Decke dort, als sie Eier holt, und Tyyne gerät ins Stottern, sodass ihr vor Überraschung eine kleine Lüge entschlüpft:

»Na, wo doch die Tiere öfters krank waren, da dachte ich, vielleicht muss ich ja mal bei ihnen wachen … es ist praktischer, wenn da für alle Fälle ein Bett steht … ich kann es auch wieder wegstellen.«

In die Augen der Direktorsfrau kommt ein merkwürdiger Ausdruck, sie schüttelt errötend den Kopf, so als schämte sie sich für Tyynes offenkundige Lüge:

»Aber nein, auf keinen Fall, Tyyne, mach das nur so, wie du es für richtig hältst …«

Hinterher wundert Tyyne sich, dass sie der Frau des Direktors nicht die Wahrheit gesagt hat.

Liegt das daran, dass sie die Frau irgendwie als fremd und unberechenbar empfindet? Fürchtet Tyyne, die Frau könnte ihr übelnehmen, dass sie ihren Töchtern heimlich Süßigkeiten und andere Leckerbissen gekauft hat? Sie auf den Schoß genommen, ihnen das Flachshaar geflochten und bemerkt hat, dass die Mädchen sie, Tyyne, lieber haben als ihre richtige Mutter? Vielleicht haben die Mädchen das ihrer Mutter sogar gesagt, ehrlich ins Gesicht hinein, so wie Kinder es zu tun pflegen: Tyyne ist viel netter als du, wir wollen Tyyne als Mutter, nicht dich!

Wenn es so gewesen ist, hatte dann Tyyne nicht die richtige Ahnung, als sie fürchtete, dass die Frau in ihrer Verbitterung zu ihrem Mann gehen und ihm sagen könnte, dass Tyyne wieder krank sei und Nächte hindurch vor dem Hühnerstall auf einem Feldbett liege? Dass sie dem Direktor sagen würde, dass Tyyne von der Insel fortgebracht und endgültig in jenem Krankenhaus eingesperrt werden müsse, bevor sie irgendjemandem etwas Schlimmes antun kann …

Die Menschen können so böse sein, alles völlig falsch verstehen, denjenigen bestrafen, der sich bemüht zu helfen, und den Übeltäter freilassen.

Wen wollt ihr gekreuzigt haben, Tyyne oder denjenigen, der das Kind gequält hat?

Tyyne, Tyyne! Nagelt Tyyne an dem Bett mit dem eisernen Kopfende fest, lasst den anderen frei!

Wie grausam und undankbar ist doch das Menschengeschlecht! Tyyne grübelt darüber nach, während sie die Tiere versorgt, heimlich das zu früh von der Mutter getrennte Kalb für ein Weilchen zu dieser zurückbringt und dann behauptet, ausgerutscht zu sein und einen Teil der frisch gemolkenen Milch verschüttet zu haben. Die Blätter an den Bäumen verfärben sich gelb, und der Wind, der von Tag zu Tag kälter wird, treibt sie vor sich her. Nach Einbruch der Dunkelheit mag Tyyne nicht mehr so oft aus ihrem warmen Bett aufstehen, obwohl sie jeden Tag beschließt, genau das zu tun!

Das geht lange so.

Bis sie auch den Hahn tot auffindet. Ein großer, brauner Rhode Island, ihr fast drei Kilo schwerer Stolz.

»Was, zum Kuckuck, kann ich dafür? Ich hab hier haufenweise unbezahlte Rechnungen, ich hab keine Zeit, wegen eines Hahns in Tränen auszubrechen«, tobt der Direktor, der die Sorgen der Viehmagd satthat.

So schlurft Tyyne aus seinem Büro, den toten Hahn unter dem Arm, verbittert darüber, dass die Sache niemanden sonst interessiert, dass es auch diesmal keine Hilfe geben wird.

Im Stillen gesteht sie sich ein, dass es ihr Fehler ist. War sie doch, wie es im Evangelium heißt, die törichte und gleichgültige Jungfrau, die gerade in dem Augenblick schlief, als sie unermüdlich, mit brennendem Sinn und brennender Lampe hätte wachen sollen.

Tyyne weint laut, als sie den Hahn begräbt, streicht über den eingefallenen Kamm, verspricht den glasigen Augen, dass sie ihrem Verlangen nach Bequemlichkeit nicht mehr nachgeben werde, bis das Böse entlarvt und zerschlagen sein würde.

An diesem Abend begibt sie sich mit Einbruch der Dunkelheit nach draußen, so wie früher.

Es ist eine Nacht Ende August. Meine Güte, wo ist der Sommer nur wieder geblieben, die Zeit vergeht heutzutage so rasch, was soll ich nur machen, wenn die Nächte noch kälter werden?

Finster kauern die Gebäude des Erziehungsheims vor ihr. Sie steht so lange mit eingeschlafenen, steifen Beinen unter den Weißdornbäumen, bis ihr die Lider schwer werden und die Bäume sich vor ihren Augen drehen. Da beschließt sie, aus dem Raum mit den Eierpappen das Feldbett zu holen, nicht um zu schlafen, sondern um wenigstens einen Augenblick die Beine ausruhen zu können.

Als sie die Außentür öffnet, meint sie, Stimmen zu hören.

Tyyne bleibt wie angewurzelt stehen, mit angehaltenem Atem. Belohnt so der Herr meine Wachsamkeit? Es geschieht, was geschehen muss, gelobt sei der Herr!

Beseligt spitzt sie die Ohren: Ja, tatsächlich, Geflüster, tiefe, erstickte Worte in ihrem Hühnerstall! Dort sind sie jetzt, die Schamlosen, mitten bei ihren Missetaten!

Sehr vorsichtig lässt sie die Außentür hinter sich zugehen, schleicht zur Zwischentür und drückt die Klinke herunter.

Die zu Regungslosigkeit erstarrten Gestalten sind im Schein des Mondlichts, das durch das Fenster hereinfällt, nur mühsam zu erkennen.

Tyyne, die nicht begreift, dass sie in ihrem weißen Nachthemd und mit dem vom Wind zerzausten grauen Haarschopf fast wie ein Gespenst aussieht, starrt mit offenem Mund die nackten Körper an, die auf dem Feldbett ineinander verschlungen sind. Den Burschen erkennt sie sofort, den großen, dunklen. Aber es dauert einen Augenblick, bevor sie begreift, dass der andere Körper, der zarte, weiße Leib mit den nackten Brüsten, nicht eine Tochter des Direktors, sondern … seine Frau ist.

»Gütiger Himmel …«

Der Bursche steht auf in seiner ganzen geilen Nacktheit, die Frau des Direktors zieht die Decke über sich.

»Ihr Schamlosen!«

Es ist gut, dieses hier wollte Gott ihr zeigen, als er ihr den einzigen Freier nahm; um diese abscheuliche Verruchtheit zu entlarven, hatte sie nächtens Wache halten müssen.

Und diese Frau hatte sie, Tyyne, beim Direktor anschwärzen wollen. Hatte ihm sagen wollen, dass man Tyyne ins Krankenhaus sperren müsse, dass Tyyne ein schlechter und böser Mensch sei.

Diese Frau, die nichtswürdige Mutter von fünf Töchtern, die in ihrem Hühnerstall splitterfasernackt unter einem jungen Burschen liegt!

»Bedeckt euch!«

»Geh weg, Tyyne, dies hier geht dich nichts an«, sagt die Frau mit leiser, fast drohender Stimme.

Aber Tyyne lässt sich keine Angst mehr machen. Soll sie doch jetzt zu ihrem Mann gehen und versuchen, unschuldige Menschen anzuschwärzen!

»Ach so, das geht mich nichts an!«

Tyynes Stimme bebt jetzt vor Zorn. Es ist der gerechte Zorn eines Menschen, der selbst unbefleckt geblieben ist.

»Was ist das hier für ein lasterhaftes Treiben, dass nicht mal die Hühner ihre Ruhe haben dürfen?«

»Wir haben deine Hühner nicht angerührt«, sagt der Bursche mit einer Stimme, die angesichts der Umstände unbegreiflich ruhig ist.

»Das werden wir ja sehen ...«

Es geschieht, was geschehen muss, so ist es doch.

Der Bursche, groß und dunkel, bückt sich nach dem am Boden liegenden Kleiderhaufen, reicht ein Stück davon der Frau des Direktors, streicht ermutigend über ihre nackte Schulter und beginnt erst dann, sich selbst anzuziehen. Gemächlich, ohne Eile, als käme er aus der Sauna.

Tyyne wendet sich ab. Die dreiste Nacktheit des Burschen ist zu viel für sie.

Die Sünde, die Sünde, die Sünde ... hört sie denn niemals auf? Wie lange noch verlangt der Herr, dass seine Gerechten es ertragen, sie fortzuschaufeln wie den Mist vom Stallboden!

Die Frau des Direktors sagt nichts mehr, nimmt nur die Kleidungsstücke entgegen, die der Bursche ihr reicht, zieht sich an. Einmal begegnet Tyyne ihrem Blick, ihre Augen sind voll Tränen, und Tyyne wendet rasch den Blick ab und blickt auf die im Frühjahr gekalkte Wand, an deren rauer Oberfläche eine Spinne ihre glänzende Todesfalle gewebt hat.

Alles hat seine Zeit, das Säen und das Mähen. Es geschieht, was geschehen muss!

Tyyne hebt die Hand, wischt das Spinnennetz weg. Die Frau des Direktors zuckt zusammen, als hätte Tyyne versucht, sie, und nicht die Spinne, zu treffen.

»Der Direktor muss das erfahren«, sagt Tyyne. »Der Direktor muss alles erfahren, was hier geschieht.«

»Wie wär's, wenn wir uns darauf einigen, die ganze Geschichte zu vergessen?«, fragt der Bursche mit matter Stimme, der man anhört, dass er selbst nicht an diese Möglichkeit glaubt.

Tyyne lächelt ungläubig über die Dreistigkeit des Burschen, schüttelt den Kopf.

Der Bursche setzt sich in Bewegung, geht auf sie zu. Tyyne sieht durch das Fenster hinter ihm einen Streifen Sternenhimmel, der über das Meer fällt. Ein Stern ist deutlich heller als die anderen.

Wenn ein Rind zur Schlachtbank geführt wird, weiß es immer, warum es geholt wird, niemals bildet es sich ein, es käme jetzt auf die Frühlingsweide, es widersetzt sich, stemmt seine Klauen gegen den Boden, schreit, so wie man vor dem Tode schreit.

Noch bevor der Bursche die Faust hebt, begreift Tyyne: Jetzt bekommen sie mich ganz und gar, da ist nichts mehr zu machen.

Sie sitzt in der Klemme, es geschieht, was geschehen muss.

»Hör auf!«

Durch den Dämmer hört sie die Frau schreien. Einen Augenblick lang denkt sie, es sei eines der Tiere, jemand tue ihren Tieren wieder etwas Böses an. Doch nein, es ist die Frau, Mund und Augen weit offen, der Körper zusammengekrümmt, nein, nein, nein, das darf nicht sein!

Die Bäume hinter dem Fenster biegen sich und schwanken, irgendwo kracht etwas zusammen, Tyyne greift in die Luft, oh, dieser Schmerz, helft mir, Gott, steh mir bei. Tyyne bricht zusammen, fällt auf den gekalkten Fußboden, den sie selbst geputzt hat, zuckt, strampelt.

Es geschieht, was geschehen muss. Jetzt ist es für Reue zu spät. Vielleicht war es von Anfang an für Reue zu spät.

Tyyne betrachtet sich selbst, wie sie dort am Boden liegt, schaut von oben herab, erfüllt von einem hellen, schmerzlosen Frieden: Es hört sich so an, als seufze jemand tief, eine Spur blutigen Speichels zieht sich aus dem Mundwinkel, ihr breites, gebräuntes Gesicht glättet sich.

Dann ist es still, nur die Bäume schwanken traurig hinter dem Fenster.

Bin ich das, denkt sie, während sie sich von dem Steinfußboden entfernt, und sie möchte sagen, dass sie sich leicht fühlt, dass es ist, als trügen durchsichtige Flügel sie in den blendend blauen Himmel hinein.

Sie hört ihre Stimmen, aber sie selbst hat keine Stimme mehr, um zu antworten.

»Was machen wir jetzt? Was sollen wir jetzt tun, Ilkka?«

Der Bursche öffnet die Tür des Hühnerstalls.

»Sie ist ausgerutscht, als sie die Hühner füttern wollte.«

Mit verweinten Augen sieht die Frau den Burschen an und folgt ihm mit zögernden, stolpernden Schritten zur Tür hinaus, so als wäre es ihr völlig ungewohnt, auf dem harten Erdboden zu gehen.

»Du musst jetzt nach Hause«, sagt der Bursche. »Du gehst nach Hause und benimmst dich so wie immer. Kapierst du?«

Die Frau nickt.

»Ich geh nich ins Gefängnis«, sagt er.

»Ich weiß.«

»Du weißt, dass ich dich liebe.«

In einer anderen Situation würde die Frau laut lachen. Jetzt sagt sie nichts.

»Geh jetzt nach Hause.«

Und sie geht. Es ist Nacht, und sie möchte in dem Nussbaumbett neben ihrem Mann aufwachen und hören, dass dies alles ein Albtraum war, dass es nicht ihr widerfahren ist, doch die Nacht umgibt sie von allen Seiten, und sie kann ihr nicht entfliehen.

Der Bursche, groß und dunkel, klettert über die Sprossen hinauf in den Raum voller Seufzer, und dort erwartet ihn ein Junge, der mit offenen Augen auf dem Bettrand sitzt. Und diesem Jungen ist anzusehen, dass er weiß, was geschehen ist.

Der Junge packt den Burschen bei der Hand, verlangt eine Erklärung.

Und das Gesicht des dunklen Burschen wird noch dunkler, legt sich in Falten, die Brauen bewegen sich aufeinander zu:

»Das Feuer muss dort gelöscht werden, wo es ausgebrochen ist, verstehst du?«

»Ich verstehe.«

»Manchmal muss man lebende Bäume fällen, wenn sie das Löschen des Feuers im Wald behindern, das ist unvermeidlich, das verstehst du doch?«

»Ich weiß nicht. Ich weiß nicht, ob ich begreife, dass man töten muss, um das Feuer zu löschen.«

»Du bist noch zu jung. Deshalb verstehst du nich, dass ein Mann das tun muss, was er tun muss.«

»Vielleicht. Vielleicht bin ich zu jung, um das zu verstehen.«

»Aber du hast nichts gesehen, nich wahr?«

»Nein, ich hab nichts gesehen.«

»Du würdest doch niemals den verraten, der dich all die Jahre beschützt hat, oder?«

»Nein, ich würde ihn niemals verraten.«

»Du würdest es nich tun, egal, was passiert, auch wenn sie dich schlagen, damit du es ihnen erzählst?«

»Nein. Selbst wenn sie mich schlagen. Ich würd niemals den verraten, der mich all die Jahre beschützt hat.«

8. Kapitel

Der Mann sitzt in seinem Arbeitszimmer in der sechsten Etage. Das Gefühl von Kraft hat er verloren. Die Freude über den Erfolg ist weg.

Juhani Johansson hat immer geahnt, dass diese Dinge früher oder später in sein Leben zurückkehren würden. Der Vorhang würde beiseite gezogen, und da würde die Frau in ihrem ewigen blauen Stallkittel stehen, mit Gummistiefeln an den Füßen. Nach Mist stinkend und voller giftiger Galle.

Es kommt ihm so vor, als hörte er Tyynes streitsüchtige Stimme:

»Du spielst dich hier auf als großer Boss, aber mir machst du nichts vor mit deinen teuren Kleidern und großen Gesten. Du bist genau so ein Gauner wie die anderen. Nichts ist dir heilig. Jetzt machst du sogar Jagd auf Herrn Zebaoth, obwohl er seinerzeit alles für euch getan hat. Keine Dankbarkeit, keine Scham. Ich hab zu Herrn Zebaoth gesagt, die werden Sie verraten, verraten und Ihren Namen besudeln, Ihnen auch noch die Töchter wegnehmen und sie zu Tode hetzen. Die armen unschuldigen Wesen.«

Der Mann lehnt sich gegen das Fensterbrett, presst seine Hände gegen den kühlen Stein, atmet den vom Meer herüberwehenden Wind ein. Warum musste diese Frau gerade heute von den Toten auferstehen?

Er steht wie gelähmt am Fenster, beobachtet, wie die Hebekräne sich ruhig drehen. Auf dem Fensterbrett nebenan gurrt eine Taube mit aufgeplustertem Hals und fixiert ihn mit kühlen, gläsernen Augen.

Der Mann schaut auf die Stadt, die für ihn anfangs eine einzige wimmelnde Masse war, ein unruhiges Durcheinander von sich überlagernden Stimmen und durcheinander hindurchgehenden Körpern. Anfangs wollte es ihm einfach nicht gelingen, das alles in den Griff zu bekommen.

Obwohl er sich bemühte. Sich ernsthaft bemühte, ebenso zu sein wie die anderen. Unauffällig. Ein lockerer Kumpel, der selbst bestimmt, wie es ihm im Leben ergeht.

Das war nicht leicht. Es war schwer für einen wie ihn, der sich so viele Jahre lang zu absolutem Gehorsam hatte zwingen müssen. Der sich wieder und wieder hat unterwerfen müssen. Der seine Wut im Bauch behalten und seinen eigenen Willen verleugnen musste, falls er ihn überhaupt noch hatte.

Und dann plötzlich war niemand mehr da, der ihm sagte, was richtig und was falsch war, wofür es eine leichte und wofür die denkbar strengste Strafe gab.

Juhani Johansson erinnert sich daran, wie er von der abgelegenen Insel kam und sich wie ein Schiffbrüchiger fühlte, der verzweifelt nach etwas sucht, woran er sich festklammern kann.

Wie sollte er einer alten, gläubigen Frau klarmachen, dass der Junge wie unter Zwang Herrn Zebaoths Töchtern folgen musste, wann immer sie ihm in der Stadt vor Augen kamen, weil man ihn in der Welt alleingelassen hatte? Wie davon erzählen, dass er ihnen nachging, aber nicht wagte, sie anzusprechen? Ihnen noch als Erwachsener nachgehen musste und unter diesem Zwang litt.

Er sah ihnen zu, wie sie erst ihren Männern und später ihren Kindern zulächelten, wobei sie immer noch diese Anziehungskraft ausstrahlten, der sich alle Jungen auf der Insel bewusst waren. Obgleich man davon höchstens mal in einem Anfall von Tollkühnheit sprach, gleichsam spaßeshalber:

»Hallo, Schatz, gehen wir schmu-… ääh, schmausen?«

Es war nicht allein sexuelle Anziehung, aber anders konnten sie sich in Gegenwart der Mädchen nicht ausdrücken.

Und die Mädchen lachten heiter, tuschelten miteinander, warfen verstohlene Blicke unter den Brauen hervor, aber antworteten niemals.

Die Mädchen lebten in ihrer eigenen Welt.

Sie spielten Vater und Mutter, wiegten ihre Puppen und sprachen zu ihnen in besorgtem Tonfall, als wären sie lebendig.

Und bemerkten nicht, dass die Jungen hinter den Büschen lagen, sie belauschten und dabei bebten aus Gründen, die sie selbst nicht verstanden.

Komm auf den Schoß, Kleine!

Wein doch nicht, Mama ist ja hier …

Juhani Johansson erinnert sich, wie die Jungen es vermieden, einander anzusehen: So also redete eine richtige Mutter? Und wenn sie die Mädchen auch verhöhnten, so war es ein trauriges, kraftloses Gerede, ohne das übliche Ungestüm.

Aber so etwas kann man keiner Frau erklären, die all ihre Liebe für die Tiere aufgespart hat. Sie würde nicht verstehen, warum die Mädchen vom Festland nach diesen Mädchen nur wie ein blasser Abklatsch wirkten. Selbst die allerschönsten.

Sie würde es nicht verstehen, niemand würde es verstehen, dass nichts mehr zu machen war, als Juhani Johansson endlich das Glück hatte, auf ein Mädchen von der Insel zu treffen, das nicht an ihm vorüberging, sondern seinen Gruß erwiderte und sich über das Wiedersehen freute. Als das Mädchen nicht an ihm vorüberging, wusste Juhani Johansson, dass er nicht lockerlassen würde, bis es ihm ganz gehörte.

Natürlich war es dumm, dass sie schon verheiratet war. Aber die Verbindung war unglücklich, das Mädchen gab ihm zu verstehen, dass es so war.

Tyyne würde es sicherlich nicht glauben, wenn man ihr sagen würde, dass es letzten Endes das Mädchen war, das ihn mit nahezu erschreckender Heftigkeit ermutigte, ihm mit seltsam glühendem Gesicht direkt in die Augen sah und sich nach ihm reckte, obgleich sie hübsch brav auf ihrer Seite des Tisches saß, dies und das redete, mit ihrer Serviette spielte und sie zu einer kleinen Kugel zusammenpresste.

Das Feuer musste in dem Wald gelöscht werden, in dem es entzündet worden war …

So im Nachhinein ist es fast peinlich, sich daran zu erinnern, an die eigene jämmerliche Tollpatschigkeit. Daran, wie ihm die Stifte aus der Hand fielen, als er seine Telefonnummer auf einen Zettel kritzelte, stotternd ein Wiedersehen vorschlug. Flehend und unterwürfig. Wenn du irgendwann mal Zeit hast … Dann könnten wir über die alten Zeiten reden … und seine Verwirrung, als das Mädchen tatsächlich anrief, schon in der darauffolgenden Woche.

Natürlich war er zunächst leicht erschüttert, als sie zu dem Treffen mit Kinderwagen erschien. Er erwog sogar, die ganze Sache auf sich beruhen zu lassen, aber das Mädchen trat sehr entschieden auf und war ohne Umschweife dazu bereit, mit in seine Wohnung zu kommen.

Das war eine Botschaft, die auch der schlichteste Mann verstand. Aber noch ehe irgendetwas geschehen konnte, nahm das Mädchen das Kind auf den Schoß, begann zu bereuen.

Und bekannte alles. Dass sie nur ihren Mann hatte bestrafen wollen, der sie betrogen hatte. Oder zumindest ernsthaft vorgehabt hatte, sie zu betrügen.

Juhani Johansson weiß noch, wie er sich fühlte, als er begriff, dass er nur deshalb auserwählt worden war, weil es die demütigendste Rache war, die man sich vorstellen konnte: sich einem Zögling des Erziehungsheims hinzugeben.

Damals hatte er sich geschworen, dass die Geschichte damit noch nicht zu Ende sein würde.

Dass er es dem Mädchen schon zeigen und sie um jeden Preis dazu bringen würde, sich in ihn zu vergucken und ihrem Mann den Laufpass zu geben.

»Du hast ihre Ehe zerstört. Hast sie zur Hurerei verführt!«, sagt Tyyne.

Vom Meer her weht ein zunehmender Wind.

Der Mann steht am Fenster, bedenkt, was das doch für ein abscheuliches Wort ist: Hurerei. Ein Wort, das zu Tyynes Sprachgebrauch passt. Aber es ist auch bei Gericht gefallen. Und dort hatten sie es auch zugeben müssen, hatten beide sagen müssen, ja, ja, sie hätten Hurerei getrieben. Viele Male und an vielen Stellen. Sie mussten es aussprechen, um das zu bekommen, was sie hier gesucht hatten: das gesetzliche Recht aufeinander.

Von draußen hört man die Bremsen eines Autos kreischen, das eintönige Lärmen des Verkehrs.

»So viel Irreführung und Liebedienerei. Kein Wunder, dass das arme Mädchen ganz verwirrt war. So jung und unerfahren, wie es war.«

Juhani Johansson lächelt. Er könnte die Anklage unterschreiben. Er war schlau und berechnend geworden, nachdem das Mädchen ihn gedemütigt hatte, ihn erst angelockt und dann zurückgestoßen hatte.

Ihm fällt ein, wie es war, als sie ihn zum ersten Mal an seiner Arbeitsstelle besuchte. Man sah es ihr an, wie verblüfft sie war. Sie hatte natürlich angenommen, dass die Arbeit diesem Juhani Johansson ungefähr dasselbe bedeutete wie den meisten Jungen von der Insel: ein unvermeidliches Übel, das leider dazugehört zu einem anständigen Leben.

Sie hatte sich wahrscheinlich vorgestellt, dass sie ihn im Lager antreffen würde. Dass er ihr in seinem Blaumann stolz seinen neuen Gabelstapler vorführen würde.

Aber als sie ihn dann, nachdem sie viele Treppen hinaufgestiegen war und viele Türen geöffnet hatte, im grauen Anzug und mit französischer Krawatte hinter einem Chefschreibtisch mit angebautem Beratungstisch sitzen sah, da musste sie ihre

Auffassung von diesem Juhani Johansson von Grund auf ändern.

Später, als sie schon viele Jahre lang Juhani Johanssons Frau war, sagte sie einmal, in jenem Augenblick habe sie Hochachtung empfunden, sich aber auch irgendwie betrogen gefühlt.

Der Mann wusste, woher das kam: In jenem Augenblick hatte er seiner Gegenspielerin ihr Überlegenheitsgefühl genommen, das ihr einen Vorteil in diesem Spiel verschafft hatte. Das Mädchen hatte sich ja anfangs nur deshalb für den Jungen von der Insel interessiert, weil sie meinte, ihn beherrschen zu können. Vielleicht hatte sie angenommen, dass sie Juhani Johansson in ihrer Gewalt haben würde, anders als ihren ersten Mann …

»Der, den du dann umgebracht hast!«

»Den ich umgebracht habe?«

»Nein! Der Konkurs hat ihn umgebracht. Er ertrug es nicht, dass alles den Bach runterging.« Juhani Johansson schüttelt den Kopf: Wie könnte jemand dafür verantwortlich sein, dass ein anderer so schwach ist, sich selbst zu töten? Es hätte sich doch niemand vorstellen können, dass er das tun würde!

Ich bin dafür nicht verantwortlich.

War sie gekommen, um ihm die Schuld, die reine, nutzlose, schwarze Schuld anzubieten, diese uralte Frau mit dem wogenden Busen?

Juhani Johansson weist die Ehre zurück, er will sich absolut nicht an diesen Mann erinnern. Wie er dort unter seinem Fenster stand, mit Dreitagebart und glühenden Augen. Wie er das Fenster öffnete, ihn aufforderte, nach Hause zu gehen und seinen Rausch auszuschlafen. Danach könne man miteinander reden. Von Mann zu Mann. Dann besprechen wir die Sache. Und sehen weiter. Aber nicht jetzt, wo du in dieser Verfassung bist.

Das fehlte noch, der Mann wollte überhaupt nicht mit Juhani Johansson reden, er wollte seine Frau sehen. Seine ihm angetraute Ehefrau und sein eigenes Kind, darauf hatte er, verdammt noch mal, ein Recht.

»Nein, das geht jetzt leider nicht, es ist zu spät, und auch das Kind würde nur erschrecken vor einem solchen Radaubruder. Der Besuchstag…«

»Welcher Besuchstag, zum Teufel? Das ist mein Sohn, du Satan!«

»Morgen! Morgen, wenn du nüchtern bist, dann bist du willkommen!«

Aber der Mann war keiner vernünftigen Rede zugänglich, um nichts in der Welt: Leck mich am Arsch, du verdammter Schleimscheißer, und sag ihnen, sie sollen rauskommen, oder ich randaliere hier die ganze Nacht…

Da stand er, im kalten Nieselregen der Herbstnacht, weinte und schüttelte die Faust, schlug und trat gegen die Haustür, versuchte sogar, am Fallrohr nach oben zu klettern.

Als er schließlich gedemütigt seines Weges wankte und die Frau und das Kind eingeschlafen waren, lag Juhani Johansson immer noch wach, wachte und horchte auf die stille Nacht und die immer stärker werdenden Stimmen in seinem Innern.

Hätte er den Mann vielleicht doch hereinlassen sollen?

Und die unsichtbaren Augen sahen, bezeugten und registrierten alles:

Du hast keine Träne vergossen um diesen Mann, der wegen einer fixen Idee von dir starb!

Nein, das ist wahr, denkt Juhani Johansson. Aber etwas geschah damals mit ihm, als die Nachricht von seinem Tod kam. Eine neue und furchterregende Kraft begann in seinem Inneren zu wüten und die bis dahin so klaren Zukunftsaussichten zu einem Chaos zu zermahlen.

Die Insel. Der Mann denkt an sie. An die in den Tiefen zitternden Wasserlilien, den grünen Atem des Meeres, die Muscheln. Die Insel hat im Kopf des Mannes ein langsames Lied angestimmt, eine Serie sich wiederholender Bilder.

In diesen Bildern ist der Junge kein Junge mehr, sondern ein Tier, das den Erdboden und die Pflanzen und die Formen der Steine beschnuppert und befühlt. Das Meer rauscht, und der Erdboden glüht, und das Tier schwimmt, planscht, wühlt, rennt, nagt sich seine eigenen Wege zu den von Meer und Wasser verborgenen Höhlen.

Und je weiter der Mann die Insel in seine Gedanken eindringen lässt, desto mehr hat er das Gefühl, dass sich etwas in ihm löst, sich unaufhaltsam in eine eigene Richtung bewegt. Etwas, das er jahrelang in die dunklen Schichten seines Selbst verdrängt hat, erwacht und reißt ihn mit sich.

»Wenn du Herrn Zebaoth geglaubt hättest, wäre dir all das Schlimme erspart geblieben«, sagt Tyyne.

Der Mann sieht sich die Berechnungen und Zeichnungen an, die Bilder von den Baugruben, an deren Grund die Gießform des Fundaments das Gebäude erwartet, das darauf errichtet werden soll.

»Diese Papiere wären für dich nur böhmische Dörfer ohne diesen Mann, den du demnächst zusammen mit den anderen verspotten wirst«, fährt Tyyne fort.

Ich werde ihn nicht verspotten, denkt Juhani Johansson. Ich hab ihn auch damals nicht verspottet, als er mir klarmachte, was er von mir hält: dass er mich nicht dazu erzogen und ausgebildet habe, damit ich seine Töchter ficke!

Juhani Johansson denkt an den von Krankheit gezeichneten Mann, der sich mit stummem Hass in den Augen über seine verrückten Papiere beugt. Seine Frau hat ihm erzählt, dass Herr Zebaoth so ist, seitdem sie die Insel verlassen mussten: Beschwerden und Schriftsätze überallhin, ins ganze Land. Warnungen vor der großen Katastrophe. Jagd auf die Vorzeichen einer Gefahr.

Tagelang sitzt der alte Mann an seinem Schreibtisch, verschanzt hinter seinem unversöhnlichen Hass auf die Welt, die Regale vollgestopft mit verschiedenfarbigen Mappen: rot für die Medizinalverwaltung, schwarz für die Veterinärwissenschaftliche Hochschule, gelb für die Presse, blau für das Institut für Arbeitsmedizin, grün für den Naturschutzverband, braun für das Landwirtschaftsministerium.

Da sitzt er Tage und Nächte, denkt kaum ans Essen, während er Meldungen und Artikel, die er aus den Zeitungen ausgeschnitten hat, zu Stapeln sortiert und daraus Zusammenfassungen und Prognosen erstellt.

»Ich hab dich nicht dafür ausgebildet, dass du meine Töchter fickst! Verschwinde und lass das Mädel in Ruhe!«

Auch seiner Tochter hat er die Sache klargemacht:

»Nur Huren wechseln den Mann!«

Ihr Vater hatte mit der Verzückung eines in religiösem Wahn Befangenen sowohl seiner Tochter als auch ihrem Kind den baldigen Anbruch des Jüngsten Gerichts prophezeit und in ihr den Samen des Verdachts gesät, dieser Inselzögling lauere nur auf die Gelegenheit, ihnen übel mitzuspielen, sie beide zugrunde zu richten.

Weil das alle taten. Früher oder später.

Es war ihnen von klein auf vorgezeichnet. Sie waren als Kinder so gründlich durchgebläut worden, dass es ihnen in Fleisch und Blut übergegangen war. Dafür konnten sie nichts.

Das Mädchen war natürlich voller Angst und Schrecken gewesen:

»Aber Vater, früher hast du anders gesprochen. Du hast gesagt, man könne die Kontinuität unterbrechen. Mit der richtigen Erziehung. Du hast gesagt, du hättest sie unterbrochen!«

Der alte Mann hatte nicht nachgegeben, hatte sie nicht einmal angesehen: Ich habe mich geirrt.

Ich habe mich geirrt. Weiter nichts. So etwas kommt vor. Menschen irren sich. Der eine hier, der andere da. Und dies also war der Irrtum des Herrn Zebaoth.

Natürlich hatte es zum Zerwürfnis geführt. Als das Mädchen nicht gehorchte, sondern Juhani Johansson heiratete, so wie sie es vorgehabt hatte.

Zum Glück hatten immerhin die Schwestern Juhani Johansson akzeptiert. Sie erschienen gleich nach der Trauungszeremonie mit Kindern und Männern zu einem Gratulationsbesuch.

Und gaben sich viel Mühe, um zu beweisen, dass Juhani Johansson jetzt zur Familie gehörte: Sie sorgten dafür, dass ihre Männer ihn am Sonntagmorgen anriefen und ihm kameradschaftlich Karten für Eishockeyspiele oder Anteile an einem Ufergrundstück am Meer oder einem Segelboot anboten.

Und nie erwähnte jemand den ersten Mann. Den, der durch eigene Hand zu Tode gekommen war.

»Herr Zebaoth war zu Recht wütend auf dich«, sagt Tyyne. »Er hatte dir eine bessere Chance gegeben als irgendeinem anderen Jungen, und du hast es ihm vergolten, indem du die Ehe seiner Tochter zerstört und den Vater seines Enkelsohns in den Tod getrieben hast.«

Nein, denkt Juhani Johansson, er hat mich nicht ausgebildet, obwohl ihr alle das denkt. Niemand von euch hat eine Ahnung von jenen Jahren, von dem unvorstellbar schwierigen Weg durch die Schule, der mich im Leben voran- und nach oben bringen sollte. Von dem Weg, den Herr Zebaoth mir wohl anfangs ebnete, indem er dafür sorgte, dass der kleine Juhani

Johansson alljährlich vom Förderverein ein Stipendium und in der Wohnung eines Gemeindemitglieds ein praktisch kostenloses Zimmer zur Untermiete bekam.

Niemand von euch weiß, dass der Junge, für den sich die Pforten des Paradieses in Form der kommunalen experimentellen Mittelschule und später des Gymnasiums aufgetan hatten, lernte wie ein Besessener, um all das Vertrauen zu rechtfertigen.

Arzt oder Biologe wollte er werden, nicht mehr und nicht weniger.

So lernte und lernte er. Gönnte sich kaum ein Vergnügen, sah sich höchstens mal ein Eishockeyspiel an.

Niemand von euch weiß, wie dem Jungen am Ende eines Schultages zumute war, wenn er wusste, dass niemand ihn zu Hause erwartete, niemand fragte, wie es ihm wohl ergangen war. Die Woche über war er ganz allein, und oft auch an den Wochenenden. Das war eine schwere und bedrückende Zeit. Graue, einförmige Tage, die Nase immer ins Buch gesteckt. Aber all die Anstrengung und Mühe wert, die er dafür aufgebracht hatte, fand er. Wenn er bei den Eishockeyspielen in die Hurra-Rufe und Beifallsstürme einstimmte, dann stellte er sich insgeheim vor, wie irgendwann einmal ihm selbst solch ein Beifall zuteilwerden würde. Wenn er etwas erfunden haben würde, was das Wohlergehen der Menschheit wesentlich voranbringen würde …

Jetzt im Nachhinein lacht er natürlich darüber und schämt sich seiner Schwärmereien, aber damals hatte er die kindliche Gewissheit, dass er zu alldem imstande sein würde, wovon er in seinem Untermieterzimmer träumte.

Bis dann plötzlich und ohne Vorwarnung das Stipendium ausblieb, der Mietvertrag nicht erneuert wurde und Herrn Zebaoths anspornende und gutwillige Briefe ausblieben.

Juhani Johansson erinnert sich an seine Bestürzung und daran, wie er darüber nachdachte, was er wohl falsch gemacht haben könnte, aber ihm fiel überhaupt nichts ein. Er war schon einige Male betrunken gewesen und hatte auch schon zwei Mädchen gehabt, aber das hatte er anderswo abgewickelt, diskret und unbemerkt.

Schließlich blieb ihn nichts anderes übrig, als all seinen Mut zusammenzunehmen und auf der Insel anzurufen.

Er erfuhr, dass Olavi Harjula, sein allmächtiger Herr Zebaoth, nicht mehr Direktor der Institution war. Als er sich aber danach erkundigte, was geschehen war und ob Herr Zebaoth wirklich nicht mit dem neuen Direktor über seine Lage gesprochen habe, erhielt er keinerlei Auskünfte.

Seine ganze große Zukunft war also kaltblütig begraben worden, hatte wichtigeren Dingen weichen müssen. Punkt, Schluss, aus.

Es blieb ihm nichts anderes übrig, als auf die Abendschule zu wechseln und arbeiten zu gehen. Was er gerade für Arbeit bekam, als Gebäudereiniger, als Bader im psychiatrischen Krankenhaus, als Handlanger auf dem Bau.

Das Leben ging auch so weiter, aber das Lernen litt darunter.

Aber es bedeutete noch mehr:

Eine Rückkehr zu dem Mist, den er bei seinem Aufbruch von der Insel endgültig hinter sich gelassen zu haben glaubte. Am schlimmsten war, dass die Ausscheidungen der Menschen, die er vom Fußboden öffentlicher Toiletten wusch und mit der Bürste von den ins Bett kotenden, wundgelegenen Patienten abschrubbte, noch fürchterlicher stank als der Dung der Tiere, der auf den Feldern verteilt werden musste. Wie er diesen Gestank hasste. Er nahm ihm den Appetit, machte ihn auf unbestimmte Weise krank.

Er weiß noch, wie schrecklich wurzellos und unbedeutend er sich zu jener Zeit wieder fühlte und wie er eines Tages begriff, dass er selbst der einzige Mensch auf der Welt war, den es überhaupt interessierte, wie es diesem Burschen namens Juhani Johansson erging.

In jener Zeit ertappte er sich immer häufiger dabei, wie er vor dem Spiegel ein Jackett anprobierte, wie sie in den Tanzlokalen vorgeschrieben waren. Das Nylonhemd und die schwarze Krawatte aus der Inselzeit waren in die hinterste Ecke des Schrankes geraten, die Schuhe brauchten nicht mehr blank geputzt zu werden, und das Haar durfte bis auf die Schultern wallen.

Zwei, drei Glas Bier hatten ihm die schlimmste Angst genommen.

Verlottern wollte er allerdings nicht, auf die ganze Welt pfeifen, das nun doch wieder nicht.

Mit der Zeit arbeitete er sich bis zum Abitur vor, aber das Abschlusszeugnis war nicht so, dass es für den Zugang zur Universität gereicht hätte.

Da blieb ihm nichts anderes übrig, als einen Beruf zu erlernen, der keine übermäßigen Anstrengungen erforderte. Auf dem Bau hätte er auch eine Anstellung mit Lehrvertrag gefunden, aber er entschied sich für eine dreijährige Ausbildung in einer Lehranstalt, wo er beim zweiten Versuch angenommen wurde. In den Sommerferien arbeitete er bei der Baugesellschaft.

Mit scharfem Blick erkannte der Polier in ihm bald einen Mann, der das Zeug zum Ingenieur hatte und die Arbeit nicht scheute, und so rutschte er gleichsam unmerklich auf die Lohnlisten der ständigen Mitarbeiter der Baugesellschaft.

Sein Aufstieg in die Führungsebene vollzog sich in so ungewöhnlich kurzer Zeit, dass Juhani Johansson begann, sein verlorenes Selbstvertrauen wiederzugewinnen. Allmählich, ohne das selbst zu begreifen, verwuchs er mit der Baugesellschaft.

»Und jetzt bist du zu allen möglichen dunklen Machenschaften bereit, wenn die Gesellschaft es verlangt!«, sagt Tyyne.

»Wieso?«

Was hat er denn getan, dass man ihm mit so mürrischem Misstrauen begegnet?

Seine Frau liest in der Zeitung manchmal Geschichten von bauhistorisch wertvollen Häusern, die auf unerklärliche Weise über Nacht zerstört werden, und stellt dann, laut ihre Verwunderung äußernd, fest, dass es zumeist die Gesellschaft des Mannes ist, die den Auftrag zur Errichtung eines neuen bekommt. Er aber, der Mann, antwortet darauf immer, dass er für die Leitung der Bauarbeiten, nicht für Abrissarbeiten zuständig sei. Sagt wahrheitsgemäß, dass er nichts darüber wisse, was nachts in dieser Stadt geschieht.

Erst heute und zum ersten Mal geschieht es, dass man ihn bittet, etwas zu tun, was stinkt. Etwas, was nicht zu der Arbeit gehört, für die er jahrelang gelernt hat. Man hat ihn gebeten, mit Herrn Zebaoth zu sprechen, mit dem Juhani Johansson nichts zu tun hat. Ihn zu veranlassen, dass er von seiner erbärmlichen Verfolgungswut ablässt, ihn zum Schweigen zu bringen.

Und deshalb hatte Tyyne zum Leben erweckt werden müssen, deshalb hatte man fälschlicherweise angenommen, dass man mit ihrer Hilfe sie beide auf die Knie zwingen könnte, den alten Mann und seinen Schwiegersohn.

»Jetzt ist der Augenblick gekommen«, sagt Tyyne. »Jetzt bezahlst du für das, was du einst getan hast!«

»Aber ich hab doch schon bezahlt. Manchmal kommt es mir so vor, als hätte ich für meine Sünden schon im Voraus bezahlt. Bevor ich überhaupt irgendetwas getan habe. Und ich bezahle immer noch.«

»Wie das?«

»Mit Einsamkeit. Und mit der Einsamkeit meiner Frau. Wir haben keine Kinder bekommen, wie du weißt. Obwohl wir gern welche gehabt hätten. Bei mir ist in dieser Beziehung irgendetwas nicht in Ordnung.«

Der Wind weht vom Meer. Juhani Johansson friert, aber er will das Fenster nicht schließen. Er will nur weg von hier, aus diesem eleganten Zimmer, das man ihm anbietet unter der Bedingung, dass ...

Er möchte gern raus, fort, fort, weit weg von diesem Zimmer, von der Baugesellschaft, aus dieser Stadt, aus dieser Zeit, die er letztlich nicht versteht und mit der er nicht umgehen kann.

Schließlich hat er niemals behauptet, etwas anderes zu sein als ein Junge, der weg will. Ein halbzahmes Tier, das panikartig spürt, dass es in der Falle sitzt, wenn kein Fluchtweg in Sicht ist.

Die Welt, von der er schon einen Augenblick lang geglaubt hatte, er könnte ihr etwas vormachen und sie beherrschen, besteht aus Teilchen, die er doch nicht zusammensetzen kann.

Juhani Johansson steht mitten im Zimmer.

So steht er eine Weile und betrachtet niedergeschlagen die dicken Betonwände, die er selbst um sich herum errichtet hat: Im Haus meines Vaters gab es sechs Schlafzimmer. Und eine Garage. Und ein Schwimmbad. Aber was haben sie ihm genützt?

»Wirst du zu ihm gehen?«

»Zu wem?«

»Zu Herrn Zebaoth.«

»Warum sollte ich das tun?«

»Damit du dieses Arbeitszimmer behalten kannst. Das Seeblick hat und alles. Das ist es doch wohl, was der kleine, nach Saronlilie riechende Mann als Vergeltung von dir erwartet, nicht wahr?«

Juhani Johansson antwortet nicht.

Letzten Endes weiß er doch gar nicht, wie verwirrt Herr Zebaoth jetzt ist. Die Schwägerinnen sagen, dass seine Verrücktheit von Tag zu Tag schlimmer wird. Dass er nervös ist und schon wegen Kleinigkeiten außer sich gerät.

Offenbar gehört er zu jenen Witwern, die niemals über den Tod ihrer Frau hinwegkommen. Obwohl es jetzt schon über zwanzig Jahre her ist. Für seine Töchter ist das ganz unbegreiflich. Hatten ihre Eltern doch nicht gerade den Eindruck erweckt, als hätten sie einander besonders nahegestanden.

Natürlich war der Tod ihrer Mutter schrecklich. Die Frau hatte bis zuletzt geglaubt, schwanger zu sein, tatsächlich aber war es ein Krebs, der in ihrem Leibe wuchs.

Und nach dem Tod seiner Frau begann Herr Zebaoth Beschwerden und Beschuldigungen an alle möglichen Stellen im ganzen Land zu schicken. Verwirrte Theorien darüber, dass es geheimnisvolle Umweltgifte seien, an denen seine Frau gestorben war. Dass alles vergiftet sei, der Boden, die Luft, das Wasser. Natürlich wurde das dem Vorstand irgendwann zu viel, und er sprach Olavi Harjula die Kündigung aus.

»Die Insel wurde verrückt, so einfach ist das«, sagt Tyyne. »Sie war so voller Schuld, dass sie es nicht ertrug.«

Juhani Johansson nickt.

Er erinnert sich an den letzten Sommertag, bevor er abreiste, um auf die Schule zu gehen. An die Frau, wie sie an der Tür des Schmetterlingshauses steht, mit niedergeschlagenen Augen wie ein Kind, das man bei einer Missetat ertappt hat. Er erinnert sich an die zermatschten Kokons, an die zerdrückten Schmetterlinge und an die armen Exemplare, die der Vernichtung entgangen waren und zwischen den wie Kraut und Rüben durcheinanderliegenden Zweigen des Maulbeerbaums herumwankten.

Und an den totenbleichen Herrn Zebaoth, der fast am Weinen war.

»Alles ist hin, Juhani, alles ist zerstört.«

»Was hab ich ihr getan? Was haben meine Schmetterlinge ihr getan?«

Herr Zebaoth, der Direktor der Insel, bekommt darauf keine Antwort. Wer sollte sie ihm auch geben: Jedenfalls nicht seine

Frau, die düster vor sich hinbrabbelnde, ziellos über die Insel irrende Frau, die schon damals so voller Schuld war, die von Tag zu Tag zunahm, dass es nur eine Frage der Zeit war, wann sie schwerer wiegen würde, als ihr zarter Frauenkörper es tragen konnte.

Auch an den anderen erinnert sich Juhani Johansson. An den großen, dunklen Burschen, der floh und immer wieder tauchte, bis die Polizisten begriffen, dass sie sich nass machen mussten, wenn sie ihn lebend zu fassen bekommen wollten.

Wie er schrie, als sie ihn auf die Fähre schleppten. Wie ein gewaltiges, unvernünftiges Tier in Todeskrämpfen. Die am Ufer Stehenden waren mucksmäuschenstill, die, welche gesungen, gepetzt, all ihr Wissen ausposaunt hatten:

Der ging nachts immer aus dem Haus! Der und Juhani Johansson! Wir andern schliefen wie die Toten, aber die beiden gingen raus, jede Nacht, die Gott werden ließ …

Juhani Johansson wurde zuerst verhört. Aus ihm bekamen sie nichts heraus, er wusste nichts, er redete nur von den Schmetterlingen, von deren Eiern und Kokons, vom Schlüpfen und von der Paarung, faselte davon so lange, bis die Polizisten die Nase davon gestrichen voll hatten.

Aber vielleicht glaubte der andere, der größere, etwas anderes. Vielleicht fürchtete er, dass der kleine, schmächtige Johansson doch etwas erzählt hatte? Vielleicht hatten die Polizisten ihn das annehmen lassen?

Oder er wollte die Frau schützen. Gab alles zu, damit sie sie in Ruhe ließen.

Aber die Frau, die schaffte es, alles wohlweislich für sich zu behalten. Bis zuletzt.

Sie behielt ihr Geheimnis für sich, und ohne Ausweg wuchs und wuchs es in ihr, brannte und schmerzte. Das war kein gewöhnliches Kind, denkt Juhani Johansson. Das war die große und dunkle Frucht nächtlicher Liebe.

Es würde ein Junge werden, natürlich, hatte die Frau behauptet, worauf Herr Zebaoth antwortete, dass das unmöglich sei. Er wusste ja von nichts, der arme Kerl, sondern brachte seine Frau zum Arzt, der sagte, sie werde bald sterben.

Die Frau glaubte den Ärzten natürlich nicht. Sie starb bei der Geburt, nicht an einer Geschwulst.

Und Herr Zebaoth wurde wunderlich. Das war seine Art, der Wahrheit auszuweichen.

»Na, gehst du nun zu ihm?«, drängt Tyyne.

Juhani Johansson lächelt: »Verrückte hab ich nicht gern, von denen hab ich seinerzeit mehr als genug gehabt. Warum sollte ich zu dem Mann gehen?«

»Das kann man nie wissen«, sagt Tyyne.

»Ich halte das nicht für nötig. Die Beziehungen zwischen mir und diesem Mann sind schon vor langer Zeit abgebrochen.«

»Sind sie das?«

»Ja. Wir beide haben nichts mehr miteinander zu besprechen.«

Der alte Mann steht groß und aufrecht in der Türöffnung. Das Zimmer hinter ihm ist in Dämmer gehüllt. Die Furchen auf den Wangen des Alten sind ein wenig tiefer, das große, scharfgeschnittene Gesicht ist fahler geworden.

»Kommst du den Koffer holen?«

»Den Koffer? Welchen Koffer?«

Juhani Johansson kann seine Überraschung nicht verbergen. Als wäre er ein Gast, den man erwartet hat.

»Haben die Mädels nichts davon gesagt? Er fand sich beim Umzug. Ich wollte ihn dir geben, wenn du volljährig würdest oder wenigstens halbwegs vernünftig. Aber du bist ja sozusagen mittendrin weggegangen, und seinerzeit war so viel los, dass ich es vergessen hab.«

Herr Zebaoth bedeutet ihm ungeduldig mit der Hand, doch einzutreten.

Juhani Johansson gehorcht, steht im Vorraum und weiß nicht, was er sagen soll.

»Er ist hier irgendwo im Schrank, gleich hab ich ihn …«

Durch das Fenster fällt der Lichtschein der Straßenlaternen. Auf dem Arbeitstisch im Wohnzimmer brennt eine gelbe Lampe.

»Na, wie läuft es bei dir … mit meiner Tochter?«

Der Alte unterbricht seine Suchaktion, wirft einen neugierigen Blick auf den Schwiegersohn.

»Ich kann mich nicht beklagen«, erwidert der.

Herr Zebaoth bricht in schallendes Gelächter aus.

»Nein. Zumindest nicht bei mir. Damit hast du verflixt recht. Und die Kinder? Wo bleiben die?«

Juhani Johansson holt seine Zigaretten aus der Tasche, aber als er den Blick des Alten bemerkt, steckt er sie folgsam wieder ein.

»Die werden sich demnächst einstellen, wir haben ja nun bald acht Jahre geübt.«

Herr Zebaoth blickt ihm forschend in die Augen.

»So steht es also?«

»Ja. Niemand weiß, woran es liegt.«

»Tja, das ist verdammt traurig«, konstatiert Herr Zebaoth. »Meine Mädels sind wie geschaffen dafür, Kinder zu kriegen. Darin sind sie wie die Tiere. Eine Geburt ist für sie kein Thema. Die würden sogar die Nabelschnur selbst durchbeißen, wenn die Hebamme nicht einschreiten würde. Hast du jemals gehört, dass meine Mädels sich darüber beklagt hätten, dass sie nachts wachen müssen, was? Garantiert nicht, darin kommen sie nach ihrer Mutter, im Umgang mit Kindern haben sie den richtigen Instinkt, sie lachen über die Handbücher, die Regeln, das Wissen des Muttertiers ist ihnen in die Wiege gelegt…«

Und du warst nicht fähig, meine Tochter zur Mutter zu machen?

Herr Zebaoth öffnet kopfschüttelnd den Schrank. Als er sich wieder umdreht, hält er in der Hand einen Pappkoffer, der mit Wappen und Flaggen beklebt ist.

»Der Nachlass deiner Eltern. Bestimmt erinnerst du dich daran?«

Juhani Johansson nickt verlegen.

»Was hat das jetzt noch für einen Sinn? Wer braucht das jetzt noch?«

»Damals haben wir kaum über ihren Tod gesprochen, weil ich dachte, du wärst noch zu jung.«

»Wir haben darüber gesprochen. Der Schnaps hat sie umgebracht. Irgendein billiger italienischer Fusel. Man soll sich nicht ans Lenkrad setzen, wenn man zu viel getrunken hat.«

»Tja, na, da ist jedenfalls alles drin. Ich hab noch etwas dazugelegt, was später bei mir eingetroffen ist, als …«

Der alte Mann wirkt irgendwie verlegen, so als gäbe es etwas, das auch er nicht über die Lippen bringt.

»Ich weiß nicht recht«, sagt Juhani Johansson. »Ich weiß nicht, ob ich diesen Koffer überhaupt haben will.«

Der alte Mann runzelt ärgerlich die Brauen:

»Was faselst du da, Junge?«

Ich weiß nicht, warum ich mich für Leute interessieren soll, die eigentlich niemals an mir interessiert waren. Denen es egal war, wie es mir erging. Die sollen mir vom Leib bleiben.

Natürlich sagt er das nicht laut. Er traut diesem Mann, diesem verrückten Herrn Zebaoth nicht.

Erbärmlichkeit plus Elend. Muss ich wirklich darin herumstochern?

»Nun nimm mal den Koffer, ich kann den ganzen Krempel ja auch nicht ewig bei mir aufbewahren. Er wäre bestimmt auf der Insel geblieben, wenn nicht die Mädchen das Packen besorgt hätten. Ich war damals ein bisschen … bist du übrigens mal dort gewesen, nachdem …?«

»Nein.«

Der Alte knurrt, wirkt unzufrieden.

»Vielleicht war das vernünftig. Es ist ja auch schon so lange her. Und liegt einem so fern.«

»Ja, es liegt einem fern.«

Sie stehen schweigend da, hören einer des anderen Atem. Herr Zebaoth kratzt sich die grauen Bartstoppeln, dreht sich um:

»Hock dich hin, ich mach uns einen Kaffee zum Andenken an die alten Zeiten.«

Juhani Johansson schält sich aus seinem Mantel, hängt ihn im Vorraum an den Nagel, an dem ein an den Ellbogen durchgescheuertes Oberteil eines Trainingsanzugs hängt.

»Hast du noch Kontakt zu jemanden von dort? Weißt du, wie es ihnen ergangen ist?«

»So gut wie gar nicht.«

»Ich auch nicht. Ich hab nur von dem Großen, Dunklen gehört, der damals ins Gefängnis kam. Wie hieß der noch? Er soll auch im Knast noch einen umgebracht haben. Du kannst dir vorstellen, wie mir da zumute war ...«

Die Rede des alten Mannes strömt rhythmisch dahin, wie er da zwischen Herd und Spültisch hin und her geht. Juhani Johansson wundert sich über seine Gelassenheit.

Er war doch darauf eingestellt, einen schimpfenden und vor Wut geifernden Halbirren vorzufinden, dem gegenüber er sich heldenmütig behaupten müsste, und nicht, dass er unbeweglich an dem mit Wachstuch bedeckten Küchentisch sitzen und darauf warten würde, dass der Kaffee kocht.

»Meine Frau hat sich diese Geschichte unglaublich zu Herzen genommen, wie du vielleicht weißt. So sensibel, wie sie war. Sie hatte die Viehmagd, diese Tyyne, gerngehabt, und verstand überhaupt nicht, wie die Jungs so etwas ...«

Der Gast nickt.

Die Frau sitzt am Boden zwischen den Hühnern und weint: »Es war mein Fehler, meine Schuld ...!« Und Herr Zebaoth kniet vor seiner Frau und sammelt die schleimigen, zerbrochenen Schalen der Eier zusammen: »Sei nicht traurig, sie werden neue legen, sie werden neue legen ...«

Der alte Mann bleibt stehen, auf der Kochplatte qualmen die Fettspritzer, die irgendwann dort gelandet sind.

»Du kannst den Koffer ruhig öffnen. Das stört mich nicht.«

»Nein. Ich öffne ihn nicht. An diese Sachen will ich nicht mehr denken, für sie gibt es keinen Platz mehr in meinem Leben.«

»Nun schau doch mal hinein. Du willst es ja doch.«

Juhani Johansson stellt sich den Koffer auf die Knie, lässt die Schlösser schnappen, hebt den Deckel. Er nimmt die Brille aus der Tasche, setzt sie auf. Einen Augenblick lang prüft er den Inhalt, dreht eine Postkarte um, blättert in Büchern.

»Na? Findet sich etwas Wertvolles?«, fragt Herr Zebaoth und stellt zwei unterschiedliche Kaffeetassen auf den Tisch.

»Ich weiß nicht recht.«

Wahre Schätze: wertlose Aktien, ungültig gemachte Sparbücher, im Suff verfasste Postkarten aus ganz Europa, vollgekritzelte Kalender mit Notizen über unbedeutende Begegnungen und Briefe, auf deren Seiten ein Kognakglas seine Spuren hinterlassen hat.

Der Mann nimmt einen Stapel Postkarten zur Hand.

Löwenstatuen aus Brüssel: *»Die ganze Woche hat es geregnet, und es regnet auch jetzt …«* Der Altare della Patria in Rom: *»Schrecklicher Rummel und Lärm, aber die Stadt ist eine Pracht …«* Roma di notte: Colosseo e Arco di Costantino: *»Pass gut auf den Jungen auf, ich hab schreckliches Heimweh …«*

Und einen noch schrecklicheren Kater, vermute ich!

Herr Zebaoth sieht neugierig zu ihm hin, sagt aber nichts. Juhani Johansson nimmt eins der Tagebücher, schlägt es aufs Geratewohl auf, beginnt laut zu lesen.

6. 5. 1961

- *Ordentliche Visitenkarten mit Hochdruck machen lassen, desgleichen Briefbögen und Briefkarten*
- *Die Unternehmensorte durchgehen*
- *Silikon in die Autotüren*
- *Bodenventile und Leuchten im Schwimmbad überprüfen*
- *Glassplitter am Fußboden im Vorraum beseitigen (saugen?)*
- *Die Flecken auf dem Teppich mit kaltem Wasser bearbeiten (gehen sie mit Shampoo raus?)*

- *Geld auf dem Konto bewegen, zumindest in der Sparkasse und in der Genossenschaftsbank, sonst unnötiger Eindruck von Armut*
- *Sicherheitsgitter für die Treppe im Obergeschoss kaufen, für Sauli, Preise vergleichen*
- *Buch »Goldene Zeit der Kindheit« kaufen*
- *Aus der Kirche austreten*
- *Danach erkundigen, wie man Wein selbst herstellt (und starkes Hausbier?)*
- *Für Juhani Federballschläger plus Ball oder Farbstifte kaufen*
- *Die Außenbeleuchtung überprüfen*
- *Siemens oder Nokia verkaufen (mind. 20 St.)*
- *Blutprobe Sauli (falls Maire zu J. geht?)*
- *Nach Italienreisen erkundigen …*

Er schlägt das Buch zu, schiebt es zurück zwischen die Papiere.

»Wieso Blutprobe?«, wundert sich Herr Zebaoth mit dem Messlöffel in der Hand.

Der Mann lächelt.

»Er hat nicht geglaubt, dass wir seine Kinder sind.«

Der Mann kniet auf der Frau, seine Faust bearbeitet ihre Rippen, die Brust, das Gesicht. Ihr Körper krümmt sich zusammen, sie zappelt und strampelt, da hast du's, du Hure, ich werde dich lehren fremdzugehen …

»Zuletzt hat er es wohl geglaubt?«

Der Mann breitet die Hände aus.

Ich weiß es nicht. Ich weiß nur, dass sie mich auf deine Insel gebracht haben. Und mich dort vergessen haben, wie einen überflüssigen Ballast. Dass ich den beiden überhaupt nichts bedeutet habe. Juhani Johansson öffnet das Buch erneut, blättert hier und da. Seine Haltung verändert sich.

»Hab ich tatsächlich alle diese Sachen bekommen? Ein Fahrrad, einen Schlitten, die Skistiefel, das Fortunaspiel …«

Er nimmt die Brille ab, lässt sie an seinen Fingern baumeln:

Reue? Der Mann stützt seinen verkaterten Kopf in die Hände, weint. »Verzeiht mir, das soll nie wieder vorkommen, ich schwöre, dass ich nie wieder …«

»Dies wird keine dünne Plörre, sondern ein anständiges Gebräu«, plaudert der alte Mann.

Juhani Johansson möchte den Koffer beiseite stellen, aber der hat ihn schon in seiner Gewalt. Gegen seinen Willen stöbert er in dem Stapel von Papieren mit Beschlüssen des Sozialamtes, Widersprüchen, Untersuchungsprotokollen. Er nimmt aus dem Haufen einen Brief hervor. An den Vater. Auch darauf Spuren eines Glases. *Koivulehto, den 4. 3. 60.*

Vater hatte eine Vorliebe für Randbemerkungen, denkt er.

Und erinnert sich:

Er saß auf dem Sofa im Wohnzimmer, mit der stinkend vor sich hin qualmenden Zigarette in der Hand, und murmelte Widersprüche. Ab und zu hielt er das Papier senkrecht hoch, schrieb dann wieder wie besessen.

»Was ist?« Herr Zebaoth fährt zusammen, als sein Gast sich plötzlich erhebt.

»Ich muss mal zur Toilette.«

»Im Vorraum.«

Als Juhani Johansson zurückkehrt, schaut der alte Mann ihn fragend an:

»Stand da etwas besonders Interessantes?«

»Wo?«

»In dem Brief. Weil du ihn mitgenommen hast.«

Verlegen zieht Juhani Johansson das zerknitterte Papier aus der Tasche.

»Nein. Ich hab ihn nur vergessen.«

Der Alte lächelt, schenkt Kaffee ein:

»Probieren wir mal …«

Sie trinken schweigend. Der Kaffee ist schwarz und stark. Juhani Johansson kann sich nicht erinnern, wann er zuletzt richtigen, im Kessel gekochten Kaffee getrunken hat.

Die Lichter der vorbeifahrenden Autos gleiten über die Wand. Der Abend kommt, die Nacht kommt.

»Dem Leben gegenüber darf man nicht zu streng sein«, sagt Herr Zebaoth plötzlich, aus seinen eigenen Gedanken auffahrend. »Weder dem eigenen Leben gegenüber noch dem der anderen.«

Juhani Johansson antwortet nicht. Er hat nichts zu antworten.

»Ich habe entdeckt, dass es letztlich vorübergleitet, ein Tag nach dem anderen, egal, was wir tun. Das Leben. Es vergeht einfach, Tag um Tag. Eines Tages stehst du aus dem Bett auf und stellst fest, dass du entsetzlich alt geworden bist. Das ist alles.«

Durch das Fenster scheinen die hellen, uralten Sterne herein.

»Ich hätte mir gewünscht, dass meine Frau die Schmetterlinge in Ruhe gelassen hätte. Ich hätte damit Wunder vollbracht, wenn sie in Ruhe hätten gedeihen dürfen. Aber es ist eben passiert, was passiert ist, und eigentlich ist es jetzt auch völlig egal. Wir haben zumindest etwas versucht, nicht wahr?«

Juhani Johansson nickt.

Die Zeit ist eine Folie, die jedermann durchstechen kann. Die Zeit ist ein Vorhang, den man zur Seite schieben kann. Da ist es, das Schmetterlingszimmer, in der Ecke ein Haufen Holzkisten. Und die Raupen, die hungrigen, blinden Raupen. Der Junge berührt eine, spürt das Erschrecken des Körpers, der sich zusammenringelt. Unter den an den Kanten vertrockneten Blättern rinnen Tautropfen hervor wie Tränen. Sie laufen ihm auf die Hand.

Und da ist eine Frau, sie presst ihren Kopf gegen den Betonboden und weint, die Frau weint, was hat sie nur. Und der Bursche, groß und dunkel, streichelt ihren Rücken, küsst ihren Nacken, ist so lieb und gut zu ihr, ich werde für dich sorgen, ich werde alles für dich beschaffen, was du nur willst …

Aber Juhani Johansson, er hilft den Schmetterlingen, sich zu paaren, er und Herr Zebaoth sitzen Tag für Tag in demselben Raum und reiben die Unterleiber der Tiere gegeneinander, in dem genau berechneten Winkel, sind glücklich, wenn es endlich flutscht, feiern das mit einem Glas Moosbeersaft, lachen.

»Ja, wir haben etwas versucht«, bestätigt Juhani Johansson. Er denkt an die Insel. Und an das Meer, von dem ursprünglich alles Leben ausgegangen ist. Er denkt an die in der Tiefe des Meeres schwankenden Lilien mit den meterlangen Stielen. Und an seine Eltern, die niemals zu Besuch kamen, obwohl sie es versprochen hatten.

Die feiern und reisen mussten.

Aber der Junge, er steht auf dem vom Wasser überspülten Anleger, die Lampen schaukeln über seinem Kopf, schwarz funkelt das Wasser vor ihm. Der Junge schaut nach der Fähre, niemand ist zu sehen, niemand kommt ihn holen, der Anleger knarrt auf seinen Pfählen, er ist allein in dieser Dunkelheit.

Er schreit.

Kriecht auf allen vieren den Steg entlang und schreit. Der Wind und die über den Steg schwappenden Wellen schubsen seinen Körper von allen Seiten, stoßen ihn in das schwarze Wasser, niemand kommt, niemals, keiner macht sich was aus ihm.

Der Junge schlägt mit dem Kopf gegen den Pfahl, trommelt mit den Knöcheln dagegen, schreit und schlägt so heftig, dass es blutet, niemand, niemals auch nur irgendjemand …

Als Hände nach ihm greifen, schlägt er auch auf sie ein, beißt sie ebenso, wie die Nerze ihn in die Hände gebissen haben, als er ihre Käfige öffnete. Er beißt und tritt den Mann: Die Schufte sind tot, die kommen mich nicht holen, denen war ich scheißegal, die haben mich vergessen. Und der Mann hält ihn an den Armen fest, bindet sie an den Handgelenken zusammen, trägt seinen zappelnden Körper fort vom Steg, aber der Junge ist nicht zu beruhigen, er spuckt und flucht, tobt, um freizukommen, lass mich los, oder ich bring dich um, ich bring alle um …!

Sie haben dich nicht betrogen. Eines Tages wirst du das verstehen.

Sagt Herr Zebaoth, hebt nicht die Hand, um ihn zu schlagen, bestraft ihn in keiner Weise.

Eines Tages.

Aber das Gesicht des Mannes verzieht sich immer noch, wenn er sich daran erinnert:

Die haben mich wie ein Zündhütchen auf dem Felsen zurückgelassen. Ihren eigenen Sohn!

»Seide haben wir zwar niemals bekommen, aber …«

Juhani Johansson fährt zusammen, zwingt den Aufruhr in sich wieder zur Ruhe.

Aber der alte Mann, er ist immer noch im Raum, inmitten der Reihen von Käfigen und Kistenstapeln.

»Die Schmetterlinge, das war was!«

Herr Zebaoth schüttelt den Kopf, der schon völlig ergraut ist, und lacht.

»Das war doch eine tolle Geschichte.«

Der Alte steht auf, sein Gesicht verschließt sich, die Augen schauen ins Leere.

»Ich habe keine Zeit mehr zum Schwatzen. Ich muss an die Arbeit, wenn ich dieses Land daran hindern will, ganz und gar in der Scheiße zu versinken.«

Juhani Johansson dankt für den Kaffee und nimmt den Koffer.

»Und dein Anliegen?«, fragt Herr Zebaoth.

»Welches Anliegen?«

»Um dessentwillen du gekommen bist.«

Juhani Johansson sieht aus dem Augenwinkel auf dem Wohnzimmertisch im Schein der Lampe einen Stapel Papiere liegen.

»Ich hab kein Anliegen.«

Ich sag denen, dass nichts daraus geworden ist. Dass ich nicht anfangen kann, einen alten Mann zu belehren. Und sie werden sagen, dass sie mich gut verstehen. Was ja auch stimmt. Man muss immer loyal sein. Seltsam nur, dass er nicht der Baugesellschaft, sondern irgend so einem verrückten alten Kerl gegenüber loyal ist, der ihm keinerlei Nutzen bringt.

Er sieht schon den verlegenen Gesichtsausdruck des Geschäftsführers vor sich, seine leicht gehobenen Brauen:

Verflixt und zugenäht, was können die Menschen einem doch für Überraschungen bereiten, so wie jetzt unser Freund Juhani Johansson, von dem er, der Geschäftsführer, manchmal scherzhaft gesagt hat, er behandle ihn fast wie seinen eigenen Sohn.

Dem man eine große Zukunft vorausgesagt hat, damals, als man noch glaubte, dass Johansson ein vernünftiger Mann sei.

Der Mann nimmt seinen Mantel vom Nagel, wo er neben der verschossenen Trainingsbluse gehangen hat, streicht sich vor dem Spiegel, der in der Ecke einen Sprung hat, über das Haar.

Der Blick auf das Meer. Auf den wird er natürlich verzichten müssen.

Aber wozu sich deshalb grämen. Hat er nicht genug bekommen vom Meer, als er auf der Insel war?

»Was die Zeit auf der Insel anbelangt…«

»Lassen wir die Vergangenheit ruhen.« Der alte Mann wird unwillig. »Das ist so lange her. Wie man so sagt.«

Juhani Johansson lacht pflichtschuldigst.

»Du bist noch jung«, sagt der Alte. »Du musst vorwärtsblicken und nicht an irgendeiner verdammten Insel hängen, zu der es für uns beide keine Rückkehr gibt.«

Juhani Johansson nickt, den Koffer in der Hand, versucht, gegen die sein Inneres überflutende bleischwere Erschöpfung anzukämpfen.

Du bist mir kein Vater gewesen. Und ich dir kein Sohn. Das haben wir nur geglaubt.

Wir haben es uns eingebildet. Auf der Insel, wo alles hätte möglich sein sollen.

Ich habe gefragt: Wer bin ich? Und du hast geantwortet. Jedenfalls glaubte ich das damals. Aber ich habe mich geirrt. Jetzt erst begreife ich das.

Er macht ein paar Schritte, verharrt am Schreibtisch, der vor dem Fenster steht und an dem Herr Zebaoth jetzt hockt, in seine Papiere vertieft. Erst jetzt bemerkt Juhani Johansson, dass der alte Mann stark abgemagert ist, der Brustkorb zeichnet sich unter dem blaukarierten Hemd scharf ab wie der eines verhungerten Pferdes.

Vielleicht zehrt wirklich eine Krankheit an dem Alten. Vielleicht ist dies das letzte Mal, dass sie sich sehen?

Juhani Johansson schaut aus dem Fenster.

Ein Wolkenschleier verdeckt das dunkelnde, geräuschlose All. Bald ist dort nur noch schwarze Unendlichkeit. Und niemand, der die Fragen beantworten könnte, die den Menschen quälen.

Wer bin ich?

Herr Zebaoth nimmt einen Bogen Papier, spannt ihn in die Schreibmaschine.

Warum hat der Mensch so überspannte Träume? Warum konnte der Junge sich niemals damit begnügen, dass er immerhin einen Augenblick, einen einzigen entscheidenden Augenblick lang, jemanden hatte? Der fast wie ein Vater für ihn war. Genau zu dem Zeitpunkt, als er ihn brauchte. Das ist nicht unwesentlich, das ist mehr, als viele andere jemals hatten.

Juhani Johansson streckt die Hand aus.

»Ich möchte mich doch noch einmal dafür bedanken, dass …« Aber der alte Mann hört nicht mehr, vor seinen Augen eröffnen sich neue Perspektiven, er schreibt an Menschen, die seine Niederlage nicht miterlebt haben, vergräbt sich in seine Wachträume, in denen er der Held und Erlöser der leidenden Welt ist.

Er bemerkt kaum, dass Juhani Johansson immer noch dasteht, ihm die Hand entgegenstreckt.

Der Seidenspinner stirbt, wenn die Nahrung des Kokons aufgezehrt ist. Das Männchen wartet auf den Tag, an dem der Wind seinen Fühlern den Duft eines Weibchens zuträgt. Dann erhebt es sich, wie von unsichtbaren Fäden gezogen, auf seine Flügel. Steigt höher und höher, stemmt sich mit allen Kräften gegen die Luftströmungen, um die Aufgabe zu erfüllen, für die es geboren ist.

»Und du kannst dir ja immer noch ein Boot anschaffen«, knurrt der Alte, ohne den Blick zu erheben.

»Wozu denn das?«

»Das hab ich nur so vorgeschlagen.«

»Von Booten hab ich keinen blassen Dunst.«

»Das hat nichts zu sagen.«

Ärgerlich über die eigene Leutseligkeit scheucht der alte Mann seinen Gast mit heftigem Händewedeln in Richtung Tür.

Aber Juhani Johansson steht unbeweglich da, in stiller Verwunderung. Er horcht auf den Atem des Morgens, der vertrauensvoll und federleicht ist wie der Schlaf eines Kindes.

»Sag mal, warum engagierst du dich immer noch für das Meer«, fragt Juhani Johansson, »was siehst du eigentlich darin?«

Der Alte lässt den Schreiber sinken. Die ersten blassen Strahlen des Sonnenaufgangs schwingen sich über die gebeugte Gestalt, treffen die auf dem Tisch ruhenden Hände, die zerschlissenen Ärmelränder.

Juhani Johansson, der sein ganzes Leben lang unter Schatten und Gespenstern gelitten hat, glaubt einen Augenblick lang Olavi Harjula so zu sehen, wie er wirklich ist, ohne die Schutzmaske des Allmächtigen.

»Blau, mein Junge, unendlich viel Blau.«

9. Kapitel

Koivulehto, den 4.3.60

An Erik persönlich

Unsere gestrige Begegnung hat dazu geführt, dass ich das Gefühl habe, alles bis zu Ende durchdenken, mir über meinen Standpunkt klarwerden und ihn auch dir erläutern zu müssen. Ich werde mich bemühen, geradeheraus zu sagen, wie ich die Dinge sehe, was ich von Dir erwarte und welcher Handlungsrichtschnur ich selbst zu folgen gedenke. Das ist es doch im Großen und Ganzen, wonach Du gefragt hast. Ich antworte Dir jetzt brieflich, weil ich auch von persönlichen Dingen sprechen werde.

Du hast mich gefragt, ob ich Deine Handlungen moralisch bewerten wolle. Ja, Erik, gerade um die Moral geht es, um die Auffassung davon, was richtig und was falsch ist. Und um die Umsetzung dieser Auffassung in der Praxis.

Du wirst vielleicht über mich lachen, wenn ich Dir sage, dass das meiner Ansicht nach die Kardinalfrage des Lebens ist, dass ich das für eine philosophische Frage halte, die nicht Gegenstand eines leichtfertigen intellektuellen Geplänkels ist (worin Du mir immer überlegen warst), sondern etwas, dessen Bestand sich erst beim Handeln und bei Entscheidungen zeigt.

Ich weiß, dass ich jetzt Worte verwende, die heute fast nur noch beim akademischen Kunstfechten verwendet werden. Es sind jedoch Worte, mit denen ich die Gesetze gestalten kann, nach denen ich mein eigenes Leben zu steuern versuche. Ich will meine Ansichten jedoch nicht predigen, verkündigen oder aufdrängen. Ich versuche lediglich, den Hintergrund für meine Entscheidungen zu erläutern.

Vor drei Jahren erzählte mir mein Freund Dr. phil. Rajala von einem außerordentlich vielseitigen und begabten Mann namens Erik Johansson, der sich »perfekt auskennt«, was die ausländischen Forschungsarbeiten über die chemischen Verbindungen angeht, die zum Schutz von Getreidepflanzen dienen.

Da ich gerade an einem Handbuch für den Pflanzenschutz arbeitete, das im ganzen Land verbreitet werden sollte, war es nur natürlich, dass ich Dich sofort treffen und mit Dir über solche Untersuchungen sprechen wollte, für die man sich in Finnland bis dahin so gut wie gar nicht interessiert hatte.

Es störte mich nicht, dass Du bei der AB Casco angestellt warst, denn obwohl das ein Unternehmen ist, das in erster Linie vom Profitdenken geprägt ist, ging ich davon aus, dass die in der Fabrik betriebene chemische Forschung und die von anderswo hierfür beschafften Ergebnisse sich durch außergewöhnlich hohe Qualität auszeichnen würden und verantwortlich erzielt worden wären.

Im Verlauf unserer Begegnung und unseres gemeinsamen Mittagessens bekam ich von Dir einen sehr guten Eindruck. Mir schien, als wüsstest Du tatsächlich alles über Methylquecksilber, das der Hauptbestandteil des von Deinem Unternehmen vertriebenen Beizmittels Panogen ist.

Natürlich betonte ich, dass ich als unabhängiger Wissenschaftler und nicht als Handlanger irgendeines Importeurs tätig sei, und Du sagtest ausdrücklich, dass Du Dir über den Charakter unseres Gesprächs völlig im Klaren seist.

Bei unseren darauffolgenden Begegnungen brachtest Du mir einen überzeugenden Stapel Untersuchungen mit und erzähltest, wie man mit Panogen gebeiztes Überschussgetreide sehr gut zum Beispiel an Hühner verfüttern könne, wenn man die gebeizten Körner zuvor nur gründlich genug abspülte.

Ich wiederhole diese Fakten, weil ich bei unserem letzten Gespräch den Eindruck hatte, Du würdest gleichsam leugnen oder vergessen wollen, wie unsere Bekanntschaft begann. Du wolltest nicht zugeben, dass wir als Ort unserer ersten Begegnung ein Restaurant verabredet hatten, sondern bestandest darauf, es sei Dein Arbeitsplatz gewesen. Mit dieser Annahme befindest Du Dich absolut im Irrtum.

Unsere erste Begegnung hinterließ bei mir einen so tiefen Eindruck, dass ich mir in meinem Taschenkalender sogar die Speisen und Getränke notierte, die wir genossen hatten. Generell gilt es als eine kleine Schwäche von mir, dass ich darauf achte, welche Essgewohnheiten die Personen haben, mit denen ich zusammenkomme. Vielleicht glaube ich wirklich an die alte Weisheit, nach der der Mensch mit dem, was er am liebsten isst, etwas über sich selbst aussagt.

Zuerst hast Du Briesel-Hummerterrine genossen, als Vorspeise, wie sich bald herausstellte. Die vom Haus kredenzte »amuse-gueule« empfandst Du keineswegs als ausreichend. Unbestreitbar sah die Terrine auch wirklich sehr delikat aus. Sie wurde mit Friséesalat und Apfelsinensplittern serviert, frisch und mit Hummer und einer kleinen Tomatenrose garniert.

Ich erwähne diese unbedeutenden Details, weil ich hoffe, dass irgendeine davon auch in Dir Erinnerungsbilder wachruft, zu denen man oft durch spezielle Einzelheiten gelangt, auch wenn der große Gesamtkomplex schon aus dem Gedächtnis verschwunden ist.

Da ich einmal bei einem Besuch in Paris einen Koch um das Rezept für eine solche Vorspeise gebeten habe, wusste ich ungefähr, welche Bestandteile dazugehörten. Neben Bries, Hummer und Gewürzen verwendet man dazu Armagnac, Sahne, Trüffelstückchen, Pistazien und – Überraschung – Speck, wenn auch in sehr dünnen Scheiben.

Das Sherrygelee enthält, wie ich vermute, außer Sherry nur starke Fleischbrühe und Gelatine.

Als Hauptgericht hast Du gefüllte Wachteln in Calvadossauce bestellt, nach der Fleisch-Schalentier-Terrine gewiss eine recht eigenwillige Wahl.

Du hast alles bis auf das letzte Krümelchen aufgegessen und die Happen mit einem, wenn ich mich recht erinnere, 1956er oder 57er weißen Burgunder aus Chablis hinuntergespült, ohne Dich damit aufzuhalten, dessen Qualität zu ergründen. Um der Wahrheit willen sei gesagt, dass das kein besonders herausragender Wein war, beide Jahre waren zum Ärger der Weinbauern verregnet gewesen, und das war der Qualität nicht förderlich.

So oder so, Du merkst jedenfalls, dass mein Instinkt sich in diesem Zusammenhang als richtig erwiesen hat. Es war richtig, die scheinbar unbedeutenden Einzelheiten unserer ersten Begegnung aufgezeichnet zu haben. Ich bin sicher, wenn Du jetzt Dein Gedächtnis anstrengst, kannst Du nicht leugnen, zum Beispiel die kleine, dekorativ zurechtgeschnittene Tomate gesehen zu haben, deren Blütenblätter von nahezu echtem Lachsrot waren und die Du meiner Erinnerung nach mit dem Adjektiv großartig oder amüsant kommentiert hast.

Aber zur Sache.

Später konnte ich mich des Verdachts nicht erwehren, dass Du schon bei jener ersten Begegnung gleichsam die Chance Deines Lebens gewittert und sogleich mit voller Berechnung den für Dich lukrativen ersten Schritt in Richtung auf den nichts Böses ahnenden finnischen Markt unternommen hast.

Du hast beschlossen, mein schlichtes Vertrauen kalt zu missbrauchen. Vielleicht wolltest Du damals erst einmal das Terrain sondieren und warst dann selbst überrascht von dem guten Ergebnis.

Mit mir hattest Du leichtes Spiel, weil mir in meiner Blauäugigkeit keine Zweifel an Deinen Motiven kamen.

Bisher hatten die finnischen Landwirte als Beizmittel hauptsächlich Metoxethylquecksilber verwendet, von dem Du anhand von Forschungsergebnissen, die angeblich von unabhängiger Seite erzielt worden waren, schlau darlegtest, es weise Mängel auf im Vergleich zu dem Methylquecksilber, das von Deinem Unternehmen vertrieben wurde.

Erst gestern hast Du mir versichert, Dir sei nicht bekannt, dass dieses Mittel schädliche Nebenwirkungen habe, und auch nicht, dass das Methylquecksilberpräparat vom Typ Panogen durch gründliches Spülen der Körner nur zu etwa drei Prozent entfernt werde, die meisten anderen quecksilberhaltigen Mittel dagegen mindestens zur Hälfte.

Dennoch habe ich aus anderen Quellen erfahren, dass man in Eurer Fabrik schon seit 1957 sehr wohl über ein seltsames Vogelsterben Bescheid wusste. Die Landwirte brachten damals Hunderte von Vögeln, die auf ihren Feldern verendet waren, ins Staatliche Veterinärwissenschaftliche Institut, wo man feststellte, dass sie gestorben waren, weil sie mit Panogen behandelte Saatkörner gefressen hatten.

In Deinem Unternehmen bewirkte diese Information lediglich, dass Eure Verkäufer anders geschult und motiviert wurden, zum Beispiel durch Auslandsreisen, sodass sie noch gerissener und beflissener wurden. Es ist kein Geheimnis, dass Du, Erik, entscheidend an der Ausarbeitung der neuen Marketingmethoden mitgewirkt und die Schulung verantwortlich geleitet hast.

Nachdem Du mit meiner Hilfe für Panogen die Tür zum finnischen Markt aufgestoßen und es geschafft hattest, den Professor vom Institut für Pflanzenschutz so weit in die Irre zu führen, dass er die Landwirte zu Dingen bewegte, die die Volksgesundheit in fürchterlicher Weise gefährdeten, hatte man sogar den Eindruck, dass Dir nichts mehr unmöglich sei.

Gestern äußertest Du in recht hässlicher Weise, Du seist es gewohnt, geschäftsmäßig an die Dinge heranzugehen, und habest kein Verständnis für nachträgliches Gejammer. Ein Mann steht zu seinem Wort, hast Du gesagt. Und so meintest Du, auch selbst gehandelt zu haben.

Formal ist das so. Aber in diesem Fall geht die formale Seite Hand in Hand mit moralisch verwerflichen Methoden.

Es handelte sich bei Dir um reine Habgier. Deine Auffassung von der Situation war völlig von Geldgier vernebelt. Du sahst nur, dass sich Dir mit meiner Hilfe eine wahre Goldgrube eröffnete, und auch der Teufel selbst hätte Dich nicht daran hindern können, sie bis zum Letzten auszubeuten.

Als man in Schweden ernsthaft zu fürchten begann, die Märkte würden schwieriger werden, war nichts willkommener als ein Markt, wo die Behörden noch ahnungslos waren. Ihr wusstet schon, dass das mit Panogen gebeizte Saatgut in Panik an Entwicklungsländer verkauft wurde, die ihre eigene Ernte verloren hatten. Euch störte es nicht, dass ein Teil dieses Nothilfegetreides direkt auf dem Tisch der Hunger leidenden Menschen landete, weil sie sonst nichts hatten, woraus sie ihr Brot backen konnten.

Und was hätte es Euch auch geschert, es ging ja nicht um Eure Kunden, nicht um diejenigen, die das Geschäft in Gang hielten.

Das alles hast Du bestritten. Du hast behauptet, das Getreide sei aus reiner Hilfsbereitschaft verkauft worden. Dir war selbst klar, dass Du Blech redest, aber Dein Stolz erlaubte es Dir nicht, es zuzugeben.

Die Art und Weise, in der Du mit den für Dich so typischen dramatischen Gesten beweisen wolltest, dass Du die Wahrheit sagst, empfand ich als wahrhaft widerwärtig und geschmacklos. Obwohl ich Hunde nicht besonders gernhabe – das ruhige und genießerische Wesen der Katze ist mehr nach meinem Geschmack –, so ist es doch unrecht, eine unschuldige Kreatur in diese Dinge hineinzuziehen. Noch dazu beweist die Tatsache, dass Du dem Hund, den Du als das »Lieblingsmitglied der Familie« bezeichnetest, einen Brei aus panogengebeiztem Getreide vorgesetzt hast, in dieser Situation gar nichts. Erstens kann ich nicht wissen, ob das Getreide tatsächlich mit Panogen gebeizt war, und zweitens zeigen sich – wie Du sehr wohl weißt – die Symptome, die zum Tode führen können, frühestens einen Monat nach dem Genuss des Giftes.

Von den Spätfolgen wie der Schädigung innerer Organe, möglicher Unfruchtbarkeit, Embryonalschäden usw. usw., die im Falle Deines Hundes nicht so dramatisch, beim Menschen aber umso erschütternder sind, will ich gar nicht reden.

Zu Deiner Verteidigung kann man lediglich anführen, dass Deine hochgradige Trunkenheit Dein Urteilsvermögen beeinträchtigt hat, doch ist das andererseits eine billige Erklärung für alles, wenn man so will.

Jedenfalls sind die schädlichen Auswirkungen von Panogen eindeutig nachgewiesen, egal, was Dein Hund für einen Eisenmagen haben mag.

Es ist nur noch eine Frage der Zeit, wann es in diesem Land zu umfangreichen Prozessen sowohl gegen Landwirte als auch gegen uns Forscher kommt.

Wenn ich auch der Meinung bin, in meiner Blauäugigkeit schwerwiegende Fehler gemacht zu haben, so habe ich doch ein reines Gewissen, denn ich habe in bestem Glauben und gutwillig gehandelt. Wir haben keinerlei Chance, ausreichend Mittel für eigene Forschungsvorhaben zu bekommen, sodass ich den ausländischen Untersuchungen vertrauen musste, die mir zur Verfügung gestellt wurden.

Nach diesem Brief beabsichtige ich, noch einen zweiten zu

schreiben. Er wird eine ehrliche und umfassende Darstellung dessen enthalten, wie die verantwortungslose Moral eines Geschäftsmannes dahin führte, wo wir jetzt stehen. Diese Darstellung werde ich morgen früh – oder, besser gesagt, heute, es ist schon vier Uhr morgens – zusammen mit meiner Kündigung an das Institut für Pflanzenschutz senden.

Ich weiß noch nicht, was dies alles für Folgen haben wird. Selbstredend ist klar, dass meine Laufbahn als Wissenschaftler endgültig zerstört ist.

Von Dir wünsche ich mir nur, dass Du endlich der Wahrheit ins Gesicht siehst und zur Verfügung stehst, wenn man Dich früher oder später um eine Zeugenaussage bittet.

Außerdem bitte ich Dich, Deinen Alkoholkonsum einzuschränken, denn ich glaube, dass er der Grund für Deine seltsame Beschuldigung ist. Dafür, dass ich angeblich wirtschaftlich davon profitiert habe, dass ich in meinem Buch gewisse Anweisungen gebe. Ich kann einfach nicht glauben, dass Du so durch und durch abgestumpft bist, dass Du, ohne mit der Wimper zu zucken, auch das Wenige, was nach all dem von meiner Reputation noch übrig ist, in den Dreck ziehst.

Also, bester Erik, läutere Deinen Kopf und Dein Herz, und tu das, was richtig und angemessen ist.

Denn magst Du auch noch so zynisch sein, so kommst Du doch nicht daran vorbei, dass der Mensch die moralische Verantwortung für jede seiner Entscheidungen trägt. Auch wenn Du ein außergewöhnlich intelligenter Mensch bist, so kannst selbst Du nicht all den Schaden voraussehen, der aus falschen Entscheidungen resultiert.

Ich glaube an die alte Redensart – und weiß, dass Du an dieser Stelle spöttisch auflachen wirst –, dass man so liegt, wie man sich bettet.

Auf die eine oder andere Art muss man selbst für seine Fehler geradestehen. Immer.

Zuletzt möchte ich Deine reizende Frau Maire grüßen, wie auch den aufgeweckten Juhani und das kleine Nesthäkchen.

Nach allem, was geschehen ist, hoffe ich, dass wir erneut und aufrichtig zu gegenseitigem Vertrauen finden können.

Auf das Schlimmste gefasst und das Beste hoffend
Hans T.

AN DAS BEZIRKSGERICHT VON X.

Betreff: Inobhutnahme von Juhani Aaron Johansson (geb. am 25. 11. 1955) und Sauli Risto Benjamin Johansson (21. 1. 1961).
Bezug: Beschluss des Sozialreferats der Gemeinde K. vom 25. 9. 1961

Erläuterungen zum Zwischenbescheid

Unter Bezug auf o. g. Sache erklären wir das Folgende: Da die Akte, die wir erhalten haben, insgesamt 37 Seiten umfasst, haben wir unsere Erläuterungen dergestalt gegliedert, dass wir zunächst auf die Zusammenfassung des Sozialbüros für die Jahre 1960–61 und danach auf die einzelnen Gutachten eingehen.

Der Unterzeichnete Erik Samuel Johansson ist seit 1957 bei der AB Casco beschäftigt. E. J. wurde im Sommer '58 für zwei Jahre in das gesamtnordische Schulungszentrum der AB Casco in Stockholm zu der Gruppe versetzt, die für die Schulung der Verkäufer und für die Information über die Produktentwicklung zuständig ist (ein Schulungsfachmann pro nordisches Land). Diese Tätigkeit genießt hohes Ansehen und bedeutet einen erheblichen Karrieresprung. Sie endete im Frühjahr '60, und wir kehrten dann nach Finnland zurück.

Als wir nach Schweden zogen, kam unser Sohn Juhani dort in den Kindergarten, wo er als einziges Kind Finnisch als Muttersprache hatte. Sobald wir von dem bevorstehenden Umzug nach Schweden erfuhren, organisierten wir für Juhani einen privaten Sprachunterricht. Außerdem erteilte seine Mutter Maire Johansson ihm vor allem im Herbst '58 Schwedischunterricht.

Da im Kindergarten keine Zeugnisse erteilt werden, können wir sie nicht beifügen, aber Juhani hatte keine Schwierigkeiten, weder in der Schule noch mit den Spielkameraden.

Juhani behandeln wir gesondert in Anlage 1. Wir halten das für wichtig, weil Juhani Zeugnis ablegt von unserer Kindererziehung und -pflege und Rückschlüsse zulässt auf die künftige Erziehung unseres jüngeren Sohns Sauli.

23.5.60

»Eine Person, die anonym bleiben wollte…«

Der Text lässt erkennen, dass es sich um Maire Johanssons Mutter handelt, zu der Näheres in der Anlage zu finden ist. Die als Misshandlungen bezeichneten Situationen waren gewöhnliche Familienstreitigkeiten, bei denen es mitunter von der einen und anderen Seite zu Handgreiflichkeiten kam. Die Behauptungen, der Junge sei gezwungen worden, diese mit anzusehen, sind völlig aus der Luft gegriffen.

Desgleichen ist es völlig unbegründet zu behaupten, Juhani sei ohne Fürsorge und ohne Nahrung gelassen worden. Wir hatten eine Haushaltshilfe von der Zeit, da Juhani drei Monate alt war, bis zu unserem Umzug in die Gemeinde N. Nach dem Umzug arbeitete Maire Johansson in ihrem Büro, das sich in unserem Haus befindet, und war ständig erreichbar.

Ein typisches Beispiel für die Verdrehung der Tatsachen ist die Behauptung von Maire Johanssons Mutter, unser Pekinese sei mit Fußtritten traktiert worden. Der Unterzeichnete Erik Johansson schob den Hund ein wenig nervös in die Küche ab. Daraus wurden dann Fußtritte für den Pekinesen. Der Hund starb ein halbes Jahr später eines natürlichen Todes, wahrscheinlich an der Hundestaupe, die damals grassierte. Diese Tatsache kann zum Beispiel unser Bekannter Jorma Kolehmainen bestätigen, da seine Jagdhündin an derselben Krankheit starb. Die Todesursache feststellen zu lassen, hielten wir nicht für erforderlich, da wir nicht wussten, dass wir diese Angaben einmal brauchen würden. Eine solche Untersuchung ist sehr teuer, und es handelte sich ja nur um einen Hund. Davon, dass die ganze Familie an dem Hund hing, dürfte der Grabstein zeugen, den wir für ihn anfertigen ließen und unter dem unser Freund im Garten seine letzte Ruhestätte fand.

20.6.60
»Von der Polizeiwache wurde berichtet, dass …«
Wir mussten einige Male die Polizei zu uns nach Hause rufen, einerseits, um einen Gast entfernen zu lassen, der in angetrunkenem Zustand zu uns zu Besuch kam und sonst nicht gegangen wäre, und andererseits, um Maire Johanssons Eltern entfernen zu lassen, die ungeladen erschienen waren und nach zwei Tagen turbulenten Aufenthalts immer noch nicht bereit waren zu verschwinden.

Bei ihrem Besuch hier lernte Maire Johanssons Mutter unseren Nachbarn X und den Polizisten Y kennen, sodass allmählich ein Netzwerk entstand, wie in Anlage 3 dargestellt.

Es ist also behauptet worden, dass es bei uns zu Hause zu Misshandlungen und schwerem Alkoholmissbrauch gekommen sei. Wenn es tatsächlich so gewesen wäre, hätte das zu Festnahmen geführt, die es nach polizeilichen Angaben jedoch nicht gegeben hat. Hier besteht ein eigenartiger Widerspruch zwischen den mündlichen Angaben und der faktischen Wirklichkeit.

15.7.1960
»Sie schlucken wohl auch Tabletten …«
Maire Johanssons Mutter hat wahrscheinlich ihrer Gewohnheit gemäß dem Polizisten N. gegenüber weitschweifig von Maire Johanssons Schlafstörungen und von ihren Schlafmitteln berichtet. Eine so unsinnige Behauptung kann auf keine andere Weise zustande gekommen sein.

Maire Johanssons Schlaflosigkeit ist von sehr vielen Ärzten sowie im Jahr 1959 im Krankenhaus Hesperia stationär behandelt worden. Damit verbunden war eine Psychoanalyse, die ein halbes Jahr dauerte und in der die Gründe für die Schlaflosigkeit ermittelt werden sollten.

Es sei daran erinnert, dass Maire Johanssons Mutter zum fraglichen Zeitpunkt gerade von der erwähnten Italienreise zurückgekehrt war und Kontakt zu dem Polizisten Y aufgenommen hatte. (An dieser Stelle ist der Name des Polizisten Y so nachlässig durchgestrichen, dass er für niemanden ein Geheimnis bleibt.)

Der Polizist Y wohnt nicht in unserer unmittelbaren Nachbarschaft, sondern etwa 400 Meter entfernt. Unser Grundstück liegt außerhalb seiner Sichtweite, er hat lediglich Einblick in die zu unserem Anwesen führende Allee, einen Privatweg.

Die Behauptung, »die Ehefrau ist nach Ansicht von Polizist Y vollkommen drogenabhängig«, grenzt meiner Ansicht nach an Verleumdung, und wir tragen uns mit dem Gedanken, die Sache einem Anwalt zu übergeben. Polizist Y kann keine anderen Fakten als Grundlage für seine Behauptung zur Verfügung haben als die fantastischen Geschichten von Maire Johanssons Mutter.

11.11.60
»Sie haben sich geweigert, eine Therapie zu machen …«
Wir waren einmal in der A-Klinik, da das Soz.büro uns mit-

geteilt hatte, dass sie uns dann in Ruhe lassen könnten und im Hintergrund bleiben würden. Nachdem wir erkannt hatten, dass die A-Klinik der Betreuung von Alkoholikern dient, sagten wir brieflich das nächste Treffen ab mit der Begründung, dass wir dafür keinen Bedarf sähen.

1. 2. 61
»Vorzeitig und möglicherweise …«
Wir haben unseren zweiten Sohn Sauli Benjamin bekommen! Das Kind ist die Erfüllung nahezu dreijähriger Hoffnungen, denn wir hatten beschlossen, dass Juhani nicht unser einziges Kind bleiben sollte. Im Jahr '59 hatte Maire Johansson eine Frühgeburt, unsere Tochter Juudit, die noch am selben Tag starb.

Sauli Risto Benjamin kam sieben Wochen zu früh zur Welt, und da die Gefahr einer Fehlgeburt bestand, unterzog Maire Johansson sich schon vor der Geburt des Kindes sehr gründlichen Laboruntersuchungen, deren Ergebnisse ich als Anlage 4 beifüge. Die Untersuchungen zeigen, dass die Leberwerte, die über den Alkoholkonsum Auskunft geben, normal waren und dass das Blut keinen Alkohol enthielt.

Die Behauptung, wir hätten Sauli nicht ein einziges Mal im Krankenhaus besucht, lässt sich leicht widerlegen. Anlage 5 enthält Fotos von Sauli im Brutkasten, die wir gemacht haben, sowie bei der Lichtbehandlung einige Tage später.

Danach bekam Maire Johansson eine Grippe. Wir riefen Dozent Markus Takala von der Kinderabteilung des Krankenhauses an, nach dessen Angaben es nicht selten ist, dass man nach einer Geburt wegen des geschwächten Allgemeinzustands eine Virusinfektion bekommt. Auch der Unterzeichnete infizierte sich mit der Grippe, wenn auch nur leicht.

Dozent Takala war der Auffassung, dass es absolut verantwortungslos sei, mit Grippe in der Frühchenabteilung einen Besuch zu machen. Hier mussten wir also aus Gründen, die von uns unabhängig waren, mit den Besuchen bei Sauli pausieren.

Dass die Schwestern sich auch an keine weiteren Besuche von uns in der fragl. Abteilung erinnern können, erklärt sich schlicht und einfach dadurch, dass sie sehr viel zu tun hatten und sich auf ihre Arbeit konzentrierten und nicht auf die ständig wechselnden Besucher.

22.2.61
»Die Frau war auch in Krankenhausbehandlung …«
Maire Johansson hat sich zwar in der chirurgischen Abteilung des Universitätskrankenhauses X einer Operation unterzogen, nachdem sie sich, als sie nachts im Dunkeln Sauli füttern gehen wollte, den oberen Teil des Wangenbeins und den Augenwinkel an der Ecke des Gitterbetts verletzt hatte, sodass sich aus dem Wangenknochen und dem Augenwinkel kleine Knochensplitter gelöst hatten, die durch eine Operation entfernt werden mussten. Maire Johanssons Mutter behauptete dann, der Grund für diesen bedauerlichen Unfall sei eine Misshandlung gewesen. Der operierende Arzt stellte fest, dass diese Behauptung unmöglich sei.

28.3.61
»Bei einem Hausbesuch wurde festgestellt …«
Ein Hausbesuch war für den 28.3. um 13.00 Uhr verabredet. Der Unterzeichnete ist es aus dem Geschäftsleben gewohnt, dass 13.00 Uhr nicht 13.20 Uhr ist! Daher also die Nervosität. Maire Johansson hatte ein Zäpfchen gegen ihre Migräne genommen und wollte sie nicht durch ein Gespräch oder Aufstehen verschlimmern.

3.4.61

»Der Mann ist fast ständig arbeitsunfähig ...«

Erik Johansson unterzog sich im Frühjahr '61 einer vom Betriebsarzt verordneten Leistenbruchoperation. Er verbrachte drei Tage im Krankenhaus und war danach noch acht Tage krankgeschrieben.

Er verbrachte auch 1,5 Tage im Sanatorium X, um Hilfe für überraschend aufgetretene, von der Arbeit herrührende Stresssymptome zu bekommen, da es im örtlichen Krankenhaus keine entsprechende Behandlungsmöglichkeit gab.

12.4.61

»Ständig Gäste, die ...«

Der Anruf von Maire Johanssons Mutter und Spekulationen über Saufbrüder und Saufgelage aus einer Entfernung von 90 km. Nach Ansicht von MJs Mutter kommen all unsere Gäste nur zum Saufen zu uns.

Die Behauptung »Auch das Kind wurde zwischendurch hinausgeschoben« ist typisch für den Geist der Darstellung des Sozialbüros. Die Behauptung vermittelt einen, gelinde gesagt, eigenartigen Eindruck. Tatsächlich ist es so, dass Sauli seinen Tagesschlaf immer draußen im Wagen absolvierte.

Es dürfte doch jedermann klar sein, dass man, wenn man einen Säugling zu versorgen hat, der auch nachts zweimal nach Nahrung und Trockenlegen verlangt, gar keinen Alkohol zu sich nehmen kann.

In der Zeit vom 22.5. bis zum 12.8.61 waren wir mit der Familie in Italien, da wir glaubten, das Seeklima werde vor allem der nur mangelhaft wiederhergestellten Maire Johansson guttun. Wir besichtigten mit dem von uns gemieteten Wagen die ganze Provinz sowie u.a. den Vatikan, wobei uns u. a. unser Freund Professor Enrico Mazzini führte, der in Rom wohnt.

Juhani bekam sofort Gesellschaft in Gestalt der Kinder einer mit Professor Mazzini bekannten Familie und verbrachte auf eigenen Wunsch hin zwei Wochen in der hingebungsvollen Obhut dieser katholischen Familie in Rom, während die übrige Familie die historischen Sehenswürdigkeiten der Küstenstädte besichtigte.

Sauli hatte die Wärme des Südens sehr gern, wo ihm die Windeln als Kleidung genügten, und selbst die brauchte er nicht immer. Sauli war die ganze Zeit über gesund und schlief gut. Abgesehen von einem kleinen Durchfall, dessentwegen wir ihn für einige Tage in ein Kinderkrankenhaus zur Beobachtung brachten.

Über die aus einer Entfernung von mehr als 2000 km angestellten Vermutungen über unsere Zeit in Italien kann man sich nur wundern. Hintergrund der Behauptung, es habe Misshandlungen gegeben, ist wahrscheinlich ein Foto, auf dem Maire Johansson mit den Spuren eines Vorfalls im Gesicht zu sehen ist, bei dem die Wellen des Mittelmeers sie überraschend mit der Wange voran ans Ufer geworfen hatten.

Alkohol tranken wir in Italien ebenso wie die Einheimischen, als Gesellschaftsgetränk, nicht, um uns zu berauschen.

3.9.61
»Das Kind in nassen Windeln …«
Bei diesem Besuch kam zum ersten Mal die neue Sozialarbeiterin zu uns. Sie stellte fest, dass Sauli nasse Windeln hatte. Es ist wahr, dass ein kleines Kind sich im Nu nass macht, ohne das vorher anzukündigen. Deswegen trägt es ja Windeln.

Wenn eine Pisswindel kein größeres Problem darstellt, verstehen wir nicht, warum man mit Gewalt welche finden will.

Die Behauptung, das Zittern betreffend, ist eigenartig.

9.9.61

»Wir wurden nicht eingelassen ...«

Es ist sehr schwierig, eine Tür zu öffnen, wenn niemand zu Hause ist. Maire Johansson machte mit den Kindern einen Besuch, der Unterzeichnete war beruflich in Helsinki.

Bericht eines Nachbarn, wonach zwei weibliche Personen um das Haus herumgingen, klopften und durch die Fenster hineinschauten. Die Beschreibung passt auf eine der Sozialarbeiterinnen, die schon vorher bei uns gewesen waren. Wenn der Unterzeichnete hiernach in vergleichsweise scharfem Ton darum bat, ein derart befremdliches Verhalten einzustellen, kann man das keineswegs mit unkontrolliertem und drohendem Verhalten gleichsetzen.

15.9.61

»Nach Angaben des Nachbarn ...«

Unser Nachbar Kankaanpää, der sich darüber geärgert hat, dass einige Abfälle von der Veredelung eines Apfelbaums, der an der Grenze unseres Grundstücks zu seinem steht, auf seine Seite gerieten, hielt es für nötig, sich über die Feier zum 40. Geburtstag des Unterzeichneten zu beschweren.

Bei dieser verspäteten Geburtstagsfeier gab es genau zwei Gäste, zum einen eine berufstätige Mutter von zwei Kindern, zum andern einen Kandidaten der Rechtswissenschaften, der als Anwalt tätig ist. Mit dieser Besetzung könnte man auch beim schlechtesten Willen kein so wildes Treiben zustande bringen, das geeignet gewesen wäre, den Nachbarn zu stören.

Juhani übte zwar das »Klimpern« auf seiner kleinen, in Italien gekauften Gitarre, aber man sollte meinen, dass das den Nachbarn nicht so furchtbar gestört haben kann, dass er es der Polizei mitteilen musste.

Maire Johansson nahm nicht an der Geburtstagsfeier teil, sondern kümmerte sich um Sauli Benjamin.

22.9.61
»Die Kinder waren völlig verwahrlost…«
Der erwähnte Nachbar X ist nie bei uns gewesen und kann überhaupt nicht darüber spekulieren, welche Mengen von Alkohol bei uns konsumiert werden oder wie oft wir betrunken sind. Er kann gar keine Vorstellung davon haben, wann MJ Sauli füttert und trockenlegt und wann sie mit Sauli und Juhani spielt. Dass wir das Kind zur Nacht allein im Garten gelassen haben sollen, ist eine absurde und geradezu beleidigende Behauptung.

Der Unterzeichnete hat mitgeteilt, dass die Sozialarbeiter jederzeit kommen können, weil wir nichts zu verbergen haben.

23.9.61
»Völlig unkontrolliertes Verhalten…«
Ganz überraschend, zum ersten Mal in unserem Leben, kommen zu uns zwei uniformierte Polizisten und wollen unsere Kinder mitnehmen. Notfalls mit Gewalt.

Wir erleben eine fürchterliche Erschütterung. Es ist nur natürlich, dass unser Verhalten in dieser Situation ganz unkontrolliert war. Bei welchem Vater und welcher Mutter wäre das anders?

Der Unterzeichnete hatte vom vorhergehenden Tag einen etwas schweren Kopf, MJ hatte Sauli gefüttert und trockengelegt, war wohlauf und spielte in aller Ruhe mit dem Kind, bevor die Polizisten kamen.

Völlig unbegreiflich war, dass der Polizist die Geschichten, die der fünfjährige Junge in seiner Not erfand, für voll nahm.

Wie ich schon viele Male festgestellt habe, hat unser Sohn Juhani eine sehr lebhafte Fantasie. Von den Fantasiespielen sei nur eine für die anderen unsichtbare »Spielkameradin« namens Juudit (vgl. die tote kleine Schwester) genannt, die immer ihre Finger im Spiel hatte, wenn in Gegenwart des Jungen etwas in Stücke ging oder sonst irgendein Missgeschick passierte.

Wenn es um etwas so Ernstes geht wie den Entzug der Kinder und wenn man uns vorwirft, betrunken zu sein, hätte man die Sache unserer Ansicht nach unbedingt medizinisch untersuchen müssen.

Unserer Ansicht nach sind wir nach Saulis Geburt zum Gegenstand einer unberechtigten, übertriebenen Beobachtung geworden. Man hat von verschiedenen Seiten negative Äußerungen über uns zusammengetragen, aber keine positiven, und ich habe den Eindruck, dass die Inobhutnahme gleichsam zu einem Ziel gemacht geworden war, schon bevor Sauli aus der Entbindungsklinik entlassen wurde.

Unter Hinweis auf unsere Erklärung bitten wir das Bezirksgericht höflichst zu prüfen, ob die ergangene Entscheidung recht und billig war, und den Beschluss des Sozialausschusses der Gemeinde K., betreffend die Inobhutnahme von Juhani Aaron Johansson und Sauli Risto Benjamin Johansson, aufzuheben.

Gemeinde K., den 10. 11. 1961

Dr. phil. Erik Johansson

Anlage 1: JUHANI JOHANSSON

Juhani ist ein richtiger Wonneproppen. Dieser Ansicht sind alle Freunde und Verwandten, die Juhani kennen. Er ist seinem Wesen nach offen und extrovertiert und hat ein gesundes Selbstbewusstsein. Für einen Sechsjährigen entwickelt er eine erstaunliche Eigeninitiative. Wir hatten niemals irgendwelche Erziehungsprobleme.

Unter Anleitung seiner Mutter und teilweise aus eigenem Antrieb hat Juhani es gelernt, einfache Sätze zu lesen und zu schreiben. Er ist auch sehr an Musik interessiert, weshalb er seit August '61 Gitarrenunterricht bekam. Auch mit dem Vater hat er einige »Stimmen« eingeübt und sogar die Anfänge der Notenschrift gelernt.

Für die Richtigkeit der Charakteristik und der Angaben

Risto Hallikainen *Sauli Kaivola*
Dipl.-Ing. *Musiker*

Anlage 2: MAIRE JOHANSSONS MUTTER

Ich bin das einzige Kind und hatte immer darunter zu leiden, dass ich eine Mutter habe, die »wirklich anders ist«. Mein Verhältnis zum Vater ist gut und normal, aber mein Vater wird von meiner Mutter unterdrückt und wagt es nicht, sich in das einzumischen, was meine Mutter tut. Auch mein Verhältnis zu den Eltern meines Mannes, die in Hyvinkää wohnen, ist natürlich und normal.

Meine Mutter war von Anfang an EJ gegenüber feindselig eingestellt.

Auch nachdem ich geheiratet hatte, verstand meine Mutter nicht, dass ich erwachsen bin und mein Leben selbst einrichten kann. Sie wollte immer bis in alle Einzelheiten darüber Bescheid wissen, was wir tun, woher wir kommen und wohin wir gehen, indem sie fast täglich anrief und vorbeikam.

So zumal nach Juhanis Geburt, als wir einige Zeit in einem mehrstöckigen Haus in der Nähe meiner Eltern wohnten. Als Beispiel sei die folgende Begebenheit erzählt: Als einmal die vordere Haustür schon abgeschlossen war, ging meine Mutter in den Hof des Nachbarhauses und kletterte in Nerzmantel und Zobelpelzhut mit Hilfe der Mülltonnen über den drei Meter hohen Zaun in unseren Hof, um durch die offene Hoftür in unser Treppenhaus und gegen unseren Willen zu uns zu Besuch zu kommen.

Meine Mutter unterhält seit Langem per Telefon allerlei Kontaktnetze, die der Denunziation dienen. So zum Beispiel zu den Vorgesetzten meines Vaters. Dadurch geriet außer meinem Vater auch eine Frau, die in dem Unternehmen beschäftigt war, wegen des Verdachts der Untreue in schlechtes Licht und wurde später entlassen.

Auch zu den früheren Sekretärinnen und Vorgesetzten meines Mannes hielt meine Mutter Kontakt und versuchte, meinen Mann anzuschwärzen.

Meine Mutter hält überhaupt nichts vom Südeuropa-Tourismus (die Sonne verursacht Krebs, der billige Alkohol verlockt zu falschen Trinkgewohnheiten u. dgl.).

Sie ist fanatische Abstinenzlerin, und ihr Verhältnis zum Alkohol ist pathologisch. Sie akzeptiert nicht einmal ein Glas Schaumwein zur Hochzeit.

Da sie bei uns manchmal eine Flasche Wein sah, die wir für Gäste gekauft hatten, war sie davon überzeugt, dass wir übelste Säufer seien. Ein Bekannter unserer Familie berichtete, meine Mutter habe verschiedentlich sogar wildfremde Menschen auf der Straße angesprochen, wenn sie in deren Einkaufstaschen Flaschen klirren hörte, und von ihnen verlangt, sie sollten das Trinken einstellen.

Einer der Gründe für unseren Umzug in die Gemeinde K. war, dass wir Ruhe vor meiner Mutter haben wollten. Einige Male besuchte meine Mutter uns ungebeten und erzählte dem Nachbarn Kankaanpää und dem Polizisten Y Dinge über uns, die jeder realen Grundlage entbehrten.

Meine Mutter bekam den Namen des Psychiaters heraus, der mich behandelt hatte, und kam mitten in der Sprechstunde in sein Arbeitszimmer geplatzt. Wieder einmal gelang es ihr, ihre Ansichten darzulegen. Mir gegenüber verdächtigte meine Mutter den Psychiater, drogenabhängig zu sein, weil er rauchte.

Obwohl ich mit dem Psychiater mehrmals das »Mutterproblem« erörtert hatte, geriet der Doktor völlig aus der Fassung. Seiner Ansicht nach war die Einstellung meiner Mutter zu mir krankhaft gestört.

Meine Mutter kam mich anlässlich von Saulis Geburt im Entbindungsheim besuchen. Danach ging sie zur Sozialarbeiterin des Krankenhauses und setzte dieser ihre abartigen Ansichten auseinander.

Es sei noch erwähnt, dass meine Mutter über ein hervorragendes Ausdrucksvermögen verfügt sowie über eine erstaunliche Fähigkeit, Menschen zu fesseln.

Dennoch verstehe ich nicht, dass meine eigene Mutter, ohne von irgendjemandem daran gehindert zu werden, eine solche Wühlarbeit verrichtet, um das Glück meiner Familie zu zerstören.

Trotz allem, was ich oben ausgeführt habe, ist unser Familienleben auf normale Weise ausgeglichen und glücklich.

Maire Johansson, Diplomkauffrau

HERRN DIREKTOR OLAVI HARJULA

Ich nehme Bezug auf Ihr Gutachten über meinen Sohn Juhani Aaron Johansson vom 1.3.1966, das Sie zu meinem Antrag auf Aufhebung des Inobhutnahmebeschlusses des Bezirksgerichts X abgegeben haben, und möchte Ihnen Folgendes mitteilen:

Meine Frau und ich waren schwer erschüttert und deprimiert über den von Ihnen dargelegten Standpunkt, nach dem Ihre Einrichtung zur Zeit der beste Unterbringungsort für unseren Sohn Juhani sei.

Juhani war immer ein sehr sensibles Kind, und wir sind überzeugt, dass seine unüberlegten Handlungen eben daher rührten, dass er mit Gewalt seinem Zuhause entrissen und danach in ein Kinderheim und mehrere Pflegefamilien geschleppt wurde, wo er sich niemals völlig anpassen konnte.

Außerdem war der Gang der Ereignisse so, dass Ihre Ansicht auch im Falle unseres jüngeren Sohnes Sauli Risto Benjamin als richtungweisend gewertet wurde, sodass auch dem Antrag auf Aufhebung des ihn betreffenden Beschlusses nicht stattgegeben wurde.

Der Mensch macht Fehler. Der Unterzeichnete hat Fehler gemacht ebenso wie auch die Mutter der Jungen, Maire Johansson. Wir sind die Ersten, die bereit sind zuzugeben, dass wir nicht immer Mustereltern waren. Aber es ist doch die grausamste aller Strafen, wenn man den Menschen ihre Kinder wegnimmt und sie mit ansehen müssen, wie die Kinder unter diesem Zustand leiden.

Aus diesem Grund haben wir, meine Frau und ich, jeglichen

Lebenswillen verloren und deshalb beschlossen, die einzige Lösung herbeizuführen, durch die wir Ruhe finden können vor den uns ständig quälenden Gewissensbissen, der Verzweiflung, der Scham und der unermesslichen Sehnsucht.

Dies ist das letzte Mal, dass ich mich an Sie wende. Sie werden wahrscheinlich von anderer Seite noch von uns hören. Leider haben wir keine finanziellen Mittel, die wir unseren Jungen für ihre Zukunft vererben könnten. Wie Sie ganz richtig bemerkten, können wir ihnen nach der Befriedigung unserer Gläubiger nicht einmal ein Dach über dem Kopf bieten. Wir hätten ein solches sicherlich beschafft, wenn wir die Kinder hätten behalten dürfen. Dann hätten wir ein Motiv gehabt, uns anzustrengen, zu arbeiten und – wie es so schön heißt – trocken zu bleiben. Jetzt denken wir an nichts anderes als an die Betäubung unserer Qual, aber auch dafür geht uns das Geld allmählich aus.

Dies ist mein Schicksal. Ich habe endlich begriffen, dass es in dieser Welt zwei Sorten von Menschen gibt. Solche, die man unterkriegen kann, und solche, die man nicht unterkriegen kann. Ich gehöre zu den Verlierern, mein Sohn hoffentlich zu denjenigen, die überleben. Der Hering verdirbt nicht im Salz und das Vogeljunge nicht im Wind, pflegte man in meiner Heimat zu sagen.

Ich weiß nicht, worin das Geheimnis besteht. War der Junge von Anfang an anders? Oder haben wir das bewirkt? Mit dem, was wir ihm vor unserem Zusammenbruch geben konnten?

Der Junge gehört zu denjenigen, die immer wieder aufstehen, egal, wie stark der Wind weht.

Dieses Wissen wärmt uns. Es lässt uns denken, dass wir nicht völlig gescheitert sind.

Ich bitte Sie, Juhani unseren geistigen Nachlass zu übergeben. Er befindet sich in einem Koffer im Schließfach der Bank Y, dessen Schlüssel ich Ihnen beiliegend übersende. Sauli ist zu klein, um sich an uns zu erinnern, und so ist es vielleicht auch am besten.

Falls Sie hoffen sollten, dass ich Ihnen die Absolution für Ihre Entscheidung erteile – das tue ich nicht. Überlegen Sie selbst, war es recht und billig, was geschah?

Rom, den 21. 6. 1966

Erik Johansson

Leena Lander

Das Sonntagsmädchen
Roman, 464 Seiten, *btb* 74742

Mag der Sturm kommen
Roman, 384 Seiten, *btb* 74777

Die Insel der schwarzen Schmetterlinge
Roman, 288 Seiten, *btb* 74776

Als eBook außerdem erhältlich:

Die Unbeugsame
Roman, *btb* 13783

Im Sommerhaus
Roman, *btb* 19786

»Finnland ist ein weites Land voller Geheimnisse, das Leena Lander mit großer poetischer Dichte beschreibt.«
Brigitte